코마키·나가쿠테小牧長久手 **전투**(1584) 병풍도 앞부분.
오다 노부오·도쿠가와 이에야스 연합군과
도요토미 히데요시 군의 전투 장면.

德川家康

도쿠가와 이에야스

2부 승자와 패자

14

정략 결혼

야마오카 소하치
대하소설
이길진 옮김

德川家康

2부
승자와 패자

14
정략 결혼

도쿠가와 이에야스

솔

『도쿠가와 이에야스』를 바로 읽기 위해

1. 본문 중 °표시가 된 용어는 용어 사전에서 풀이하였다.

2. 본문 중 *표시가 된 용어는 용어 사전 외에 부록 및 지도 등에서 설명하였다(다른 권 포함).

3. 인명과 지명은 원음 표기를 원칙으로 하며, 된소리를 피하고 거센소리로 표기하였다. 단 도쿠가와와 도요토미만은 원음과 차이가 있지만 일반인에게 익숙한 이름이기에 외래어 표기법에 따랐다. 장음은 생략하였다.

4. 인명, 지명 및 고유명사는 처음 나올 때 원어를 병기함을 원칙으로 하였으며, 강과 산, 고개, 골짜기 등과 같은 지명 역시 현지 음대로 강=카와(가와), 산=야마(잔, 산), 고개=사카(자카), 골짜기=타니(다니) 등으로 표기하였다.

5. 성과 이름 중간에 나오는 것은 대부분 관직명과 서열을 나타내는 것인데, 그 당시의 관습에 따라 이름과 혼용하여 쓰이는 경우도 있다. 각 관청 및 관직에 대해서는 부록에서 설명하였다.

   ex) 히라테 나카츠카사노타유 마사히데 → 히라테 마사히데(이름) + 나카츠카사노타유 (나카츠카사의 장관), 아마노 아키노카미 카게츠라 → 아마노 카게츠라(이름) + 아키노카미(아키 지방의 장관)

6. 시간과 도량형은 아즈치 · 모모야마 시대에 쓰던 것을 그대로 따랐으며, 역시 부록에서 설명하였다.

차례

≪ 무사시 · 사가미의 주요 지도 ≫

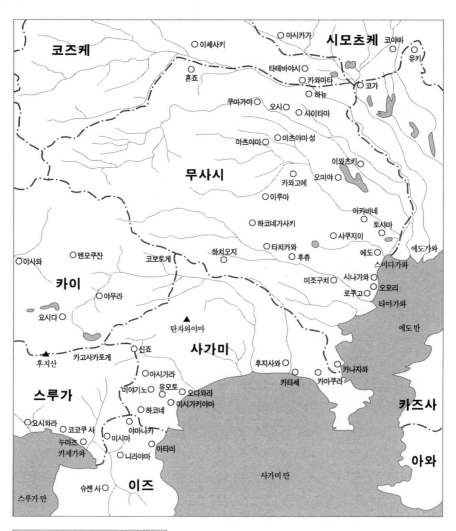

코즈케

이세사키 ○

아시카가 ○

시모츠케   코야마 ○

유키 ○

타테바야시 ○

카와마타 ○

혼죠 ○

하뉴 ○

코가 ○

쿠마가야 ○

오시 ○

사이타마 ○

마츠야마 ○

마츠야마 성 ○

이와츠키 ○

무사시

카와고에 ○

오미야 ○

이루마 ○

아카바네 ○

하코네가사키 ○

토시마 ○

사쿠지이 ○

타치카와 ○

하치오지 ○

에도 ○

에도가와

아사와 ○

텐모쿠잔 ○

코보토게

후츄 ○

스미다가와

카이

미조구치 ○

시나가와 ○

야무라 ○

로쿠고 ○

오모리 ○

타마가와

요시다 ○

탄자와야마 ▲

에도 만

신죠 ○

사가미

후지산 ▲   카고사카토게

아시가라 ○

후지사와 ○

카나자와 ○

미야기노 ○   유모토 ○

카타세

카마쿠라

스루가

오다와라 ○

이시가키야마 ○

카즈사

요시와라 ○

하코네 ○

코코쿠 사 ○

야마나카 ○

누마즈 ○   미시마 ○

키세가와   니라야마 ○

아타미 ○

아와

슈젠 사 ○

이즈

사가미 만

스루가 만

탈출

1

오카자키 성岡崎城˙으로 돌아온 이시카와 카즈마사石川數正˙는 그대로 방에 틀어박혔다.

조용히 탁자 앞에 자세를 바로하고 앉아 벼루를 당겨 붓을 들고는 새삼스럽게 히데요시秀吉˙의 얼굴과 이에야스家康˙의 얼굴을 뇌리에 떠올려보았다.

붓끝을 깨물어 먹을 찍은 뒤 백지 위에 우선 '도쿠가와德川 가문의 군법軍法에 대하여' 라 쓰고 자기 마음을 향해 속삭여보았다.

"카즈마사, 후회는 없는가?"

이상할 정도로 마음이 맑고 조용했다.

지금부터 도쿠가와 가문의 기밀을 자세히 기록하여 품에 넣고 히데요시에게 항복하려는 카즈마사였다.

카즈마사의 이러한 행위는 물론 배신이고 반역이었다. 완고하고 고집스러운 미카와三河 무사들이 볼 때는 갈기갈기 찢어 죽여도 시원치않을 파렴치하고 불충不忠한 짓이었으며, 녹봉에 눈이 어두운 불의不

義한 일이었다.

"또다시 주군은 기르던 개에게 물렸다."

지난날의 오가 야시로大賀彌四郎 사건을 떠올리며 가신家臣들은 카즈마사를 저주하는 것만으로는 부족하여 이에야스의 관용까지 탓하게 될지도 몰랐다.

어떤 자는 오사카大坂에 있는 카츠치요勝千代에 대한 사랑 때문에 얼이 빠졌다고 카즈마사를 증오할 것이며, 또 어떤 자는 코마키小牧 전투 이후 카즈마사가 이미 히데요시와 내통하고 있었다는 소문을 확신에 차서 퍼뜨리기도 할 것이다.

'그래도 좋다……'

카즈마사는 생각했다.

아무도 알아주지 않는다 해도 이 세상에서 세 사람만은 카즈마사의 마음속을 깊이 이해해주고 있었다. 한 사람은 히데요시, 또 한 사람은 이에야스, 그리고 나머지 한 사람은 표면적으로는 강경파 우두머리로 자처하고 있는 혼다 사쿠자에몬 시게츠구本多作左衛門重次*였다. 아니, 비록 그 세 사람이 어떤 일로 인해 오해하게 될 경우가 있다고 해도 신불神佛만은 알고 있을 터.

카즈마사는 지금 미카와 무사의 상식과 무사도武士道를 짓밟고 스스로 적의 품에 들어가, 도쿠가와 가문을 구하고 히데요시를 구하며, 양자의 충돌로 인해 생길 백성들의 고통을 구하려 하고 있었다.

이에야스는 자기가 키워 길들인 사나운 매들 때문에 곤혹을 치르고 있었다. 이 매는 그들의 주인 이에야스가 히데요시와 손을 잡을 때까지는 사나운 기질을 가라앉히지 않을 터였다.

지금 상황에서 모든 것을 되어가는 대로 내버려둔다면──히데요시는 이에야스에 대한 공격을 미루고 시코쿠四國와 큐슈九州를 평정한 뒤 전력을 다해 오다와라小田原 공격을 시도할 것이 분명했다. 그 오다와라의 호죠北條와 이에야스는 지금 손을 잡으려 하고 있었다. 설령 이에야스의 본심이 아니라 해도, 그러한 상황에서 도쿠가와 가문은 설자리가 없었다.

호죠와 손을 잡고 싸워도 멸망, 홀로 외톨이로 남아도 멸망……

히데요시와 손을 잡을 시기는 이미 막다른 순간에 이르러 있었다.

'큐슈 공격이 시작되기 전!'

지금말고 다음에, 다시 좋은 기회에…… 이렇게 생각한다면, 바로 그렇게 생각하는 자체가 역사의 흐름을 거역하는 일이었다. 히데요시가 이렇게까지 강대해진 것은 그의 위대한 재능과, 전쟁에 지쳐 평화를 갈망하는 민중의 뜻이 하나가 된 데 있었다.

'그 흐름을 무력으로 맞서 이기려 하고 있다……'

카즈마사는 담담히 붓을 움직이며 또다시 고지식하기만 한 사나운 매들의 우직함에 화를 냈다.

2

이에야스는 카즈마사가 이렇게까지 굳게 결심하고 있는 줄은 아직 모르고 있었다. 히데요시도 자기가 요구한 인질 대신 카즈마사가 오카자키 성에서 탈주해오리라고는 생각지도 못하고 있을 터였다.

그런 만큼 카즈마사의 탈주가 성공한다면 적도 아군도 모두 깜짝 놀랄 것이다. 도쿠가와 가문에는 큰 경종警鍾이 될 것이고, 히데요시로서는 도쿠가와와의 전쟁을 서두르지 않을 만큼 자신감을 가지게 될 것이다.

군법의 기밀이 적에게 건네진 것을 알면 이에야스는 군사배치를 변경하지 않을 수 없다. 그러나 배치를 바꾼 지 얼마 되지 않은 군사는 충분한 힘을 발휘할 수 없다.

카즈마사가 노리는 점은 바로 양쪽의 그 자계自戒와 자신감의 틈바구니였다. 카즈마사는 먼저 이에야스에 대한 공격이 얼마나 히데요시의 신망과 위신을 깎아내리는 전쟁이 될지 모른다는 점을 들어 히데요시를 설득할 생각이었다.

"무모한 전쟁은 피하시고 아사히히메朝日姬* 님과의 혼사를 추진하십시오. 이에야스는 반드시 따를 것입니다."

이렇게 말하고, 기회를 보아 자신의 탈주도 사실은 이에야스의 양해 아래 이루어졌음을 슬쩍 암시할 생각이었다. 그러나 문제는 과연 이 탈주가 자신의 계산대로 성공할 수 있을지 하는 점이었다.

오카자키는 서미카와에 있기는 하나 도쿠가와 쪽의 최전선은 아니었다. 만일의 경우를 대비하여 최전선에는 용맹한 자 중에서도 특히 용맹한 자들이 눈을 번뜩이며 방비를 담당하고 있었다. 아니, 그뿐만이 아니었다. 카즈마사 휘하에 있는 군사 중에서도 엉뚱한 소문을 믿는 자들이 있었다.

"이시카와 님을 감시해야 한다."

이렇게 믿어 그가 외출하는 곳까지 미행하는 자가 있는 것이 최근의 사정이었다. 탈주하는 도중에 그들에게 죽임이라도 당한다면 지금까지 고생한 보람은 수포로 돌아갈 수밖에 없었다.

하마마츠浜松에서 돌아온 이튿날인 11월 2일부터 카즈마사는 방에 틀어박혀 군법을 쓰기 시작했다. 카즈마사가 그렇게 한 것은 군법을 쓰는 것 외에 그동안 탈출할 방법을 생각하려는 또 하나의 목적이 있었기 때문이다.

카즈마사는 계속 자기 방에 틀어박혀 있다가 5일, 훌쩍 성을 나갔다. 그리고는 오규大給에 있는 마츠다이라 겐지로 이에노리松平源次郎家乘의 진지를 방문하고 돌아왔다. 오규의 마츠다이라 겐지로는 아직 어려 마츠다이라 고자에몬 치카마사松平五左衛門近正가 진지를 대신 맡아보

12

고 있었다.

카즈마사는 치카마사와 만나 차를 마시면서 잠시 세상 이야기를 나누다가 돌아왔다.

6일에는 성읍에 사는 측근 스기우라 토지로 토키카츠杉浦藤次郎時勝를 불러 일부러 술을 대접했다.

"스기우라, 이번 달에 접어들면서 날씨가 따뜻해졌어. 이런 이상 기온일 때는 특히 유언비어가 많이 나돌게 마련인데, 백성들 사이에 고약한 소문이 나돌지는 않던가?"

"예, 지난 며칠 동안은 날씨가 여간 따뜻하지 않았습니다. 그래서 그런지 전쟁이 벌어지거나 큰 지진이라도 일어나지 않을까 걱정하는 자들이 있었습니다."

"으음, 전쟁이라면 역시 히데요시하고겠지. 소문 그대로 말해보게."

"소문 그대로…… 말씀 드려도 괜찮겠습니까?"

"망설일 것 없네. 말해보게."

"그럼, 말씀 드리겠습니다."

젊은 토키카츠는 굳은 표정으로 어깨를 쳐들더니 무릎걸음으로 한걸음 앞으로 나왔다.

"전쟁이 시작되면 적을 오카자키로 불러들일 내통자가 있을지도 모른다……는 소문이 나돌고 있습니다."

이렇게 말하고 잔뜩 카즈마사를 쳐다보며 숨을 죽였다.

3

카즈마사는 일부러 엄한 표정을 지으며 반문했다.

"내통자가 나타난다……고? 그건 누구를 가리키는 말인가?"

스기우라 토키카츠는 미카와 무사다운 뱃심으로 불쑥 말했다.

"성주 대리님입니다."

그리고는 가슴을 떡 젖혔다.

"뭐, 내가 내통자라고?"

"그런 소문이 돌고 있습니다."

"스기우라…… 자네도 그 소문을 믿고 있나?"

"믿고 싶지는 않습니다."

"가령……"

카즈마사는 비로소 미소를 떠올렸다.

"나에게 그런 기색이 있고, 적이 접경까지 쳐들어왔을 때는 어떻게 하겠나?"

"말할 나위도 없이 제가 성주 대리님의 목을 베겠습니다."

"그래? 그 말을 듣고 안심했네. 그런 기개를 가진 사람이 그대만은 아니겠지."

"물론입니다. 신시로 시치노스케新城七之助, 나미키 하루카츠並木晴勝 등이 모두 그럴 각오로 준비하고 있습니다."

"좋아! 그런데 스기우라, 만일 전쟁이 벌어지면 자네들은 어느 쪽이 이길 것이라 생각하나? 망설이지 말고 말해보게."

"두말할 나위도 없습니다! 미카와 무사는 지금까지 한 번도 패한 일이 없습니다."

"으음, 그 긍지를 버려서는 안 돼. 나에게도 접경에도 절대로 주의를 게을리 하지 말게."

"알겠습니다."

카즈마사는 씩씩하게 대답하는 토키카츠를 바라보면서 생각했다.

'거의 한계에 도달했구나……'

토키카츠의 이 말은 이에야스의 직속인 친위대 80기騎를 대표하는 것일 터. 그들 모두 중신회의 때의 분위기와 같은 생각을 지니고 있어, 히데요시와 왕래하고 있는 카즈마사에게 강한 의혹과 반감을 품고 있었다. 그들은 전쟁에는 언제나 이긴다고 믿어, 패했을 때의 비참한 고통을 잊고 있었다.

'이렇게 되어서는 크게 허점이 드러나게 마련인데!'

카즈마사는 그날 밤은 아무렇지도 않은 태도로 토키카츠를 돌려보냈다. 그리고 그 후 2, 3일 동안은 태연히 성읍과 가까운 마을을 말을 타고 돌아보았다.

이때도 카즈마사의 뒤에는 언제나 미행자가 따르고 있었다.

이에야스가 명했을 리는 없고, 중신 중의 누군가가 측근들에게 ─

"카즈마사를 감시하라."

은밀히 지시하여 그들의 반감을 부추기고 있는 듯.

카즈마사는 10일이 될 때까지도 가족은 물론 가신에게도 자신의 결심을 깊이 숨기고 있었다.

11일 오후.

"야스나가康長, 한사부로半三郎를 데리고 어머니와 같이 내 거실로 오너라."

그날도 카즈마사는 오전에는 성안 여기저기를 돌아보다가 거실로 들어와 장남 야스나가에게 말했다.

"무슨 일이십니까? 어머니와 한사부로도 같이 왔습니다마는."

조금 후 야스나가가 들어오면서 말했다.

카즈마사는 부드러운 눈으로 세 사람을 바라보았다.

"알겠느냐, 지금 나는 의견을 묻는 것이 아니라 명령을 내리는 것이다."

이렇게 말하면서 목소리를 낮추었다.

"나는 하마마츠의 주군에게 정이 떨어졌다. 모레, 주군을 버리고 이

성을 떠나겠다. 이 성을 버리고 히데요시 님에게 가 그를 섬기겠다. 모두 그런 줄 알고 마음의 준비를 해두도록 하라."

4

그 어조가 너무 조용해서인지 아내도 아이들도 한순간 카즈마사가 한 말의 의미를 알아듣지 못했다.

"……무어라고 하셨습니까? 하마마츠의 주군에게…… 어떻다고 하셨나요?"

아내가 장남의 얼굴을 바라보고 나서 고개를 갸웃거리며 물었다.

"성주님에게 정이 떨어졌으니 내일 모레 이 성을 떠나 히데요시 님을 섬기러 가겠다고 했어."

아내와 아이들은 다시 한 번 멍한 표정으로 서로 마주보았다.

"호호호……"

더욱 이해할 수 없다는 아내와 아이들의 얼굴——마침내 아내의 웃는 소리가 크게 울렸다.

"이상한 말을 듣는구나, 야스나가. 아버님이 주군에게 정이 떨어졌다고 하시는구나."

"아버님!"

야스나가는 사태의 중요성을 겨우 깨달은 듯 물었다.

"그러면 주군의 허락이 내리신 것입니까?"

"주군의 허락이라니, 그게 무슨 말이냐?"

"히데요시를 섬기러 온 척하고 그의 목을 베는 것 말입니다."

카즈마사는 아들의 말에 씁쓸한 표정을 떠올리고 입을 다물었다.

차차 주위가 어두워져, 어둠과 함께 방 안 가득히 음산한 추위가 스며드는 것 같았다.

"야스나가."

카즈마사는 잠시 자기 감정을 정리했다.

이전에는 야스나가와 거의 비슷한 생각을 가졌던 카즈마사였다. 이에야스와 히데요시 사이에 서서 안타까이 죄어들던 감정에 고집이 더해져, 히데요시의 품속에 뛰어들어 미카와 무사의 기개를 보여주는 것은 어떨까……

지금 카즈마사에게는, 한때 절실하게 그를 사로잡았던 그런 생각은 그림자마저 희미해진 상태였다. 그런 방식으로는 전혀 문제가 해결되지 않는다.

노부나가信長가 제시한 전국戰國 종식의 이상理想을 어떻게 하면 지상에 실현시킬 수 있을 것인가……?

이것이 이에야스의 이상이고 히데요시의 목적이기도 했다. 그런데 여기에 야심과 아집과 측근들의 순진한 고집이 더해져, 이대로 방치하면 다시 이전의 난세로 되돌아갈지도 모르는 위기를 맞고 있었다……

그렇기 때문에 이에야스 곁을 떠나 히데요시의 품안으로 들어가야 한다. 그래서 노부나가로부터 히데요시에게로, 히데요시로부터 이에야스에게로 자연스럽게 꽃이 피는 방향으로 길을 트자……는 것이었다. 과연 이 뜻이 야스나가에게 통할 것인지……?

'그렇구나…… 야스나가 역시 이에야스의 이름 한 자를 받고 자란 미카와 사람이다……'

"야스나가……"

다시 카즈마사가 말했다.

"이 아비를 믿고, 아무 말도 묻지 말고 나를 따를 수 없겠느냐?"

"그러시면 가족에게도 참뜻을 밝히실 수 없다는 말씀입니까?"

"밝히지 않아도 알 수 있는 것 아니냐고 묻고 싶구나."

야스나가는 굳은 표정으로 어머니를 돌아보았다.

"어머님, 어떻게 하시겠습니까? 상황으로 보아 주군의 허락은 받지 못하신 것 같습니다마는."

아내는 쏘는 듯한 강렬한 시선으로 남편을 바라본 채 당장에는 대답하지 않았다.

5

"아버님은 모르고 계시는군요."

다시 야스나가가 입을 열었다.

"주군의 허락도 없이 가족을 데리고 이 성에서 탈출한다는 것은 생각지도 못할 일입니다. 성읍에는 이시카와 호키노카미石川伯耆守가 히데요시와 내통하고 있다는 소문이 나서, 제가 외출해도 반드시 누군가가 미행을 합니다."

"너는 두려우냐?"

"아버님은 두렵지 않으십니까? 용케 성공하면 모르지만, 혹시 도중에 잡히기라도 하면 이루 말할 수 없는 모욕을 당하게 됩니다. 그랬을 경우 상대를 납득시킬 수 있는 주군의 증서가 있어야 합니다. 저는 그와 같은 준비가 되어 있는지 여쭙고 있는 것입니다."

카즈마사는 가만히 고개를 끄덕였다.

"그런 것은 없어. 있을 리가 없지."

"예? 무어라 하셨습니까?"

"없다고 했어."

"그럼, 역시 주군의 허락이 없으셨군요."

카즈마사는 쓸쓸히 웃었다.

"그런 증서를 가지고 있다가 히데요시에게 알려지기라도 하면 어떻게 되겠느냐? 마찬가지다. 미카와를 벗어나면 어디선가 살해될 것이다, 히데요시에게."

야스나가는 다시 숨을 죽이고 어머니를 돌아보았다. 막내 한사부로만은 어떤 변화라도 기대하는 듯 눈을 빛내며 형과 아버지를 번갈아 쳐다보고 있었다. 그러나 아내는 어느 틈에 고개를 숙이고 무릎에 시선을 떨구고 있었다.

"다시 한 번 말하겠다. 이 이시카와 호키노카미 카즈마사는 하마마츠의 주군에게 정이 떨어졌어. 그래서 이 성을 떠나 히데요시 님을 섬기려 한다. 아무 말 말고 이 아비의 뜻을 따를 것인지 아닌지 그것만 대답해주면 된다."

"만일 동의할 수 없다고 말씀 드리면 어떻게 하시겠습니까?"

"죽이고 갈 것이다."

카즈마사의 목소리는 얼어붙은 듯 차가웠다.

"중요한 일을 털어놓았으니 그대로 있을 수는 없어."

"그러시면, 아버님은 책략이 아니라 진정으로 히데요시 앞에서 꼬리를 흔들려 하십니까?"

"그렇다. 꼬리를 흔든다는 말은 약간 귀에 거슬린다마는."

"어머님! 어떻게 하시렵니까? 어째서 잠자코 계십니까? 하실 말씀이 있으실 텐데요."

아내는 조용히 다다미疊°에 두 손을 짚었다.

"어디든지 따라가겠어요."

작은 소리로 대답했다.

"그대는 납득이 가는 모양이군."

"예, 저는 당신이 나쁜 일을 하리라고는 생각지 않아요. 다만 도중에 어려운 일이 생기거든 그 자리에서 죽여주세요. 치욕을 당하고 싶지는 않습니다."

막내 한사부로가 어깨를 펴고 그 말을 받았다.

"그래요, 아버님이 나쁜 일을 하실 리 없어요. 이 한사부로도 같이 가겠어요."

야스나가가 얼른 동생의 말을 가로막았다.

"서두르지 마라, 한사부로. 그리 쉽게 이 성에서 빠져나갈 수 있을 것 같으냐? 벌써 이 성에는 감시의 눈이 번뜩이고 있어…… 너는 그것도 모르고 있느냐?"

"야스나가, 잠자코 있거라."

이번에는 아내가 큰아들을 제지했다.

6

"네가 그런 말을 한다고 해서 뜻을 정하신 아버님이 생각을 바꾸실 리 없어."

어머니의 말을 듣고 야스나가는 더욱 흥분했다.

"그렇다고 주군의 허락도 없이 이 성을 버릴 수 있습니까? 그것은 모반과도 같은 일입니다. 물론 오사카에는 동생 카츠치요가 있어요. 하지만 그 카츠치요에 대한 사랑에 끌려 주군을 배반한다면 뒤에 남은 증조모님을 비롯한 친족들은 어떻게 되겠습니까?"

"좀, 잠자코 있거라."

아내는 부드럽게 아들의 말을 막고 가만히 남편의 안색을 살폈다.

카즈마사는 눈을 감은 채 묵묵히 아내와 아들의 대화에 귀를 기울이고 있었다.

"아버님에게는 너나 나로서는 어떻게도 할 수 없는 업業이 있을 것이다. 아마 무사히 떠날 수 있는 방법도 생각해두셨을 거야. 그러니 아버님 말씀을 그대로 따르도록 하자."

"또 어머님은 업을 말씀하시는군요…… 대관절 업이 무엇이란 말입니까. 그 때문에 일가일족이 희생해야 할 정도로 가치가 있다고는 생각지 않습니다."

"그게 무슨 소리냐……"

아내는 굳은 표정으로 야스나가 쪽을 돌아보았다.

"아버님은 이것이 옳다…… 이것이 사는 보람이라고 생각하시는 일은 절대 포기하지 않는 성격이시다. 이것이 업이야. 이십여 년이나 곁에서 모신 어미이기 때문에 알고 있다. 부탁한다. 아버님이 옳은 일이라고 믿으시는 일에 너도 자신을 굽힐 수 없을까?"

"그 말이 옳습니다!"

어린 한사부로가 다시 힘 있게 맞장구를 쳤다.

"아버님은 옳지 않은 일을 하시는 분이 아닙니다."

"가만히 있거라!"

카즈마사는 눈을 감은 채 한사부로를 제지했다.

"알겠다. 찬성하지 않는 야스나가에게 나의 업 때문에 같이 가자고 할 수는 없다. 죽이지도 않겠다. 너는 혼소 사본宗寺에 계신 증조모님과 같이 있도록 하여라."

증조모란 카즈마사의 조부 이시카와 아키노카미石川安芸守의 부인으로 열렬한 진언종眞言宗의 신도, 지금은 암자에 살고 있는 묘사이니妙西尼를 말했다.

이 말에 야스나가도 그만 입을 다물었다.

'아버지의 탈출에 대해서는 모르고 있었다……'

이런 변명으로 혹시 자기 목숨이 붙어 있을 수 있다면, 아버지와 이에야스와의 사이에 어떤 암묵적인 양해가 있었을 것이 분명하다는 생각이 들었기 때문이다.

"숙부 이에나리家成도 있으므로 네가 변명하기에 따라서는 무사할 수도 있을 것이다. 좋아, 이미 같이 갈 가신들도 모여 있을 테니 이리 불러주시오."

카즈마사는 아내에게 말하고, 한사부로에게 명했다.

"등잔과 화로를 가져오너라."

혼자 남은 야스나가는 자세를 바로하고 앉은 채 돌처럼 움직이지 않았다.

"야스나가, 너는 물러가거라."

"그러면, 아버님은 가신들을 모두 데리고……"

"그렇다. 심복이 없으면 거기 가서 일할 수가 없어. 그들은 너처럼 나를 불신하지는 않아."

카즈마사의 말이 끝났을 때. 아마노 마타자에몬天野又左衛門을 필두로 와타나베 킨나이渡邊金內, 사노 킨에몬佐野金右衛門, 혼다 시치베에 本田七兵衛, 무라코시 덴시치村越傳七, 나카지마 사쿠자에몬中島作左 衛門, 반 산에몬伴三右衛門, 아라카와 소자에몬荒川惣左衛門 등 카즈마사의 심복들이 조용히 들어왔다.

7

갑자기 장남 야스나가가 카즈마사 앞에 머리를 조아렸다.

"저도 가겠습니다!"

그리고는 외치듯이 말했다. 여덟 명의 심복이 조용히 카즈마사를 둘러싸고 앉았을 때였다.

"알았다."

카즈마사는 가볍게 고개를 끄덕였다.

"그럴 줄 알았다."

희미하게 웃고 곧 심복들 쪽을 향했다.

"지금 대사를 가족들에게 말하던 참이었네."

"그러시면, 지금까지……?"

깜짝 놀라 반문한 것은 나카지마 사쿠자에몬이었다.

"일이 누설되면 모두에게 화가 미칠 것 아닌가. 그런데 사쿠자에몬, 비슈尾州(오와리尾張)와의 연락은 아무도 눈치채지 못하도록 완벽하게 처리해두었겠지?"

"예. 요네노米野의 나카가와 산시로中川三四郎 님이 말 백 필과 삿갓 백 개를 도중의 접경까지 틀림없이 보낼 것이니 안심하시라고 했습니다."

비슈 요네노의 나카가와 산시로는 오다 노부오織田信雄의 가신으로 카즈마사와는 처가 쪽으로 먼 친척이었다.

카즈마사는 거기 가서 하루를 묵고 새로 여장을 갖추어 쿄토京都에서 오사카로 갈 생각이었다.

"좋아. 그럼 마타자에몬은 내일 오후 오규의 진지陣地 대리에게 달려가게."

아마노 마타자에몬은 잔뜩 긴장한 얼굴로——

"알겠습니다!"

큰 소리로 대답했다.

"하하하, 마타자에몬이 너무 긴장한 것 같아."

"예."

"무리가 아니지. 오규의 진지 대리 마츠다이라 고자에몬 치카마사는 가신들 중에서도 유별나게 완고한 자니까. 그런 완고한 자에게 같이 히데요시에게 항복하자고 배신을 권유하러 가야 하니 말일세."

카즈마사는 마타자에몬에게 말하고 있으면서도 반쯤은 자기 아들 야스나가에게 말하는 어조였다.

"마타자에몬, 내 말을 잘 듣게. 우리는 정월 초에 오사카로 새해인사를 하러 갈 것이니 그때 같이 미카와에서 나오지 않겠느냐, 반드시 히데요시에게 추천하겠다고 말하게."

"잘 알겠습니다."

"그러면 치카마사는 틀림없이 격노할 것이니 몸조심해야 하네. 나는 사자일 뿐입니다, 다만 대답만 듣고 싶다고 이야기하면서 너무 가까이 가지는 말게."

"알겠습니다."

아마노 마타자에몬이 긴장한 얼굴로 대답했다. 머리를 끄덕이며 카즈마사는 야스나가를 돌아보았다.

"오규에는 내가 며칠 전에 다녀왔어. 그런데 내일 다시 마타자에몬이 간다는 것을 알면 이를 수상히 여긴 자들이 모두 마타자에몬의 뒤를 밟을 거야. 그동안에 가신들은 가족을 데리고 밤 사이에 오카자키를 떠난다. 이것이 제일대고, 나는 모레 저녁 해가 질 무렵 모두들 성에서 퇴근하여 저녁 먹을 시각에 성을 나서겠다."

"그렇게 해도 역시 불안하지 않을까요?"

야스나가가 몸을 앞으로 내밀고 물었다.

카즈마사는 진지한 표정으로 말했다.

"오규의 진지 대리가 일부러 정월에 카즈마사가 배신할 것이라고 소문을 퍼뜨릴 거야. 생각해보면 죄스러운 일이지만……"

"그럼, 내일 밤에 오카자키를 떠날 자와 모레 주군을 모시고 갈 자를 결정하십시오."

와타나베 킨나이는 카즈마사 이상의 침착한 어조로 재촉했다. 이미 준비도 절차도 완전히 되어 있는 듯한 인상을 주었다.

8

날이 밝으면 11월 12일 ──

아마노 마타자에몬이 오규로 출발했을 때 카즈마사의 행동을 수상하게 여기던 사람들의 시선이 일제히 집중되었다. 어젯밤 카즈마사 거실에서 모임이 있었다는 사실은 이미 성안에 널리 알려져 있었다.

그날 어두울 무렵이었다. 대리로서 오규 진지를 책임지고 있는 마츠다이라 고자에몬은 아마노 마타자에몬의 말을 듣고 칼집을 두드리며 격분하고 있었다.

"뭐, 대답을 듣겠다고……! 정신 나간 놈아, 또다시 그런 말을 하면 목을 자르겠다."

핏대를 올리고 쫓아 보냈다. 그러나 이미 밤이 늦은 터라 보고는 하지 않았다.

그 이튿날인 13일에는 주군 겐지로 이에노리의 불사佛事가 있었다. 그래서 겨우 14일이 되어서야 고자에몬은 ──

"그와 같은 유혹을 받은 것은 내게 부족한 점이 있었기 때문이다."

이렇게 자탄하고 외아들 신지로新治郎를 인질로 하여 가신 두 사람과 함께 하마마츠의 이에야스에게 보냈다.

이때 벌써 이시카와 카즈마사는 오카자키 성을 떠난 뒤였다.

13일 저녁 무렵.

성 안팎에 사는 무사들이 각각 자기 집으로 돌아와 옷을 갈아입고 편한 자세로 밥상을 받으려 하고 있을 때였다. 갑자기 성안에서 경종이 무섭게 울리기 시작했다.

사람들은 화재로 생각하고 얼른 밖으로 뛰어나갔다. 그러나 어디에서도 불길은 찾아볼 수 없었다.

"무슨 일일까?"

"어쨌든 성에 들어가볼 수밖에 없군."

"예삿일이 아닌 것 같아. 성에서 급히 종을 치는 것을 보면."

맨 먼저 달려온 것은 스기우라 토지로 토키카츠였다. 그때 미처 도망가지 못한 카즈마사의 병졸 몇 명을 해자 부근에서 발견했을 뿐 잠시 동안은 무슨 일이 일어났는지 알지 못했다.

"무슨 일이냐? 무엇 때문에 종을 쳤느냐?"

"무장을 갖춘 이시카와 호키노카미 님이 부하들을 이끌고 성을 나가셔서……"

"뭣이, 이시카와 님이……?"

당황하며 확인하려 하고 있을 때 신시로 시치노스케가 달려와 먼저 성문을 닫게 했다. 카즈마사의 행동에 의혹을 품고 철저히 감시하게 하면서도 설마 그가 유유히 가족을 데리고 탈출하리라고는 생각지도 못했다.

사방으로 사자가 달려갔다. 그와 함께 성밖 분위기가 차차 동요하기 시작했다.

어떤 자는 히데요시 군이 가까이 쳐들어왔을 것이 분명하다고 하고, 어떤 자는 야하기가와矢矧川 동쪽에 쳐들어온 군사의 모습을 보았다고도 했다.

성안은 아직 조용하기만 했다. 그러나 성읍 곳곳에 경비가 강화되고 마을 입구에는 말을 탄 무사들이 아시가루足輕°를 거느리고 경계를 서야했다.

오가 야시로 때와는 달리, 어떻든 상대는 도쿠가와 가문의 초석이라 일컬어지던 이시카와 카즈마사였다. 대비는 해왔으면서도 갑작스럽게 허점을 찔린 탓에 추적할 틈도 없었고, 도리어 수세守勢에 몰려 유언비어를 가라앉혀야 했다.

"진정하라, 동요하지 마라."

30리나 떨어진 후코즈深溝에서 마츠다이라 이에타다松平家忠가 달려왔을 때는 이미 자시子時(오후 12시)°가까이 되었다. 이어서 마츠다이라 덴자부로 시게카츠松平傳三郎重勝도 군사를 이끌고 달려왔다.

성읍이 조용해진 것은 14일 진시辰時(오전 8시)에 요시다吉田에서 사카이 타다츠구酒井忠次°가 노발대발하며 도착한 뒤였다.

9

카즈마사가 탈출한 뒤 미카와의 혼란도 여간 아니었다. 그러나 카가미가와鏡川를 건너 오와리에 들어가기까지 카즈마사의 심경 역시 결코 편하지 못했다.

도중에 추격자들에게 목숨을 잃는다면 이제까지의 고심이 수포로 돌아갈 뿐 아니라, 지금은 도요토미豊臣라고 성을 바꾼 히데요시와 도쿠가와 가문 사이를 연결하는 귀중한 화의의 고리가 끊어지게 된다.

'아마도 이에야스는 내가 도주한 것을 알아도 당장에는 쫓게 하지 않을 것이다.'

이렇게 믿으면서도 카즈마사는 만일의 경우를 위해 만반의 태세를 갖추고 있었다.

심복인 가신 중에서 나카지마 사쿠자에몬, 반 산에몬, 아라카와 소자에몬 등 세 사람은 어젯밤에 먼저 요네노로 보내 말 100마리와 삿갓 100개를 가지고 접경까지 마중 나오도록 해놓았다. 와타나베 킨나이, 사노 킨에몬, 혼다 시치베에, 무라코시 덴시치 등이 각각 무장한 가신들과 함께 후방을 담당했다.

맨 앞에 장남 야스나가와 막내 한사부로를 앞세우고 이어서 여자들, 카즈마사는 그 여자들과 후군 사이에 있으면서 앞뒤를 지켰다.

13일을 택한 것은 밤길을 생각하여 달이 뜨는 시각을 계산한 결정이었다. 말을 탄 것은 카즈마사 혼자였고, 나머지는 모두 도보로 걸어가도록 했다.

여행에 필요한 말 100마리는, 현재 모든 사태에 대비하고 있는 도쿠가와 군에게는 아주 귀중한 전력, 이것을 카즈마사가 그대로 타고 가 전력을 감소시킬 수는 없었다.

'말까지도 오와리에 요구한 이 마음을 미카와의 완고한 자들이 알아나 줄까……?'

카즈마사가 탈출했다고 해서 이에야스가 일족인 이시카와 이에나리나 카즈마사의 할머니 묘사이니를 추궁하지는 않을 것이다. 그러나 만일 그들이 미카와 경내에서 체포당한다면 반역자로 처형될 수밖에 없었다.

그렇게 되면 손자 카즈마사에게 어렸을 때부터 불도佛道를 가르쳐온 할머니 묘사이니의 슬픔이 얼마나 클지 상상하고도 남음이 있었다.

"추격하는 자가 있거든 지체 없이 무찔러버려라. 그리고 큰 소리로 외치도록 하라. 카가미가와 건너편에 우리를 맞이하러 나온 군사가 있다고 말이다."

이렇게 하면 혹시 척후가 사실을 확인하러 접경지대로 먼저 달려갈지도 모른다는 생각—가서 보면 말 100마리를 끌고 온 나카가와 산시로와 앞서 갔던 나카지마 사쿠자에몬이 와 있을 것이므로, 달빛 아래서는 틀림없이 대군으로 보일 것이라는 계산에서였다.

이 계산이 예정대로 들어맞을수록 이시카와 카즈마사는 방약무인하게 주군을 배신하고 성을 떠난 반역자, 미카와 무사의 풍토에서는 도저히 용납할 수 없는 놈이라는 비난을 받게 될 것이다.

'가장 욕심이 없는 자가 탐욕에 눈먼 불의한 자로 여겨지다니……'

그래도 좋다고 생각할 때 카즈마사의 뇌리에는 이에야스의 얼굴이 떠올랐다.

여섯 살에 인질로 끌려갈 때의 그 천진난만하던 이에야스의 얼굴. 슨
푸駿府의 큰방에서 후지산富士山을 향해 유유히 오줌을 누던 여덟 살
때의 얼굴. 츠키야마筑山 마님과 혼인할 때의 그 젊은 무사의 모습과
덴가쿠하자마田樂狹間 전투 후의 얼굴…… 마지막으로 바로 12일 전에
두루미 찌개를 먹으라며 말을 걸어왔을 때의 얼굴을 떠올리면서 카즈
마사는 가슴이 터질 것 같았다.

'나는 너무나 주군에게 반해 있었다……'

10

반한다는 것은 모든 이성理性을 초월케 했다.

이에야스가 여섯 살에 인질로 끌려갈 당시의 요시치로 카즈마사與七
郎數正는 열 살이었다. 그러므로 무려 38년 동안을, 오로지 이에야스만
을 위해 살아왔다. 카즈마사 자신의 생활은 전혀 없었다고 해도 과언이
아니었다.

카즈마사는 언제나 그 헌신에 만족을 느끼고 있었다. 이상하다고 하
면 이보다 더 이상한 일도 없을 터. 그러나 이에야스가 웃으면 기뻤고
탄식하면 슬펐으며 사나워지면 흥분하여 피가 끓었다.

지금도 카즈마사의 이러한 감정에는 전혀 변함이 없었다. 불도에서
말하는 '진眞'에 입각하여 천하의 평화를 위해 봉사한다……는 표면적
인 이유 외에—

'이에야스의 천하 제패에 도움이 되고 싶다!'

이런 염원이 아무 갈등도 없이 마음속에 자리잡고 있었다.

지금 온몸에 배어 있는 철석같은 긍지를 버리고 배반자라는 굴레가

썩워졌지만 여전히 마음으로는 만족해하고 있었다.

'누구를 위해서? 물론 이에야스를 위해……'

카즈마사는 자문자답하는 동안 그만 우스운 생각이 들어 슬며시 혼자 웃었다.

"주군을 위한 것이 어느 틈에 나를 위한 것이 되었다…… 그렇다, 이시카와 카즈마사는 지금 자신의 업 때문에 이렇게 오카자키를 떠나는 것이다."

어느덧 13일 밤의 달이 머리 위에 떠올라 있었다.

이때 행렬 맨 앞에서 야스나가가 외치는 소리가 들렸다. 그와 함께 행렬이 멈추었다. 추격하는 자가 없어 안심하고 있었는데, 앞에서 누군가가 나타난 모양이었다.

"야스나가, 무슨 일이냐?"

카즈마사는 고삐를 당기고 앞으로 나갔다.

"예. 치리유池鯉鮒의 관문을 지키는 기마무사입니다."

"그래, 이름은?"

"노노야마 토고로野野山藤五郎."

앞길을 막아선 말 위의 그림자가 번쩍 창끝을 빛내며 큰 소리로 대답했다.

"오, 노노야마인가. 수고가 많다. 나는 이시카와 카즈마사다."

"그러기에 수상합니다. 이 밤중에 성주 대리님은 어디로 가십니까?"

"토고로."

무사의 이름을 부르면서 카즈마사는 그가 데리고 있는 병사가 두 사람뿐이라는 것을 확인했다.

"잠자코 지나가게 하면 네 체면이 서지 않을 것이다. 여기서 싸우다 죽을 것인지, 아니면 위급함을 오카자키에 고할 것인지 토고로, 네 뜻대로 하여라."

"그렇다면 역시 소문대로……"

"하하하…… 주군에게 정이 떨어져 도주하고 있다. 상대하겠느냐?"

"주군에게 정이……?"

"그렇다. 접경에는 마중하는 군사가 나와 있다. 이런 경우 어떻게 대처해야 하는지는 이 카즈마사가 평소에 가르쳤을 것이다. 이성을 잃고 날뛰다가 나중에 웃음거리가 되면 안 된다."

"으음."

상대는 말 위에서 신음했다.

"하하하…… 아무도 모르고 있다, 나의 탈출은. 싸우다 죽는 것이 도리냐, 우선 위급함을 고하는 것이 먼저냐?"

"에잇!"

잠시의 틈도 두지 않고 상대는 창을 꼬나들고 말을 몰아 카즈마사에게 덤벼들었다.

카즈마사는 얼른 몸을 피하고 칼을 뽑아들었다.

"가만히 있거라. 가만히 있어, 야스나가."

대응하려는 아들을 나직한 소리로 제지했다.

11

"장하다, 토고로. 창을 휘둘렀구나."

"이놈, 배반자 같으니!"

"멍청한 놈. 다시 찌를 생각은 하지 마라. 그보다 먼저 오카자키에 가서 위급함을 알리도록 해라. 그렇지 않으면 너는 어리석은 자라는 이름을 듣게 된다."

이때 노노야마 토고로는 다시 한 번 말과 함께 카즈마사에게 부딪칠 듯한 기세로 두번째 창을 휘둘렀다.

"쨍강!"

소리와 함께 창이 허공으로 튕겨졌다.

그 순간 ──

"실례!"

노노야마 토고로는 양쪽 말이 동시에 앞발을 쳐드는 틈을 노려 화살처럼 동쪽을 향해 질주하기 시작했다.

"뒤쫓지 마라. 길을 열어 지나가게 하라."

카즈마사는 칼집에 칼을 꽂으면서 뒤를 향해 소리쳤다. 병졸 두 사람은 어느 틈에 왼쪽 밭으로 도망쳐 덤불 속으로 모습을 감추었다.

"야스나가, 훌륭하지 않았느냐?"

"예."

"한 번 찌른 것만으로 고집은 선다. 그런데도 녀석은 두 번이나 찌르고는 달아났어. 그런 기개가 살아 있는 한 미카와 무사는 누구에게도 꿀리지 않는다."

이렇게 말하고 카즈마사는 생각난 듯이 웃으면서 말머리를 돌렸다.

"하하하…… 그런데 이제는 그 미카와 무사를 적으로 돌리게 되었구나. 칭찬만 하고 있을 수는 없게 됐어. 자, 어서 가자."

행렬은 다시 야스나가를 선두로 하여 걷기 시작했다.

그들 행렬을 발견한 자가 동쪽으로 말을 몰아갔으니 당분간 다시 습격당할 우려는 없었다.

야스나가는 그 무렵부터 아버지의 마음을 점차 확실하게 알 수 있을 것 같았다. 그때 옆에 바싹 붙어서 걸어오고 있는 한사부로가 흘끗 쳐다보고는 숨을 몰아쉬며 야스나가에게 물어왔다.

"왜 죽이지 않았을까, 형?"

"한사부로, 너는 아직 그 이유를 모르겠느냐?"

반문하고는 얼른 말꼬리를 흐렸다.

"강하니까 죽일 수 없었던 거야. 아니, 쫓아가는 데 시간을 보낼 만큼 여유가 있는 여행이 아니기 때문이야. 또 우리 일행에는 여자들이 많아."

"아쉽게 됐는걸."

"응, 재빠른 녀석이었어."

그러면서 아버지를 돌아보니 말 위의 카즈마사는 똑바로 달을 쳐다보며 조용히 안장에서 흔들리고 있었다. 유난히 우뚝한 콧날만이 희게 빛나는, 가면처럼 무표정한 아버지 얼굴이었다.

'이렇게 고향을 버리고 떠나는구나…… 역시 아버지는 주군의 허락을 받은 게 분명하다.'

만일 그렇다면 더욱 함부로 입 밖에 내면 안 될 일이라고 새삼스럽게 깨닫는 야스나였다.

"아, 보이기 시작합니다, 카가미가와."

잠시 후 야스나는 다시 아버지를 돌아보고 큰 소리로 말했다.

말을 탄 아버지가 먼저 알았을 것이라 생각하면서도 그 말을 고하지 않을 수 없었다.

"잠자코 걷거라. 강 건너에 마중 나온 등불이 많이 보이는구나."

귀를 기울이면 벌써 강물이 흐르는 소리까지 들릴 정도의 거리였다.

희생의 바람

1

본진本陣을 사카이堺로 옮기고 시코쿠를 공략하기 시작한 히데요시 쪽으로서는 이시카와 호키노카미 카즈마사의 오카자키 탈출이 별로 큰 문제가 아니었다. 그러나 도쿠가와의 가신들에게는 아닌 밤중에 홍두깨 같은 큰 사건이었다.

하마마츠에 있는 이에야스에게 카즈마사에 대한 보고가 들어간 것은 14일 새벽, 요시다 성의 사카이 사에몬노죠 타다츠구酒井左衛門尉忠次로부터였다. 타다츠구는 사자를 파견해 이에야스에게 위급을 고하는 동시, 그 자신도 마츠다이라 이에타다와 함께 오카자키로 말을 달려 다섯 점(오전 8시)˙에는 이미 성읍에 도착했다. 그리고는 어떻게 될 것인지 전전긍긍하고 있는 백성들을 진정시키고 있었다. 물론 타다츠구나 이에타다도 그때까지는 아직 카즈마사가 무슨 생각을 하고 있는지 알지 못하고 있었다.

단순한 탈출일까, 아니면 적을 유인하려는 생각으로 저지른 계획적인 일일까……?

하마마츠 성°에서 타다츠구의 사자를 맞은 혼다 마사노부本多正信는 혈색을 잃고 이에야스의 침소에 들어갔다.

"큰일났습니다. 어서 기침하십시오."

베갯머리에서 마사노부는 떨리는 목소리로 이에야스를 깨웠다.

시각은 여덟 점(오전 2시)이 지나 있었다. 매서운 추위가 희미한 등불 가장자리에 희게 원을 그리고 있었고, 주위에는 깊은 정적이 감돌고 있었다.

"이게 무슨 짓이냐, 감히 허락도 없이 침소에 들어오다니."

이에야스는 우선 마사노부를 꾸짖고 나서 침구 위에 일어나 앉았다. 곁에 있던 소실 오츠마於津摩가 부끄러운 듯 매무새를 고치며 일어나 앉는 것도 왠지 으스스한 느낌이 들었다.

"무어가 큰일이란 말인가? 어서 말하라."

이에야스는 소실이 자세를 바로하기를 기다렸다가 나직한 소리로 물었다.

"예. 밤중에 큰 실례인 줄은 압니다마는, 오카자키의 성주 대리 이시카와 카즈마사가 가족과 일당을 데리고 도주했다고 요시다의 사카이 님이 급보를 전해왔기 때문에……"

"뭣이, 카즈마사가……?"

"예. 사카이 님이 즉시 오카자키로 달려갔다고 합니다. 소동이 일어나면 큰일이니 주군께서도 서둘러 오셨으면 한다고……"

"허어……"

순간 이에야스는 이상한 눈으로 마사노부를 바라보았다. 이에야스로서도 뜻밖의 일이었다.

"으음, 카즈마사가……"

다시 한 번 자기 자신에게 말하듯이 중얼거렸다.

"알겠다. 자네는 거실에서 기다리게. 오츠마, 갈아입을 옷을."

소실에게 말했다.

오츠마는 텐쇼天正 11년(1583) 이후 이에야스를 섬기고 있는 타케다 武田 가문의 떠돌이무사 아키야마 에치젠노카미 토라야스秋山越前守虎 康의 딸이었다.

"그럼, 거실에서 기다리겠습니다."

"후후후."

마사노부가 물러가자 이에야스는 오츠마를 돌아보고 웃었다.

"마사노부 녀석, 제딴에는 지혜가 있는 체하면서도 이렇게 당황하다 니…… 좋아, 아무도 깨우지 마라."

이에야스는 옷을 갈아입은 뒤 직접 칼을 들고 거실로 향했다.

2

거실에는 이미 코쇼小姓°와 하인들이 나와 이에야스가 나타나기를 기다리고 있었다.

"차를 가져오너라."

마사노부는 하인에게 명했다.

"즉시 혼다 사쿠자에몬 님을 부르셔야 하지 않을까요?"

이에야스는 조용히 고개를 저으며 자리에 앉았다.

"날이 밝거든 부르기로 하세."

"그러나저러나 뜻하지 않은 이시카와 님의 행동입니다."

"……"

"충성과 성실, 철석같은 마음이 미카와 무사의 자랑…… 이것을 단 숨에 배신하다니 대대로 입어온 은혜를 어떻게 알고 있는지."

"……"

"이제 와서 보니 역시 코마키 전투 이후의 소문이 사실이었군요. 그 무렵부터 히데요시와 내통하고 있었던 것이 분명하다⋯⋯고 스스로 자백한 것이나 마찬가지입니다."

"마사노부."

"예."

"당장 오카자키 성을 개축하지 않으면 안 되겠어."

"예⋯⋯?"

"카즈마사는 성의 구조를 너무나 잘 알고 있어."

"그⋯⋯그렇습니다."

"니시오西尾에서 바다에 이르는 경비망도 바꾸지 않으면 안 돼."

"참으로 가증스럽기 짝이 없는 이시카와 님의 소행입니다."

이에야스는 이 말에 대해서는 직접 대답하지 않았다.

"히데요시가 묻는다면 거짓말을 할 수 없을 거야."

"예? 무어라 말씀하셨습니까?"

"카즈마사 말이네, 히데요시가 물으면 거짓말을 못할 것일세. 그러 니 방비를 변경해야겠어."

"옳으신 말씀입니다."

"마사노부."

"예."

"날이 밝으면 코슈甲州의 토리이 모토타다鳥居元忠와 나루세 마사카 즈成瀬正一에게 사자를 보내 곧 오라고 전하게."

"저어, 토리이 님과 나루세 님에게⋯⋯?"

당시 토리이 모토타다는 코슈의 태수 대리였고, 나루세 마사카즈는 부교奉行°였다.

"그러면, 코슈의 군사까지도 이쪽으로 돌려야 사태를 수습할 수 있 다고 주군은 생각하십니까?"

이에야스는 문득 양미간을 모으고 씁쓸히 웃었다.

"마사노부."

"혹시 달리 생각하시는 것이……?"

"자네는 역시 군사문제에는 눈이 어둡군."

"과연…… 그럴까요?"

"토리이와 나루세를 부르는 것은 군사를 거느리고 오라는 뜻이 아닐세. 그들에게 신겐信玄 님의 국법國法, 군사배치부터 무기와 전략 등 모든 것을 조사하도록 명해두었어. 그걸 가져오라는 의미일세."

"……"

"알고 있겠지만, 카즈마사는 히데요시의 물음에 거짓말을 못할 사람이야. 그러므로 지금 우리 진법陣法을 완전히 바꾸지 않으면 비밀이 낱낱이 드러나게 되지."

마사노부는 갑자기 그 자리에서 머리를 조아렸다. 뜻하지 않은 카즈마사의 탈출로, 지금 마사노부가 우려하는 것은 오늘내일의 소란이고, 이에야스가 걱정하는 것은 그보다 먼 장래의 일이었다.

"그러시면, 주군께서는 혹시…… 이시카와 님의 모반을 미리 내다보고 계셨던 것이 아닙니까?"

이에야스는 가만히 고개를 돌리고 말했다.

"차를……"

3

이에야스는 하인이 가져온 차를 천천히 마셨다.

아직 날은 밝지 않았다. 차 솥에서 물 끓는 소리와 긴장한 코쇼들의 숨소리가 차차 방안을 훈훈하게 만들었다.

"주군이 보시기에도 역시 이시카와 님의 거동이 수상했습니까?"

이에야스는 여전히 대답하지 않았다.

수상하게 보았느냐고 한다면 그렇다고도 할 수 있었다. 하지만 그 반대로 이에야스는 자기 자신이 어딘지 모르게 카즈마사의 도주를 바라고 있었던 것 같기도 했다.

'과감하게 히데요시의 품에 뛰어들어 그쪽 내부에서 움직여줄 사람이 있다면……'

그러나 철저하게 의리를 지키고, 그렇게 함으로써 미카와 무사의 명성을 쌓고 있는 그의 가신들에게서는 바랄 수 없는 일이었다. 어디까지나 소박하고 고지식하며 굳건한 단결로 밀어붙이려는 가풍이, 잔재주를 부린다는 인상 때문에 무너진다면 그야말로 처마를 바라보기 위해 기둥을 뽑는 것처럼 어리석은 짓이었다. 그런 만큼 이에야스로서는 카즈마사 앞에서 문득 그런 암시를 주려다가 깜짝 놀라 자중自重한 적이 한두 번이 아니었다.

"어쨌든 날이 밝으면 움직이기 시작해야 합니다. 반드시 가신 중에 이시카와 님과 같은 생각을 가진 자가 있을 것이므로, 은밀히 지시를 내리셨으면 합니다."

"으음, 그보다 마사노부, 아직 중요한 일에 미처 생각이 미치지 못한 데가 있을까?"

"황송합니다마는, 이시카와 님의 일족에 대한 조치는?"

"이에나리와 늙은 여승 말인가?"

"예. 어떻든지 이번 일은 모반입니다. 모반죄는 구족九族에 미친다고 합니다."

"하하하…… 어찌 이에나리나 늙은 여승이 카즈마사의 도주를 알았겠는가. 한 사람을 잃었다고 해서 이성을 잃고 흥분하면 세상에 웃음거리가 될 뿐이야."

"그럼, 이것이 일족과는 관계없는 일이라고……?"

"죄가 없는 사람을 벌한다면 가문의 결속을 이룰 수 없어."

"그러시면, 오카자키의 성주 대리는?"

"중신들과 상의하여 결정할 일이지만, 자네에게도 생각이 있을 테니 말해보게."

"주군!"

"왜 그러나, 새삼스럽게?"

"사람들을 물리쳐주십시오."

"허어, 아직 중요한 게 남아 있었나? 좋아, 모두 잠시 물러가 있거라."

그 말에 코쇼와 하인들은 등잔의 심지를 자르고 옆방으로 물러갔다.

바깥은 서서히 밝아오고 있었다. 그리고 호수에서 바람이 일고 있는 듯했다.

"주군! 저로서는 도저히 납득이 가지 않는 게 있습니다."

"그래?"

"주군은 이시카와 님의 도주에 별로, 아니 전혀 놀라시는 것 같지 않습니다. 물론, 놀라시지 않는 것은 침착하신 성격 탓이라 알고 있습니다만…… 전혀 증오하시지 않는 것처럼 보입니다. 대관절 어떻게 된 일입니까?"

"음, 증오하지 않는 것처럼 보인단 말이지?"

"예. 황송합니다마는 혹시 이시카와 님은 주군의 밀령을 띠고 이번 일을……"

마사노부가 여기까지 말했을 때였다.

"쉿."

이에야스는 눈을 날카롭게 뜨면서 무릎을 쳤다.

4

"함부로 입을 놀리면 안 돼, 마사노부. 자네 눈에는 내가 그런 잔재주나 부리는 사람으로 보이나?"

이에야스의 꾸중을 들으면서도 마사노부는 눈을 깜박이는 것도 잊은 듯 상대에게서 시선을 떼지 않았다.

'분명히 주군께서는 카즈마사를 증오하고 있지 않다……'

만일 카즈마사가 이에야스의 밀령을 받고 도주한 것이라면 그 역시 충분히 알고 있어야만 했다.

"마사노부, 자네는 의심하고 있나?"

"예…… 예."

"그렇다면 말하겠는데, 이 이에야스는 그런 잔재주는 부리지 않아. 또 히데요시가 그런 것을 깨닫지 못할 사람이 아니야. 그러나……"

"그러나……?"

마사노부는 앵무새처럼 반복하고 다시 몸을 앞으로 내밀면서 귀를 기울였다.

이에야스는 더욱 목소리를 낮추었다.

"그러나 카즈마사가 나를 미워하고 나에게 원한을 품고 떠났다고는 생각지 않네. 혹시 카즈마사의 마음에는 자네가 의심하는 것 같은 어떤 꿈을 가지고 있지 않나 하고 나도 생각은 하고 있네……"

이에야스는 잠시 사이를 두었다가 말을 이었다.

"내가 카즈마사의 배신에 분노하지 않는 것처럼 보인다면 가신들의 결속이 흐트러지겠지. 그 점에는 충분히 주의를 기울이겠네."

마사노부는 비로소 시선을 떼고 안도의 숨을 쉬었다.

"이유는 어쨌거나 역시 배신은 배신이니까……"

"옳은 말이야. 카즈마사도 그 점을 충분히 아니 처자까지 데려갔을 테지. 좋아, 굳이 날이 밝을 때까지 기다릴 것도 없겠어. 곧 사쿠자에몬을 불러오게. 그를 불러 어쨌거나 접경지대까지 추격하도록 해야겠어."

"바로 그 일입니다. 이것이 비록 주군의 내락內諾을 받은 일이라 해도 그건……"

마사노부가 여기까지 말했을 때 —

"주군! 주군!"

복도에서 거친 발소리와 함께 혼다 사쿠자에몬의 목소리가 들렸다.

"주군! 카즈마사가 무엄하게도 처자까지 데리고 여봐란듯이 오카자키에서 도주했다고 합니다."

"오, 사쿠자에몬이로군. 지금 사람을 보내 부르려 하던 참이었네."

이에야스가 말을 꺼냈을 때 사쿠자에몬은 벌써 마사노부 옆에 앉아 거칠게 숨을 몰아쉬고 있었다.

"주군이 너무 총애하셔서 이렇게 됐습니다. 우리가 카즈마사의 거동이 수상하다고 그토록 말씀 드렸는데도 믿지 않으셨습니다. 기르던 개에게 물리고…… 대관절 주군은 어떻게 하시겠습니까?"

그 분노하는 모습이 너무도 진지해 혼다 마사노부는 눈을 끔벅거리면서 사쿠자에몬과 이에야스를 번갈아 바라보고 있었다.

이에야스는 씁쓸한 표정으로 시선을 돌렸다.

"소리가 너무 크군, 사쿠자에몬."

"그렇습니다, 이렇게 모질지 못해서야 어떻게 가신들을 징계할 수 있겠습니까? 오카자키에는 사카이 님과 이에타다 님이 달려갔다고 해서 무엇보다도 먼저 카즈마사 놈을 붙들어 갈기갈기 찢어놓으라고, 주군의 지시도 기다리지 않고 이 사쿠자에몬이 사자를 보냈습니다. 아, 그리고 마사노부, 자네는 자리를 피해주게. 나는 주군에게 따져야 할 일이 있네. 주군!"

사쿠자에몬은 반백의 머리를 흔들며 대들 듯한 험상궂은 태도로 이에야스 쪽으로 돌아앉았다.

5

사쿠자에몬의 태도가 너무 거친 나머지 마사노부는 깜짝 놀라 옆방으로 물러갔다.

'연극이 아니다……'

만일 이에야스의 내락이 있었다면 사쿠자에몬이 그토록 격분할 리가 없다……고 여겨 마사노부는 의심을 풀었다.

"주군!"

마사노부가 나가자 사쿠자에몬은 다시 꾸짖듯이 부르고 무릎걸음으로 한 걸음 다가앉았다.

"뒷일의 지시…… 아니, 지시만으로는 안 됩니다. 분명히 결심하셨겠지요?"

이에야스는 힐문하듯 말하는 사쿠자에몬의 눈에서 무엇인가를 읽으려 하며 묵묵히 마주앉아 있었다.

"첫째는 니시오 성의 해상 방위, 둘째는 오카자키 성의 구조 변경, 셋째는 진법의 개혁……"

사쿠자에몬이 열거하는 것을 이에야스는 긍정도 부정도 않고 지켜보고 있었다.

어느 틈에 장지문이 환하게 밝아왔다. 그와 함께 새 울음소리가 정원 곳곳에서 들리기 시작했다. 추위가 더욱 오싹하게 살갗으로 스며드는 것만 같았다.

"이 세 가지에는 누구나 생각이 미치고 있을 것이니 새삼스레 말씀 드리지 않아도 아시리라 봅니다. 그러나 넷째와 다섯째에도 마음을 정하셨는지 그것을 알고 싶습니다."

"사쿠자에몬, 자네가 말하는 넷째란 무엇인가?"

"카즈마사 놈을 히데요시에게 빼앗겼습니다. 놈은 주군의 생각을 속속들이 잘 알고 있습니다. 히데요시가 묻지 않을 리 없습니다. 그러므로 모두에게 알려도 상관없을 각오와 생각과 대책의 세 박자가 갖추어져 있지 않으면 안 됩니다."

"그러기에 자네 생각을 말하라고 하는 것일세."

"주군은 또 능청을 떠시는군요!"

사쿠자에몬은 혀를 차고 다시 쏘는 듯한 눈길을 던졌다.

"주군……"

"……"

"넷째는 체면을 버리고 당장 오다와라의 호죠 부자와 손을 잡는 일입니다."

"다섯째는?"

"뻔한 일입니다. 오다와라의 호죠 부자와는 물샐틈없는 사이……로 관계를 공고히 하고 나서 히데요시의 혼담을 승인하시는 일입니다."

"뭐, 혼담을?"

사쿠자에몬의 입에서 처음으로 그 말이 나왔기 때문에 이에야스는 깜짝 놀라 반문했다.

이때 사쿠자에몬은 벌써 이에야스의 시선을 피하고 힘없이 어깨를 떨구고 있었다. 바라보니, 지금까지 대들듯이 빛나던 사쿠자에몬의 눈은 애처롭게 젖어 있었다.

이에야스는 가슴이 섬뜩했다.

"사쿠자에몬!"

"왜 그러십니까?"

"자네는…… 자네는…… 카즈마사와 미리 상의가 있었군."

이번에는 사쿠자에몬의 몸이 크게 꿈틀거렸다.

"틀림없어. 카즈마사가 자네에게만은 무어라 말하고 떠났을 거야."

"……"

"나도 조금 전에 마사노부에게 힐문을 당했어. 그러나 도저히 카즈마사를 미워할 수가 없네. 지금쯤 카즈마사는 어딘가에서 눈물을 뚝뚝 흘리며 걷고 있을 것이다…… 이런 생각이 들어 견딜 수가 없네."

사쿠자에몬은 입을 꼭 다문 채 돌처럼 굳어 있었다.

6

"사쿠자에몬, 어째서 잠자코 있나. 이 방에는 자네와 나밖에 없지 않는가."

이에야스가 다시 한 번 몸을 앞으로 내밀듯이 하고 말했다.

"호호홍."

사쿠자에몬은 우는 것도 같고 비웃는 것 같기도 한 소리로 웃었다.

"그럼, 주군은 이 사쿠자에몬을 카즈마사와 상의하여 소중한 가풍을 파괴하는 잔재주나 부리는…… 그런 사나이로 알고 계셨습니까?"

"그렇지 않아. 하지만 카즈마사가 혹시 속마음을 털어놓을 상대가 있다면 자네밖에 없을 것이라 생각했기 때문일세."

"주군은 어리석으십니다!"

"과연 그럴까?"

"형편없는 바봅니다! 미카와 무사의 본분은 성실과 강직, 표리가 없는 의리에 있습니다."

"으음."

"재치 있는 잔꾀를 가진 자는 어디에도 있게 마련입니다. 그러나 표리가 없는 의리 일변도의 가풍은 삼 년이나 오 년의 세월로는 이루어지지 않습니다. 저는 주군이 지금 하신 말씀에 크게 실망했습니다."

이에야스는 다시 눈을 똑바로 뜨고 사쿠자에몬을 바라보았다. 카즈마사를 위해 울고만 싶은 이에야스의 심정을 이 비뚤어진 자는 계속 나무라고 있었다……

"그런 얕은 마음으로 보신다면 설사 카즈마사에게 어떤 생각이 있어서 떠났다고 해도 빛을 보지 못할 것입니다."

"……"

"가령 카즈마사가 제게 마음을 털어놓았다 하더라도 그 말을 입 밖에 내거나 여기에 찬의를 표할 사쿠자에몬……이라 생각하신다면 어이가 없습니다. 주군은 주군의 가장 소중한 보물을 잊고 계십니다. 주군의 보물은 미카와 무사의 근성입니다. 고리타분하기는 하지만 성실한 가풍입니다! 그것을 잊고 소중한 가풍을 무너뜨릴 잔꾀에 어찌 제가 가담하겠습니까. 저는…… 저는…… 마음속으로부터 카즈마사를 증오하고 있습니다."

이에야스는 다시 가슴이 찔리는 듯한 심정으로 눈을 빛냈다.

주름투성이인 사쿠자에몬의 눈에서 주르르 한 줄기 눈물이 흘러내렸다.

'그렇구나, 사쿠자에몬은 알고 있기는 하지만, 그러면서도 증오한다는 말이로구나……'

가풍.

표리가 없는 가풍.

어느 틈에 주위가 밝아지고, 다 타버린 촛대의 불이 바지직 소리를 내며 꺼졌다.

"그렇군…… 나는 큰 바보로군."

"주군! 제 말이 과했다면 용서하십시오."

"정말 그런지도 몰라. 그렇다면 자네도 카즈마사도 모두 불쌍해."

"아니, 카즈마사는 가증스럽습니다! 가증스런 놈입니다."

"사쿠자에몬."

"예."

"각오는 됐어. 오늘은 오카자키에 가지 않겠네."

"오카자키에 가지 않고 어떻게 하시겠습니까?"

"오다와라에 사자를 보내겠어. 그것이 먼저야."

"음, 네번째 문제가 가장 중요하다는 말씀이군요."

"그리고 내일 오카자키로 가서 니시오 성 방비와 오카자키의 구조 변경에 착수하겠네. 진법에 대해서는 이미 검토가 끝났어."

"그럼, 그 다음에는?"

"정실을 맞이하겠어. 그래야 좋을 것 같아. 좋아, 마사노부를 불러 식사를 준비시켜야겠군. 자네도 같이 먹도록 하세."

그러면서 이에야스는 직접 크게 손뼉을 쳤다.

7

혼다 사쿠자에몬은 식사가 나왔는데도 아직 무언가 불만이 있는 듯 이에야스를 바라보는 시선에 싸늘한 가시가 돋아 있었다.

이에야스에게는 뜻밖이었다.

'무언가 또 할말이 있는 모양이다, 사쿠자에몬은······'

그러나 일부러 묻지 않고 묵묵히 젓가락을 놀렸다.

사쿠자에몬도 식사가 끝날 때까지 때때로 날카로운 시선을 던졌을 뿐 아무 말도 하지 않았다.

식사가 끝나고 코쇼가 밥상을 내갔다.

"사쿠자에몬, 나 대신 자네가 속히 오카자키로 떠나게."

사쿠자에몬은 이 말에는 대답하지 않았다.

"주군은 오다와라가 우선이라고 말씀하셨지요?"

"그러기에 자네더러 오카자키에 가라고 했네."

"오다와라의 호죠 부자를 만나는 데도 격식이 있습니다."

"알고 있어. 체면 같은 것은 생각지 말고 머리를 숙이라는 말일 테지. 걱정하지 말게. 나는 키세가와黃瀨川를 건너 미시마三島까지 갈 생각일세. 그러면 호죠 부자도 내가 굴복한 줄 알고 마음의 끈을 풀게 되겠지."

사쿠자에몬은 그 말을 듣고 더욱 무섭게 눈을 뜨면서 들으라는 듯이 혀를 찼다.

"주군!"

"또 불평인가. 그 눈은 도대체 뭔가?"

"주군은 정말 한심하군요……"

사쿠자에몬은 다시 눈물을 글썽거리며 한숨을 쉬었다.

"도리가 없습니다. 이 사쿠자에몬이 하지 않아야 할 말을 하겠습니다."

"오, 할말이 있거든 어서 하게. 사쿠자에몬, 다만 말이 지나치면 용서하지 않겠어."

"가령……"

사쿠자에몬은 목소리를 낮추었다.

"도주한 카즈마사에게 이런 생각이 있었다면 주군께서는 어떻게 하시겠습니까. 도쿠가와 가문의 보배는 성실 일변도의 강직성. 그러나 지금은 이것만으로는 부족하다. 상대가 히데요시라는 난적이므로 우리도 어쩔 수 없이 책략을 써야 한다…… 다만 이것을 표면화시켜 가신들과 상의한다면, 그런 부정직한 세계도 있었는가 하고 정직한 가신들이 놀랄 것이고, 나아가 강직 일변도인 가풍이 무너지는 원인이 된다…… 이렇게 생각하고, 누구와도 상의하지 않고 나 혼자 희생하겠다…… 어디까지나 예를 들어 말한 것에 지나지 않습니다마는, 만일 그런 마음으로 카즈마사가 도주했다면…… 주군이 키세가와를 건너 호죠 부자에게 보기 흉하게 머리를 숙여, 도쿠가와 님은 너구리, 자기한테 필요할 때만 얼빠진 얼굴을 하고 고개를 숙인다, 믿을 수 없는 사람……이라는 소문이 나도 후회하시지 않겠습니까? 아니, 이런 일까지도 감안하고 내리신 결정인지 여쭙고 싶습니다."

이에야스는 사쿠자에몬을 똑바로 바라보고 자세를 바로했다.

'이제야 알겠다!'

사쿠자에몬이 무엇을 생각하고 있는지…… 카즈마사가 떠나기 전에 어떤 말을 사쿠자에몬과 나누었는지를……

"사쿠자에몬."

"예."

"알고 있네."

"알고 계십니까?"

"알고 있기 때문에 도리 없이 이에야스가 일생에 단 한 번 불신을 저지르는 것이야. 용서하게."

8

"알고 계시면서 호죠 부자에게 불신을 저지르신다는 말씀입니까?"

이번에는 사쿠자에몬이 놀라는 듯했다.

"물론 알고 있는 일이야. 내가 키세가와를 건너면 호죠 부자는 이에야스가 드디어 자기에게 항복했다고 어린아이처럼 기뻐하겠지…… 그들 부자는 그 정도로 순진해. 이것을 히데요시는 아직 몰라. 역시 칸토
關東 여덟 주를 확고하게 제압하고 있는 명문의 기초는 일본에서 손꼽을 만큼 굳건하다고 믿고 있어. 그러기에 내가 나가지 않으면 안 되는 것일세……"

여기까지 말하고 이에야스도 역시 ─

"가령……"

말속에 깊은 암시를 풍겼다.

"카즈마사가 자네 말처럼 그렇게 충의로운 자라면…… 이런 가신의 뜻에 보답하기 위해서라도 나는 그냥 앉아 있을 수 없지. 가능한 한 최대의 일을 하지 않으면 안 돼."

혼다 사쿠자에몬은 차차 고개를 깊이 숙이다가 나중에는 오른손 끝으로 살며시 눈두덩을 눌렀다. 그의 머릿속에 이때 카즈마사의 얼굴이 떠올랐는지도 모른다.

"주군! 그 말씀은 이제 그만두십시오."

"알겠나, 자네도?"

"마음이 침울해집니다. 주군은 역시 천하를 위해 꾹 참고 머리를 숙이시는군요. 가신을 위해서가 아니라."

"물론 의미는 매한가지일세."

"주군이 거기까지 생각하고 계신다면 어찌 이 사쿠자에몬에게 불만이 있겠습니까. 주군이 참으신 만큼 저도 내부 단결을 굳히는 데 힘을 다하겠습니다. 그러면 주군, 저는 곧 오카자키로 출발하겠습니다."

"잘 부탁하네."

"그리고 오카자키에 있는 자들을 한껏 꾸짖겠습니다. 내통자의 도주를 모르고 있었다니 어디 될 말이냐고. 너희들의 눈이 어두워진 것은 마음이 해이해졌기 때문이라고 꾸짖어주겠습니다."

사쿠자에몬은 꾸벅 절을 하고 자리에서 일어났다. 그 눈에는 아직 북받쳐오르는 눈물의 흔적이 남아 있었다. 이에야스의 말을 통해 연상된 카즈마사의 환영은 지우려 하면 할수록 더욱 뚜렷하게 떠올랐다.

'카즈마사…… 자네는 행복한가, 아니면 엄청나게 불행한 제비를 뽑았는가……?'

이에야스는 카즈마사의 심정을 잘 알고 있었다. 그런 의미에서는 아주 행복한 인간이었다. 그러나 어디까지나 이에야스 혼자 그렇게 생각할 뿐, 가신들로부터는 영원히 배신자라는 낙인이 찍힌다…… 이 점에서는 역시 불행한 희생자였다.

'용서하게, 카즈마사! 나는 이제부터 일일이 자네 이름을 들먹이며 욕설을 퍼붓겠네. 자네의 위대함이 범속凡俗을 초월했으니 초래한 불행일세…… 그 대신 나도…… 이 사쿠자에몬도…… 언젠가는 자네한테 고하겠어, 세속의 영달 밖에 서서…… 행복 따위는 바라지 않겠다고. 나도 사나이, 절대로 자네에게 지지 않겠네……'

정면 현관에 이르러 사쿠자에몬은 병졸이 내미는 신을 얼른 발에 걸치고 아침 햇살을 받으며 그대로 자기 집으로 향했다.

나무 사이로 날아다니며 지저귀는 새들의 울음소리 또한 싱그럽고 활기찼다.

산다화山茶花

1

이시카와 카즈마사의 탈출이 사카이에 있던 히데요시에게 알려진 것은 11월 16일이었다. 이어 신슈信州 후카시深志(마츠모토松本)의 오가 사와라 사다요시小笠原貞慶도 카즈마사와 협의한 끝에 히데요시에게 항복했다는 소식이 있었다. 오카자키에 인질로 와 있던 사다요시의 아들 코와카마루幸若丸를 이시카와 카즈마사가 선물 대신 데리고 갔기 때문이다.

"칸파쿠關白°가 되니 효과가 있어. 앞으로는 계속 항복해오는 자들 뿐일 거야……"

히데요시는 측근들에게 태연하게 웃어 보이고 잠시 그 일은 잊은 듯 가장하고 있었다. 그러나 내심으로는 평온하지 못했다.

카즈마사의 탈출은 히데요시에게 여러 가지 의미가 있었다. 정말로 카즈마사가 이에야스에게 정이 떨어져 신변의 위험을 피하지 않을 수 없었다고 하면 그야말로 큰일이었다.

그러한 사태는 이에야스가 히데요시와 일전을 불사하겠다고 결심한 것과 곧장 연결된다. 만일 그렇지 않고 카즈마사가 도쿠가와 가문에 더 있을 수 없게 된 이유뿐이라면, 그것은 이중 삼중으로 의심스러운 일. 그런 점에서는 상대의 첩자를 섣불리 끌어들일 히데요시가 아니다. 세 번째는 카즈마사가 자신의 영달을 바라는 마음에서 비롯된 욕심일 경우다. 이 경우라면 별로 걱정할 것도 없고, 또 카즈마사를 굳이 중용重用할 필요도 없다. 도쿠가와 가문에 있을 때보다 약간 녹봉을 더 주는 선에서 받아들여 두 사람의 도량을 비교시키는 정도로도 충분하다.

이상 세 가지 중에서 어떤 경우인지를 빨리 알아내기 위해 히데요시는 오다 겐고 나가마스織田源五長益(우라쿠有樂)를 불러 지시했다. 카즈마사가 오사카에 도착하거든 적당히 환영하면서 그의 속셈을 알아보도록 했다.

얼마 뒤 사카이의 히데요시에게 우라쿠로부터 밀사가 왔다. 밀사의 보고는, 카즈마사와 만나 살펴보았지만 그 어느 경우에도 해당하지 않았다. 카즈마사는 천하를 위해 직접 히데요시에게 진언할 일이 있어 쿄토를 경유하여 오사카 성*에 오기는 했으나 히데요시를 섬길 마음은 추호도 없는 것 같다는 내용이었다.

히데요시는 큰 소리로 웃었다.

"바보 같은 우라쿠 녀석이 카즈마사에게 속았구나."

우라쿠는 카즈마사를 다룰 만한 인물이 되지 못하는지도 몰랐다. 우라쿠보다는 카즈마사가 한 수 위의 인물이었다.

"그래, 그건 이 칸파쿠의 잘못이야. 그 두 사람 중에 누구에게 더 녹봉을 주어야 하느냐고 묻는다면 역시 카즈마사니까."

히데요시는 쓴웃음을 지으며 이렇게 말했다.

그리고 23일, 조정에 바칠 진상품에 관한 일로 오사카 성에 가야 하는데 그때 카즈마사를 직접 대면하기로 했다.

우라쿠를 쉽게 따돌린 카즈마사가 히데요시에게 무어라고 할 것인지는 히데요시로서도 흥미로운 문제였다.

"나는 사카이에서도 제법 재능과 지혜가 있다는 자들을 만나왔어. 카즈마사는 어느 정도인지 모르겠군. 어디 한번 칼집을 만드는 장인 소로리 신자에몬曾呂利新左衛門과 재주를 겨루도록 해봐야지."

이시다 미츠나리石田三成에게 이런 농담을 하기도 했다.

카즈마사와의 접견은 히데요시가 자랑스러워하는 접견실에서 양쪽에 가신들을 배석시킨 가운데 이루어졌다. 물론 이런 장소에서는 카즈마사가 속에 품은 말을 하지 않으리라는 것은 히데요시도 잘 알고 있었다. 다만 칸파쿠로서 자신의 위엄을 과시하며, 떠돌이무사가 된 카즈마사의 기색을 살피는 것만으로도 충분한 일이었다.

2

카즈마사는 접견실에서 예의바르게 인사하면서도 전혀 동요하거나 흥분하는 모습을 보이지 않았다.

"자네는 이에야스를 버리고 왔다고?"

냉정하게 느껴질 만큼 전혀 동요하지 않는 카즈마사의 태도에 히데요시는 은근히 비위가 상해 조롱하는 투로 물었다.

"버린 것은 아닙니다."

카즈마사는 다이묘大名°들이 열석한 가운데 단호하게 말했다.

"사람에게는 누구나 그 나름의 식견과 살아가는 방식이 있습니다. 도쿠가와 가문에서는 이 카즈마사가 뜻을 펴기 어렵다고 생각했기 때문에 미련을 남긴 채 떠나왔습니다."

열석했던 무장들은 일제히 카즈마사에게 눈길을 보냈다. 소문처럼 이에야스를 배신하고 온 것이라 믿으면서, 당연히 그에 대한 욕설이 나올 것을 기대하고 있었던 듯.

"허어, 그러면 아직도 이에야스가 훌륭하다는 것을 인정하고 있다는 말인가?"

"물론입니다."

카즈마사가 대답했다.

"아마도 이에야스는 칸파쿠 전하에 비해 결코 뒤지지 않는 인물일 것입니다. 그러나 인간에게는 운이 따르게 마련입니다."

"뭣이, 운이 따르게 마련이라고?"

히데요시가 갑자기 안색을 바꾸었다.

"예. 이에야스는 용맹한 무사는 많이 거느리고 있으나 불운하게도 천하를 내다보는 가신을 두지 못했습니다. 이 때문에 거취를 잘못 정하는 일이 많아 차마 이를 그냥 보고 있을 수 없어 이 카즈마사는 일족의 수난을 각오하고 떠나왔습니다."

이 말에 일단 변했던 히데요시의 안색이 다시 복잡한 빛을 띠면서 부드러워졌다.

"으음, 그런 의견을 가지고 있군…… 자세한 말은 내 거실에서 듣기로 하겠네. 좋아, 카즈마사에게 잔을 주어라."

술자리가 끝난 뒤 히데요시는 미츠나리에게 텐슈카쿠天守閣° 2층에 있는 자기 거실로 카즈마사를 안내하도록 했다. 그 자리에서도 카즈마사는 히데요시가 조바심이 날 정도로 침착했다.

꽃이 없는 계절인지라 문 앞에 놓아둔 산다화 화분을 지그시 바라보던 카즈마사는 고개를 돌렸다.

"늦가을에 피는 진기한 꽃이로군요. 동백꽃과 비슷하면서도 동백꽃은 아니고…… 무어라 부르는 꽃입니까?"

히데요시에게 물었다.

히데요시는 대답하기 전에 사람들을 물리쳤다.

"카즈마사, 자네는 정말 이 꽃의 이름을 모르나?"

"예, 모릅니다. 동백꽃과 매우 흡사하기는 하나 잎과 꽃이 훨씬 더 작군요. 이 꽃을 보니 갑자기 떠오르는 생각이 있습니다."

"뭐, 이 꽃을 보고 떠오르는 생각이……?"

"예. 동백꽃을 칸파쿠 님에게 비유한다면 이에야스는 이 꽃 정도인 것 같습니다. 흡사하기는 하지만 약간 작은 것이 말입니다. 이에야스가 아쉽다는 생각이 들었습니다."

히데요시는 남쪽에서 스며드는 햇빛에 낯을 찌푸렸다.

"카즈마사, 자네는 아첨하려 하나?"

히데요시는 햇빛 속을 지나 상좌에 가서 앉았다.

카즈마사는 대답하지 않고 묵묵히 품에서 도쿠가와 군의 진법, 방비 상황을 적은 문서를 꺼냈다.

"아첨인지 아닌지는 이것을 보면 아실 것입니다. 이에야스는 역시 이 꽃…… 그러나 알지 못하는 자는 동백꽃으로 착각할지도 모릅니다 마는……"

진지한 표정이었고, 태도도 공손했다.

3

히데요시는 잠자코 카즈마사의 손에서 문서를 받아들고 살펴보지 않은 채 그냥 옆에 놓았다.

동백꽃과 산다화…… 이에야스가 다른 사람의 눈에는 히데요시와 어깨를 겨룰 수 있을 정도로 큰 인물로 보일 텐데 이에 대한 대비는 되어 있느냐고 비꼬는 말처럼 들렸다.

"카즈마사."

"예."

"자네는 말일세, 우라쿠에게 이 히데요시를 섬길 생각이 없다고 말했다는데……?"

"예, 그렇게 말했습니다."

"자신의 값을 높이기 위해서인가, 아니면 내 부하가 되기 싫다는 말인가?"

"황송합니다마는 그 어느 쪽도 아닙니다."

"뭐, 어느 쪽도 아니라고……?"

"예. 저는 칸파쿠 전하에게도 이에야스에게도 약속한 것이 있습니다. 불초한 몸이기는 하나 이 카즈마사가 도쿠가와 가문을 섬기고 있는 한 두 가문 사이에 서서 반드시 화의를 이루게 하겠다고…… 그런데 이번에 중신을 인질로 보내라는 엄명을 이에야스는 따르지 않고 있습니다…… 이에야스가 따를 수 없는 엄명을 내리시게 한 것도 따지고 보면 이 카즈마사의 태만, 또 중신들을 설득하지 못해 인질을 보낼 기량을 발휘하지 못한 것 역시 카즈마사의 미숙. 제가 맨 먼저 해야 할 일은 양쪽에 대한 사죄입니다."

"으음. 그러면 이에야스로서는 따를 수 없는 무리한 명령을 내가 내렸다, 그게 잘못되었다는 말이로군."

"아니, 명령을 내리셔야 할 이유는 있었을 것입니다. 천하의 평정을 위해서는 부득이한 일이라는 것을 알면서도 이 카즈마사에게는 중신들을 설득할 힘이 없다…… 이것이 부끄러워 탈출했을 뿐이니 섬기겠다는 말씀은 섣불리 드릴 수 없습니다."

"후후후……"

히데요시는 무슨 생각을 했는지 햇볕을 받고 있는 산다화 쪽으로 시선을 돌리며 웃었다.

카즈마사의 말이 무엇을 의미하고, 또 그가 무엇을 원하는지 추측할

수 있었기 때문이다.

"카즈마사, 자네는 잠시 동안에 크게 성장한 것 같군."

"부끄럽습니다. 자주 이곳을 왕래하는 동안에 세상을 보는 눈이 트이게 되어…… 그만 흉물이 되고 말았습니다."

"그래, 알겠네. 그러니까 이 히데요시를 섬기는 것도 그렇지 않은 것도 조건 여하에 달려 있다는 말이로군."

"그렇습니다. 그렇지 않으면…… 이 카즈마사는 욕심에 못 이겨 대를 이어 은혜를 입은 주군을 배신한 멸시받아 마땅한 천치라는 비난을 영원히 면치 못합니다."

"좋아, 그럼 그 조건이라는 것을 말해보게."

"황송합니다만, 전하 휘하에는 도쿠가와 가문의 내부 사정을 이 카즈마사보다 더 잘 아는 사람은 없을 것입니다."

"그야 당연하지."

"그렇다면 앞으로 도쿠가와 가문에 대한 대책을 결정하실 때는 이 카즈마사에게 일임해주십시오. 그러면 이 카즈마사, 분골쇄신 모든 노력을 다하겠습니다."

"그렇지 않으면 평생을 떠돌이무사로 지내겠나?"

"글쎄요, 이 자리에서는 대답을 할 수 없습니다."

이번에는 카즈마사가 부드럽게 웃었다.

"어쩌면 이 카즈마사가 츠쿠시筑紫 변두리라도 가서 칸파쿠 전하의 적으로 돌아설지도 모르는 일…… 그러므로 차라리 죽여 없애는 것이 전하를 위해서 좋을지도 모르겠습니다."

"하하하…… 많이 생각했군, 카즈마사. 자네의 말을 들을 것인가, 아니면 자네를 죽일 것인가…… 이거 내가 크게 협박을 당하고 있군. 하하하하……"

히데요시는 큰 소리로 웃으면서도 그 눈은 도리어 카즈마사의 얼굴을 무섭게 노려보고 있었다.

4

"카즈마사, 나는 아직 남의 명령으로 움직일 생각은 추호도 없네. 그러나 가신들의 의견이라면 무슨 일이든지 허심탄회하게 귀를 기울일 것일세. 들어보고 내 뜻에 합당하면 채택할 것이고 그렇지 않으면 받아들이지 않아. 그 이상 더 이 히데요시를 조종할 수 있다는 생각은 하지 말게."

히데요시는 웃음을 그치고, 이번에는 상반신을 앞으로 내밀면서 어린아이를 달래는 어조로 말했다.

"물론 이 카즈마사는 조종할 생각은 추호도 없습니다. 다만……"

"그런 말은 이제 더 듣고 싶지 않아. 그렇다면 묻겠는데…… 도쿠가와 가문에 관한 일을 자네에게 맡기겠다고 하면 그대는 맨 먼저 어떻게 하겠는가?"

"예, 말씀 드리지요."

카즈마사는 자세를 바로하고 숨을 들이마셨다.

깊이 생각하고 감행한 탈출이 수포로 돌아가느냐 마느냐의 갈림길이었다. 고집도, 위신도, 온 힘을 다해 노력을 기울였던 땅도 모두 버리고 자신의 길을 지향한 한 인간의 삶이 이제 그 가치가 결정된다…… 이런 생각이 들어 저도 모르게 입술이 타고 가슴이 뛰었다.

"우선 정식으로 도쿠가와 가문에 화의의 사자를 보내는 일이 첫째라고 생각합니다."

"그럼, 중신을 인질로 보내라는 요구는 철회하라는 말인가?"

"예. 지금까지 카즈마사가 중간에 서서 여러 가지로 획책하는 바람에 의사소통이 제대로 이루어지지 않았다, 그러므로 정식으로 사자를 보내겠다고 하면, 중신의 인질문제로 분노하고 계실 것이라고 외곬으로 생각하던 터이므로 그들도 마음이 누그러져 냉정하게 사태를 판단할 수 있을 것입니다."

"으음, 전쟁이 벌어질 줄 알고 긴장해 있을 때 이쪽에서 화의의 사자를 보낸다……?"

"예, 그렇습니다."

"그래도 이에야스는 오사카에 오지 않을 것일세."

"물론입니다. 화의에는 이의가 없을 것이므로 우선 화의……를 성립시킨 뒤에 오사카에 오도록 촉구하는 것입니다."

"그러면 올 것 같은가, 이에야스가?"

"좀처럼 중신들이 동의하지 않을 것입니다."

"그럼, 세번째 수단은?"

"아사히히메 님과의 혼인을 정식으로 제의하여……"

"으음, 아사히를 말이지?"

"예. 이제는 결코 거부하지 않을 것입니다. 그때 혼사를 협의한다는 명목으로 완고한 중신들을 몇 차례 오사카로 부르십시오. 그러면 틀림없이 그들도 눈을 뜨게 될 것입니다."

히데요시는 비로소 고개를 끄덕이며 계속 무릎을 쳤다.

아닌 게 아니라 카즈마사 역시 종종 히데요시와 회담을 거듭하는 동안 저도 모르게 고집스런 편견을 버리게 되었다.

"으음, 혼사를 협의한다는 명목으로 도쿠가와의 중신들을 부른다는 말이지……?"

"예. 넓은 세상에 눈을 뜨게 하기 위해서는 그보다 더 좋은 방법이 없습니다."

"그렇다면, 누구를 부르면 좋을까?"

"혼다 헤이하치로 타다카츠本多平八郎忠勝, 사카키바라 코헤이타 야
스마사榊原小平太康政, 그리고 사카이 사에몬노죠 타다츠구가 좋을 듯
합니다마는……"

여기까지 말했을 때 히데요시는 다시 큰 소리로 웃었다.

"으음, 그들이 미카와의 삼대 고집쟁이란 말이지. 하하하…… 좋아,
카즈마사. 자네가 말하는 저의는 잘 알겠네. 자네의 신분은 내가 책임
지겠네."

"그러시면, 이 카즈마사의 의견을 받아주시겠습니까?"

저도 모르게 카즈마사의 목소리가 떨리고 있었다.

5

"그렇지 않으면 이 히데요시가 거짓말을 했다고 세상의 웃음거리가
될 것 아닌가?"

히데요시는 짐짓 목소리를 낮추고 눈을 가늘게 떴다.

"그런데 카즈마사, 자네를 책임지는 데도 여러 가지 방법이 있을 것
일세. 영지를 주어 다이묘가 되게 하던가, 오토기슈御伽衆°로 삼던가,
측근에 두고 창을 들게 할 수도…… 자네는 어떤 것을 원하나? 어디 이
점에 대해서도 의견을 말해보게."

카즈마사는 다시 저도 모르게 몸을 떨었다.

히데요시는 내 마음을 진정으로 이해해준 것일까. 아니면 어느 정도
는 이용가치가 있다고 인정한 것일까……? 어쨌든 탈출한 목적만은 달
성했다고 생각할 수 있게 하는 그 질문은 카즈마사로서는 결코 무시할
수 없는 깊은 의미가 있었다.

"어떤가, 원하는 바를 말해보게. 모처럼 받아들이기로 한 이상 이왕

이면 자네를 기쁘게 해주고 싶어."

"그 일이라면……"

"그 일이라면 어떻다는 것인가?"

"생각지도 않았던 일이라 당장에는 대답을 드릴 수 없습니다."

"뭐, 생각지도 않았던 일이라고?"

"예. 받아들일 것인지 죽임을 당할 것인지…… 그것만 생각하고 있었기 때문에 그 이상 다른 일은 생각지도 못한 소인배입니다."

"으음."

히데요시는 반은 감탄하고 반은 조롱하듯 입술에 미소를 떠올리고 가만히 고개를 끄덕였다.

"카즈마사."

"예."

"나는 자네를 분수에 맞는 다이묘로 삼을 생각이야…… 알겠나, 하지만 내 측근들은 좋아하지 않을 것일세."

"글쎄요, 그 문제에 대해 저로서는……"

"아니, 좋아할 리가 없어. 이에야스가 보낸 첩자를 그런 줄도 모르고 받아들여 크게 중용했다고 생각할 것일세. 어떻게 생각하나, 이에 대해서는……?"

카즈마사는 불끈했다.

생각지 않았던 일은 아니었다. 그러나 이런 말을 듣게 되는 것은 뜻밖이었다.

'그렇게 되면 그건 카즈마사의 진면목과는 거리가 멀다……'

"황송합니다마는 그럴 우려가 있다면 다이묘 같은 것은 마음에 두지 마십시오."

"으음, 그래도 괜찮겠나?"

"제 생각을 말씀 드리겠습니다!"

"무언가?"

"이제 깨달았습니다, 실은 이 카즈마사에게 소원이 있었다는 것을."

"그럴 테지. 없지 않았을 거야. 말해보게."

"이 카즈마사를 받아들이시겠다면 살려서 받아들여주십시오."

"물론일세. 시체는 아무 쓸모도 없으니까."

"저는 천하를 위해! 오로지 이것만을 위해 살려고 합니다. 이렇게 탈출해온 이상 도쿠가와 가문의 가신은 물론 아니고 칸파쿠 전하의 가신이 되고 싶지도 않습니다. 가신은 아니지만 전하를 통해 일하는 것이 천하를 위하는 길이라면 언제든지 목숨을 걸고 일하겠다…… 이와 같은 자유로운 입장에서 받아들여주신다면 녹봉은 처자의 입에 풀칠을 하는 것만으로도 충분합니다."

과감하게 말하고 나자 왠지 가슴이 후련해졌다.

6

생각하는 바를 마음대로 털어놓을 수 있는 기쁨. 이것은 카즈마사 자신도 놀랄 만큼 상쾌한 바람을 되돌려주었다.

"뭣이, 누구의 가신도 아닌 자유로운 몸이 되겠다고?"

"예. 굳이 말한다면 천하를 위한 가신, 천하를 위한 길의 다시없는 가신이 되고 싶습니다."

"멋대로 지껄이는군, 카즈마사!"

히데요시는 비로소 크게 무릎을 치며 앞으로 몸을 내밀었다.

"사카이의 허풍쟁이에 비해도 뒤떨어지지 않을 큰소리를 치고 있어, 그대는."

"그렇습니까?"

"그렇고말고. 현재 이 히데요시 앞에 나와 그런 허풍을 떨 수 있는 자는 달리 없을 거야. 이에야스의 가신도 아니고 히데요시의 가신도 아니다……는 것은 천하에 눈독을 들이고 있다는 뜻이야. 경우에 따라서는 히데요시도 용서치 않고 이에야스도 용서치 않겠다는 의미가 아닌가. 하하하하…… 배짱 좋은 말을 하는군, 카즈마사가."

"황송합니다. 우직한 생각에 몰린 끝에 도달한 움직일 수 없는 일념—念입니다."

"알겠네! 그 우직한 일념을 이 히데요시가 받아들이지 않을 수 없게 됐어."

"감사합니다."

"히데요시도 천하의 칸파쿠일세. 그 칸파쿠가 자네 같은 자를 두려워하여 멀리한다면 후세까지 이 마음을 의심받을 거야. 좋아! 히데요시든 이에야스든 천하를 위해 불의를 행한다면 그때는 언제든지 자네가 목을 베도 좋아."

"예……"

"천하를 위한 큰 충신이란 말이지. 하하하하…… 그 말을 듣고 보니 싼값으로는 살 수 없겠어, 카즈마사."

"그런 의미는……"

"듣기 싫네. 내 눈은 옹이의 구멍이 아니야. 자네가 얄팍한 지혜로 나를 기만하려 하지 않는다는 것은 잘 알았어. 정직한 일념이 잔재주로는 미치지 못할 데까지 자네를 끌어올린 것일세."

"글쎄요……"

"좋아. 나는 다른 사람이 아닌 히데요시일세. 어엿한 다이묘로 대우하겠어. 그러나…… 지금 당장은 아니야. 내가 일일이 측근들에게 자네의 가치를 설명하고 있을 수만은 없으니까. 당분간은 내 동생인 히데나가秀長의 몫에서 이만 석을 떼어주겠네. 그 정도면 가족은 부양할 수 있겠지."

"그야 물론……"

"물론 이것이 자네의 가치는 아니야. 아사히의 일이 마무리되고 나면 곧 한 성의 주인으로 삼겠어. 그것도……"

히데요시는 장난스럽게 목을 움츠렸다.

"자네에게 제일 어울리는 곳을 주겠네. 예컨대…… 이에야스와 내 세력의 접경에 있는 성을…… 그러면 자네는 어느 것이 천하를 위하는 일이 될지, 언제나 그 성에 있으면서 비교할 수 있을 것일세. 그래서 히데요시가 졸렬한 놈이라 여겨지면 언제든지 이에야스에게 돌아가도 좋아. 어떤가, 이 정도면 자네도 납득할 수 있을 것 같은데?"

카즈마사는 다시 부르르 몸을 떨었다. 이번의 떨림은 육체의 떨림이 아니라 영혼 깊은 곳에서 나오는 떨림이었다.

'이것은…… 이 얼마나 꾸밈이 없는 큰 도량인가……?'

"하하하…… 카즈마사, 이것으로 이야기는 끝났네. 이제부터 안으로 들어가 아사히에게 힘을 북돋아주지 않겠나? 여간 가엾지 않아."

7

"다른 일은 히데나가에게 지시해놓을 테니 우선 성읍에 거처를 마련하게."

히데요시의 말을 듣고 거실을 나온 카즈마사는 아직도 꿈속에 떠 있는 기분이었다.

이에야스도 희미하게 자기 뜻을 깨닫고는 있을 터였다. 그러나 히데요시가 이처럼 간단하게, 더구나 정확하게 자신의 고민을 알아맞힐 줄은 생각도 못하고 있었다. 오히려 카즈마사 자신도 파악하지 못한 것까지 히데요시는 예리하게 간파하고 카즈마사의 갈 바를 결정해주었다고 해도 과언이 아니었다.

이 정도라면 도쿠가와 가문과의 절충 과정에서 카즈마사 자신의 의견은 거의 모두 받아들여질 것이 분명했다. 그렇게 되면 양가 사이에 전쟁이 벌어질 우려는 없다고 해도 좋았다.

'역시 천하가 평정될 때가 가까워진 것이다……'

카즈마사는 이런 생각을 하지 않을 수 없었다.

노부나가 다음에 히데요시가 등장했다는 것도, 이에야스가 그처럼 용의주도한 성격의 소유자라는 것도 어쩌면 자연의 요구에 부응한 크나큰 시대의 흐름이었는지도 모른다.

그렇다면 이 카즈마사는 어디까지나 천하의 평정을 위해 살아가면 된다. 그 길뿐이다!

히데요시 앞에서 궁지에 몰린 나머지 호언장담한 대로 살아가는 것이 가장 시대의 흐름을 잘 통찰한 견식이라 자부해도 좋았다……

카즈마사는 이 성의 총지배인이나 다름없는 하시바 히데나가羽柴秀長를 본성으로 찾아가면서 자기 가슴이 저절로 펴지는 것을 깨닫고 쓴웃음을 지었다.

앞서 오카자키 성에서는 느낀 적이 없는 시원한 기분을 오사카 성에 와서 맛보다니 이 얼마나 공교로운 일인가. 아니, 이 모든 것은 인간을 옳게 다룰 줄 아는 놀라운 재능을 지닌 히데요시의 위대함에서 나온 것이라 할 수 있었다.

"이제부터 내전에 들어가 잠시 동안…… 아사히 님을 뵈었으면 합니다마는."

카즈마사가 이렇게 말하자 히데나가는 말없이 100간이나 되는 복도 입구까지 직접 카즈마사를 안내하여 내전의 시녀에게 그 뜻을 전했다.

아사히히메는 히데나가에게도 사랑스러운 여동생이었다. 아마 무엇 때문에 카즈마사가 여동생을 만나려 하고 있는지 잘 알고 있음이 틀림 없었다.

"그런데, 지금 아사이 나가마사淺井長政의 따님들은 어디 있나?"

카즈마사가 내전을 향해 걸어가면서 안내하는 시녀에게 지나가는 말처럼 물었다.

"밑의 두 따님은 출가하시고, 가장 언니 되시는 챠챠히메茶茶姬˚ 님은 현재 우라쿠 님 댁에 계십니다."

"허어, 두 분은 벌써 출가하셨나?"

"예. 둘째따님은 쿄고쿠京極 가문에, 막내따님은 탄바丹波의 히데카츠秀勝 님에게로……"

이렇게 말하고 시녀는 갑자기 목소리를 떨구었다. 그리고는 슬쩍 덧붙였다.

"그러나 히데카츠 님은 건강이 안 좋으셔요. 그래서 막내따님이 여간 가엾지 않습니다."

"허어, 그것 참 불행한 일이로군……"

히데카츠는 노부나가의 친아들로 타츠히메達姬와는 외종사촌 사이였다. 소문에 따르면 그는 폐병을 앓고 있다고 했다.

'시대와 운명……'

세 자매 중 누가 행복과 불행을 만나게 될 것인가……? 문득 이런 생각을 떠올렸을 때는 이미 긴 복도를 지나 아사히히메의 거실 앞에 이르러 있었다.

"로죠老女˚ 님에게 말씀 드립니다. 이시카와 호키노카미 님이 인사 드리러 오셨습니다."

시녀가 안을 향해 또렷한 목소리로 이렇게 말하고 있었다.

8

카즈마사가 로죠의 안내를 받아 방으로 들어갔을 때 아사히히메는 탁자 앞에 앉아 무엇인가를 쓰고 있었던 모양인지 얼른 붓을 놓고 돌아 앉았다.

'불경을 베끼고 있었구나……'

이런 생각을 하니 카즈마사는 가슴이 아팠다. 전에 그를 안내했던 것은 언제나 그 순진한 사지 휴가노카미佐治日向守였다. 그러나 이미 그는 이 세상에 없었다. 그리고 세상에 없는 그를 추모하며 불경을 베끼고 있는 가련한 여성에게, 지금의 카즈마사는 도쿠가와 가문으로 출가하도록 권해야 하는 입장이었다.

'이것도 모두 천하를 위해……'

카즈마사는 전에는 강하게 반발했던 이 말로 지금은 스스로를 납득시키려 하고 있었다.

'공교로운 일이야……'

이런 생각을 하면서 정중하게 절을 하고 고개를 들자 여기에도 외국에서 건너온 듯한 작은 화병에 한 송이 산다화가 꽂혀 있었다.

"수수한…… 그러나 훌륭한 꽃이군요."

아사히히메는 카즈마사가 휴가노카미를 통해 처음 만났을 때보다 서너 살은 더 나이 들어 보였다. 아사히히메는 우울한 표정으로 흘끗 꽃을 바라보았으나 카즈마사의 말에는 대답하지 않았다.

"우라쿠 님한테 이야기를 들었습니다. 도쿠가와 가문에서 떠나셨다고요?"

"예. 그 사정은 칸파쿠 님이 잘 알고 계십니다."

"그런데…… 나는 역시 도쿠가와 가문으로 가야만 할까요?"

상대는 이것만이 마음에 걸렸던 듯 단도직입적으로 물어왔다.

카즈마사는 미소를 떠올리려 했으나 한숨이 먼저 나왔다.

"칸파쿠 전하도 그렇게 말씀하시더군요. 그대에게는 여러 가지로 묻고 싶은 것이 있을 테니 질문을 받거든 알고 있는 대로 솔직히 말씀 드리라고."

"그럼, 역시 가지 않을 수 없겠군요?"

"솔직히 말씀 드리면……"

그렇다는 말을 직접 할 수가 없어 카즈마사는 천천히 천장으로 시선을 돌렸다.

"칸파쿠 전하와 이에야스가 제휴하는 것이 천하 평정을 위한 가장 빠르고 가까운 길입니다."

"이시카와 님."

"예, 무슨 말씀이신지……?"

"혹시 이시카와 님은 아사이의 막내딸 혼사에 대해 세상 사람들이 무어라 수군거리고 있는지 아시나요?"

"아니, 전혀 모릅니다마는."

"항간에서는 말입니다…… 아니, 항간에서가 아니라 이 내전의 여자들이라고 해도 좋아요. 히데카츠 님은 폐가 안 좋아 여자를 가까이하는 것이 가장 해롭다, 그런데도 전하가 일부러 혼인을 강요했다고 무서운 소문이 나돌고 있어요."

"그……그……그것이 대관절 무슨 말씀입니까?"

"전하는 양자 히데카츠 님보다 친누이의 아들 미요시 히데츠구三好秀次에게 뒤를 잇게 하겠다는 뜻을 가지고 있다, 그래서 일부러 가장 해가 되도록 여자를 곁으로 보냈다…… 나도 역시 그와 비슷한 경우가 아닐까요, 이시카와 님?"

카즈마사는 너무도 뜻하지 않은, 날카롭게 비꼬는 질문을 받고 당장에는 대답할 말이 없었다.

9

"너무 지나친 처사라고 생각지 않나요?"

아사히히메가 다시 다그치듯 말했다.

"그 모든 것이 천하를 위해서라는 거예요. 천하를 위한다며 여기저기서 나약한 인간의 사소한 행복마저 짓밟고 다니다니…… 나는 그것을 이해할 수 없어요."

카즈마사는 저도 모르게 몸을 앞으로 내밀며 그 말을 제지했다.

"아사히히메 님, 그렇지 않습니다!"

"그렇지 않다니…… 그럼, 아사이의 막내딸이 히데카츠와 살다 남편과 사별해도…… 행복하다는 말인가요?"

"아사히히메 님!"

"나는 때때로 천하라는 것이 증오스러워요. 그리고 오빠의 출세가 미워져요……"

"아사히히메 님!"

카즈마사는 마치 자기가 추궁을 받기라도 한 듯 당황했다.

"그렇게 생각하시는 것도 결코 무리가 아닙니다. 하지만 그렇게 되면 전하의 입장이 난처해지실 것입니다."

"아니에요. 그렇지 않기 때문에 이번에는 다죠다이진太政大臣°인가 뭔가가 된다고 하더군요."

"전하가 생각하시기로는……"

카즈마사는 상대의 예봉銳鋒을 피하려고 얼른 말을 받았다.

"히데카츠 님의 병환이 쾌차하실 수 없다고 여겨 서둘러 혼인을 치르게 하셨는지도 모릅니다."

"원, 이런……"

아사히히메는 눈을 똑바로 뜨고 노려보았다.

"그럼, 죽을 때가 가까웠기 때문에 미련이나 없도록 여자를 갖게 했다……는 말인가요?"

"예. 전하는 그런 분이라고 이 카즈마사는 생각합니다."

"그렇다면, 그 상대인 아사이의 막내딸은 어떻게 되건 상관없나요, 하찮은 여자이기 때문에?"

"뜻밖의 말씀을 하시는군요…… 아사히히메 님, 그렇게 비꼬아 말씀하지 마십시오. 가령 히데카츠 님에게 만일의 경우가 생겨도 전하는 그 일로 타츠히메 님을 돌보시지 않을…… 그럴 분이 아닙니다. 반드시 그 후에도 깊이 생각하시고……"

"이제 그만!"

아사히히메는 쓸쓸히 웃으면서 손을 내저었다.

카즈마사는 섬뜩하여 입을 다물었다. 애써 상대를 설득하려 하면서도 왠지 모르게 자기 말이 몹시 얼빠진 울림이 되어 되돌아왔다.

다시 아사히히메가 쓸쓸히 웃었다.

"만일 타츠히메가 히데카츠 님을 깊이 사랑하고 있었다 해도 세상을 떠나면 다시 누군가에게 출가시킬 거예요. 천하인이란 사람이 남을 노리개로 삼고 있어요. 그래도 상관없다는 것이겠지요. 나는 이미 체념했어요. 내 힘으로는 어떻게도 할 수 없는 일이니까."

카즈마사는 초조했다. 동시에 몹시 불만스러웠다. 그러나 지금은 상대를 설득할 말도 생각도 떠오르지 않았다. 아니, 도리어 아사히히메의 말이 옳다고 느끼며 점점 더 당황하고 있었다.

이때 로죠가 다과를 가지고 왔다.

"드십시오."

오만하게 말했다.

"아사히히메 님이 대접하시는 것입니다."

그 말을 듣고 보니 상대는 칸파쿠 히데요시의 여동생이었다.

"예."

카즈마사는 더욱 당황스러웠다. 그리고 자기 스스로에게 심한 혐오
감을 느꼈다.

10

천하와 개인.

여성과 천하.

이들 경우는 분명 상극되는 면이 무한히 있다. 다시 말하면 서로 이
치에서 충돌하고 있었다. 이 경우 과연 어느 쪽을 옳고 어느 쪽을 옳지
않다고 할 수 있을 것인가.

한쪽은 '큰 벌레를 살리기 위해서' 라 할 것이고, 다른 쪽은 '작은 벌
레마저 살려두지 않는 천하' 라고 저주할 터였다.

'섣불리 찾아오는 게 아닌데 그랬구나……'

"체념했어요……"

그러나 카즈마사의 오카자키 탈출은 지금 그 앞에서 체념했다고 하
는 이 가련한 여성을 도쿠가와 가문으로 출가시키지 않으면 빛을 볼 수
없었다.

"이시카와 님이라고 하셨죠?"

다과를 내려놓고 그 자리에 앉은 로죠가 자못 점잖은 어조로 말하고
카즈마사 쪽을 보았다.

"듣자 하니 아사히히메 님은 도쿠가와 님과 혼담이 있는 것 같은데,
도쿠가와 님은 어떤 분입니까?"

카즈마사는 공손히 찻잔을 입으로 가져가면서 흘끗 상대를 바라보
았다. 공경公卿의 집 같은 데서 오래 일해온 여자인 듯 무사를 깔보는

말투가 소박한 아사히히메와 비교할 때 너무도 익살스럽고 가여워서 패씸한 대조를 이루고 있었다.

"어떤 분이라니요?"

"예를 들면 취미는 무엇이고 예로부터 내려오는 와카和歌°에도 조예가 깊으신지?"

"글쎄요, 그런 것은 잘 모르겠습니다."

한껏 무뚝뚝하게 대답하고 찻잔을 비웠을 무렵부터 카즈마사는 자신을 되찾았다.

'이대로는 물러갈 수 없다……'

사고방식이 너무 다른 상대이므로 납득할 수 있을지는 별문제로 치고, 그는 나름대로의 의견을 분명히 말해야 한다고 깨달았다. 그렇게 하지 않으면 아사히히메는 더욱 자기 신세를 덧없게 여겨 양가의 앞날을 어둡게 만들 것이 분명했다.

"어떤 분……이냐고 물으셔도 한마디로 대답하기는 어렵습니다마는, 현재 칸파쿠 전하를 제외하고는 천하에서 으뜸가는 분이라고 할 수 있습니다."

"어머…… 그런……"

"그렇지 않다면 전하가 일부러 매제로 삼으려 하실 리가 없지요. 모든 점에서 전하의 마음에 드셨을 것입니다."

카즈마사는 비로소 미소를 떠올렸다.

"전하는 두 분이 천하의 일을 함께 처리할 뜻을 가지시고…… 이 사람밖에는 아사히히메 님의 남편감이 없다고 점을 찍으셨을 것입니다…… 그러나 아사히히메 님은 그런 게 모두 마음에 안 드시는 것 같습니다."

"어머, 그렇게 기량이 뛰어나신 분인가요?"

"그렇다고 대답하면 더욱 아사히히메 님의 마음에 안 드실지 모릅니다…… 천하인이란 비정한 것이라는 선입견이 있기 때문에……"

카즈마사는 다시 웃으면서 말했다.

"어려운 일입니다. 전하 같은 분이 반하신 상대라면 여성도 반한다……고는 할 수 없으니까요. 그렇지 않습니까, 로죠 님?"

이렇게 말하고 다시 아사히히메에게 시선을 옮긴 카즈마사는 깜짝 놀랐다. 아사히히메의 눈에 희미한 빛……으로 보이는 생기가 돌아와 자기를 바라보고 있는 것이 아닌가.

카즈마사는 얼른 아사히히메 쪽으로 돌아앉았다.

"저는 한 가지만 더 말씀 드리고 물러나겠습니다."

11

"어떤 점에서 볼 때 천하인이 하시는 일은 분명 잔인한 것…… 그러나 잔인하다는 것이 전부는 아닙니다. 부디 그 점을 이해하십시오. 카즈마사는 남자이므로 전하의 마음을 알 수 있습니다. 전하의 마음속에는 아사히히메 님에 대한 사랑이 전하 나름의 형태로 숨겨져 있습니다. 전하는 여동생에게 천하제일의 배필을 맺어주고 싶다, 버금가는 사람도 싫다, 자신을 제외한 으뜸가는 배필을…… 이렇게 하는 것이 가장 큰 사랑의 표현이라고 굳게 믿고 계십니다. 아사히히메 님, 이것이 전하의 마음속 깊이 숨겨져 있는 사랑이 아니겠습니까?"

카즈마사는 아사히히메의 눈이 점점 더 붉어지는 것을 확인하면서 열심히 설득했다.

그러면서 자기가 싫어지기도 했다. 창에 찔린 무사가 비틀거리면서 미친 듯이 칼을 휘두르고 있다…… 이런 환상이 그의 뇌리에 아른거리기도 했다.

"알겠어요, 이제 됐어요……"

아사히히메는 울고 있었다. 물론 카즈마사의 말을 완전히 납득하지는 못했을 것이다. 어쩌면 더욱 고통을 느끼며 체념해야 한다고 각오했는지도 모른다.

"그러면…… 도쿠가와 님은 나를 기다리고 있을까요?"

"그야 물론……"

카즈마사는 또다시 창으로 가슴이 찔린 심경이었다.

"기다리시지 않을 이유가…… 까닭이 없습니다."

"이시카와 님."

이번에는 로죠가 몸을 앞으로 내밀었다. 아사히히메를 대신하여 조금이라도 더 많은 것을 알아내려는 눈빛이었다.

"아사히히메 님은 칸파쿠 전하의 여동생이십니다. 그럼 벌써 맞아들이실 전각을 짓기 시작했겠군요?"

"물론 준비 중에 있습니다."

"가신들도 모두 기뻐해줄까요?"

"어……어찌 그런 질문을 하십니까. 주군의 경사를 가신들이 기뻐하지 않을 리가 없지요."

"그 말을 듣고 안도했어요. 험담을 좋아하는 여자들이 어울리지 않는 혼담이라고 소문을 퍼뜨리고 있어 아사히히메 님도 마음에 없으셨던 거예요."

"그렇지 않습니다. 모두가 고대하고 있습니다."

카즈마사는 더 이상 참을 수가 없었다.

"너무 오래 지체했습니다. 이만 물러가려 합니다. 모쪼록 안녕히 계십시오."

입부터 가슴까지 잔뜩 모래가 채워진 기분으로 일어섰다.

히데요시에게서 맛본 그 상쾌한 기분은 흔적도 없이 사라지고 만신

창이가 된 느낌이었다.

'여자는 무섭다!'

남자의 세계, 남자의 이론과는 전혀 다른 날카로운 눈을 지닌 여자다. 그런데 그 날카로운 눈빛을 오늘 카즈마사는 실컷 대면할 수밖에 없었다.

그리고 그것을 '천하를 위해'라고 한다면 아사히히메는 과연 어떤 눈으로 자신을 바라볼까……

카즈마사는 복도에 나와 세차게 고개를 저었다.

"산다화! 산다화……"

그러면서 입속으로 중얼거렸다.

그 연한 꽃잎의 빛깔을 생각함으로써 가슴에 맺힌 불쾌한 오물을 몰아내려 초조해하고 있었다.

비틀거리는 봄

1

히데요시가 다시 보낸 화친의 사자가 하마마츠 성에 도착한 것은 이시카와 카즈마사가 탈출한 지 15일째 되는 11월 28일이었다. 히데요시가 직접 보낸 것이 아니라 칸파쿠 히데요시가 오다 노부오에게 명하여 노부오의 사자라는 형식으로, 오다 우라쿠織田有樂*와 노부오의 가신 타키가와 카츠토시瀧川雄利, 히지카타 카츠히사土方雄久* 등 세 사람이 왔다.

우라쿠가 왔을 정도면 히데요시의 뜻을 충분히 전할 것이라는 생각에 이에야스도 오카자키에서 일부러 하마마츠로 돌아와 사자들을 만났다.

그 무렵에는 이미 니시오 성에서 바다에 이르는 방어망 구축은 끝났다. 그래서 이에야스는 오카자키 성에 머무르며 개축에 대한 지시를 내리고 있었다.

진법陣法과 민정 개혁도 코슈의 예를 참고로 하여 고치고 있었다. 그리고 오카자키 성주 대리는 혼다 사쿠자에몬으로 결정하여 카즈마사의 탈출에 따른 응급조치도 일단 끝나가고 있었다. 오카자키 성 내부의 구

78

조변경만 끝나면 즉시 미시마에 가서 호조 부자와 대면할 예정인 이에야스였다.

이에야스는 이들 사자가 이쪽에서 이행하지 않고 있는 중신의 인질 문제를 힐문하러 왔다고 생각했다. 그래서 단호하게 거절할 결심으로 큰방에서 그들을 맞이했다.

그런데 사자를 대표한 오다 우라쿠의 말은 적잖이 이에야스를 당황하게 했다.

"히데요시는 도쿠가와 님에 대해 전혀 섭섭하게 생각하지 않는다, 노부오와 견해가 상반되어 비록 일전을 교환하기는 했으나 이미 노부오와도 화의를 맺었으니 도쿠가와 가문과도 쌍방이 무조건 화친했으면 한다고 전하라는 말씀이었소."

전투가 끝난 뒤 오기마루於義丸를 양자로 보낸 이에야스에게 새삼스럽게 무슨 말을 하려는 것일까?

이어 카즈마사의 이름이 나왔다.

"이시카와 카즈마사가 이 가문을 떠나면서 양가 사이에서 도쿠가와 님에게 무슨 말을 했는지 알 수 없어 우리가 사자로 왔습니다."

이에야스는 그제서야 비로소 카즈마사가 오사카에 가서 무슨 일을 하고 있는지 어렴풋이 알게 되었다.

"화친에 대해서는 물론 우리도 이의가 없소. 언제라도 사자를 보내 조인할 용의가 있소."

28일의 대면은 이렇게 간단하게 끝났다. 그날 밤에는 사자들을 위해 향응을 베풀었다.

이튿날인 29일 아침이 되어서야 우라쿠가 이에야스에게 말했다.

"제 개인 의견입니다마는, 이번 화친에 조인할 때는 도쿠가와 님이 직접 상경하셔서 오사카로 가시면……"

"그 일에 관해서는 당장 결정을 내릴 수 없소. 현재 여기저기서 성을 개축 중이니……"

이때 이에야스는 이미 상대의 속셈을 읽고 있었다.

우라쿠는 무리하게 상경하라는 말을 할 리 없었다. 이에야스가 그 말을 듣지 않을 것을 잘 아는 카즈마사가 히데요시에게 무언가 귀띔해두었으리라 짐작되었기 때문이다.

"그런 사정이 있으시군요. 그러나 제 생각으로는 도쿠가와 님도 한 번쯤은 상경하시어 칸파쿠 님과 같이 궁전에 문안 드리는 것이 좋을 듯합니다마는."

"어쨌든 생각해보겠소."

29일 이에야스는 특별한 언질 없이 사자를 돌려보냈다.

그날 저녁 나절부터 하마마츠에는 함박눈이 무섭게 내리기 시작했다. 해시亥時(오후 10시)가 되었을 때 갑자기 건물 전체가 천지와 함께 조각배처럼 흔들렸다.

"앗, 지진이다!"

사람들은 서둘러 밖으로 뛰어나갔다. 그와 동시에 성 여기저기서 요란한 소리를 내며 건물들이 무너져 내렸다.

2

이에야스가 히데요시의 상경 권유를 단호히 거부했기 때문에 가신들은 쾌재를 부르고 있었다. 그러나 이 단호한 거부는 전운戰雲을 부를 우려가 있었다. 그런 걱정과 함께 미카와 무사들의 사기는 더욱 고조되었다.

그런데 같은 날 29일 하마마츠에 폭설과 대지진이 있었다. 공교롭게도 이에야스가 상경 거부의 구실로 삼았던 성의 개축이 현실이 될 만큼

각지에서 피해가 엄청나게 컸다.

해시에 일어난 첫 지진에 이어 작은 지진이 몇 차례 계속되었다. 그뿐 아니었다. 1일 축시丑時(오전 2시)에는 처음보다 더 심한 지진이 뒤따랐다.

이렇듯 심한 지진은 물론 하마마츠에서만 일어난 것이 아니었다. 피해가 가장 컸던 지역은 호쿠리쿠北陸의 에치젠越前과 카가加賀였다. 화재, 산사태, 인마人馬가 죽거나 다쳤으며, 가옥이 파괴되고, 지반이 붕괴되는 등 지진이 맹위를 떨치고 있었다.

쿄토에서도 산쥬산겐도三十三間堂°의 불상이 600구나 쓰러지고 궁전의 나이시도코로內侍所°가 흔들렸기 때문에 황급히 기도를 올렸을 정도였다. 오와리의 피해도 막심했고, 이즈미和泉, 카와치河內, 셋츠攝津도 마찬가지였다.

공사 중인 오카자키 성의 피해는 엄청났다. 개축 도중인지라 아직도 완전히 마르지 않은 망루의 벽이 그대로 무너져 내리고, 갓 쌓은 돌담도 처참하게 무너졌다. 다행히 성읍의 화재는 대단치 않았으나, 계절이 겨울이었고 더구나 여진餘震이 12월 중순까지도 위세를 떨쳐 민심의 동요를 가라앉힐 길이 없었다.

"천하에 큰 변란이 일어날 징조인지도 몰라."

"이시카와 님이 탈출했을 때부터 왠지 심상치 않았어."

"어쨌거나 팔십 넘은 노인도 이런 큰 지진은 처음이라 하더군."

"이럴 때 전쟁이라도 벌어지면 큰일이야. 성은 이미 못 쓰게 되었다는데……"

하마마츠 성은 개축 중이던 오카자키 성처럼 심하지는 않았다.

이에야스는 즉시 피해복구를 위해 오카자키로 달려갔다. 우도노 젠로쿠鵜殿善六, 안도 킨스케安藤金助, 유키부키 이치에몬雪吹市右衛門 등 세 사람을 피해복구와 개축공사 책임자로 임명했다. 그리고 자신도 이들 공사를 독려하면서 카즈마사 탈출 이후 개혁한 군율과 민정 시행에 몰두했다.

이이 나오마사井伊直政, 사카키바라 야스마사, 혼다 타다카츠 세 사람이 부교로 임명된 것도 이 무렵이었다.

'피해는 우리 영내에서만 발생한 것이 아니다!'

이렇게 생각하면서 마음을 늦춰 잡았다. 그러나 올해 안으로 호죠 부자를 방문하려던 일은 생각지도 못하게 되었다. 더구나 신슈에서는 12월 3일, 카즈마사와 내통하여 히데요시에게 투항한 오가사와라 사다요시가 호시나 단죠 마사나오保科彈正正直의 거성居城 타카토 성高遠城을 공격한 일까지 있었다.

이미 히데요시는 시코쿠 평정을 끝냈다.

이에야스로서는 참으로 가혹한 섣달의 바람이었다. 개축공사는 봄까지도 이어졌다.

마흔다섯 살. 이미 관례가 되어버린 정월의 노能° 관람을 끝내고, 오카자키에서 하마마츠, 하마마츠에서 오카자키로 쉴 새 없이 왕래하고 있는 이에야스에게 다시 두번째 사자가 찾아왔다.

텐쇼 14년(1586) 정월 21일——

이번에는 오다 우라쿠와 타키가와 카츠토시 외에 토미타 사콘 토모노부富田左近知信가 따라와, 하마마츠 성으로 오지 않고 강경파의 거두로 지목되는 사카이 타다츠구가 있는 요시다 성吉田城으로 갔다는 보고가 있었다.

이에야스는 하마마츠의 자기 거실에서 보고를 들으면서 저도 모르게 입술을 꽉 깨물었다.

'드디어 왔구나……'

어려운 문제를 가지고 왔을 게 틀림없었다.

요시다 성으로 먼저 간 것은 무슨 까닭일까……?

그 무렵에도 아직 여진이 끝나지 않아 때때로 우르르 하고 땅이 울고
는 했다.

3

요시다 성에 들어온 히데요시의 사자는, 오다 우라쿠의 입을 통해 사
카이 사에몬노죠 타다츠구에게 말하도록 했다.

"실은 도쿠가와 님을 뵙기 전에 이 가문의 기둥이신 타다츠구 님의
격의 없는 의견을 듣고 싶어서 찾아왔습니다."

사카이 타다츠구는 못마땅하다는 듯 어깨를 치켜 올렸다.

"기둥이라는 말은 당치도 않소. 미카와에는 나 같은 사람이 강가의
자갈만큼이나 많으니까요. 그러나 일부러 찾아왔으니 일단 이야기는
듣기로 하겠소."

히데요시가 무슨 일을 도모할 때는 반드시 상대방 중신부터 농락한
다는 소문이 있었고, 실제로 이시카와 카즈마사는 그 유혹에 넘어가 히
데요시에게로 도주했…… 이렇게 믿고 있는 만큼 경계와 반감을 숨
길 수 없는 타다츠구였다.

"그럼, 주위를 물리쳐주십시오. 그러면 그날 밤의 상황을 잘 아는 카
츠토시 님이 직접 말씀 드릴 것입니다."

우라쿠의 말을 듣고 타키가와 카츠토시는 무릎걸음으로 한 걸음 다
가앉으며, 타다츠구가 근시近侍들을 내보낼 때를 기다렸다.

"주위를 물리쳐달라고 하셨소?"

"그렇습니다. 실은 기밀을 요하는 중요한 일인지라."

"뜻하지 않은 말을 하시는군. 하시바 가문…… 아니, 이제는 도요토
미 가문이겠군요. 주위를 물리쳐야만 나눌 수 있는 밀담이라면 거절할

수밖에 없겠소. 이시카와 카즈마사의 예도 있고 해서 말이오.”

“하하하하, 사카이 님은 우리가 모반을 권유하러 온 줄로 생각하시는 것 같은데 당치도 않은 말씀이오.”

“아니, 그렇다고는 생각지 않지만, 아직 양가의 화친에 조인도 하지 않았으니……”

“그 화친에 대한 말을 하려는 것입니다. 그러나 주위를 물리칠 수 없으시다면 굳이 강요하지는 않겠습니다. 그렇지 않소, 카츠토시 님?”

“그렇습니다. 우리는 하마마츠에 가서 도쿠가와 님에게 말씀만 전하면 되니까요……”

타키가와 카츠토시도 가볍게 고개를 끄덕였다.

“그렇다면 조금 전에 드린 청은 취소하겠습니다. 다만 미리 귀하에게 알리는 것이 양가를 위해 도움이 되리라 생각했던 것인데 폐를 끼쳐 미안합니다.”

그 말을 듣고 타다츠구는 이마에 깊이 주름을 잡고 생각에 잠겼다.

이시카와 카즈마사는 도주했고 혼다 사쿠자에몬은 오카자키 성주 대리가 되어 하마마츠에서 떨어져 있었다. 그 밖의 중신들은 코슈에 있으므로, 중대한 임무를 띠고 온 사자가 밀담을 요구했는데도 이를 거절하고 돌려보낸다면 중신의 책임을 다하지 못하는 것이 된다.

“이런, 내가 도량이 좁았던 것 같군요. 좋아, 모두 물러가거라.”

타다츠구가 말했다.

“어떤 이야긴지 해보시오.”

사자 세 사람은 서로 마주보고 고개를 끄덕였다.

“그럼 카츠토시 님이 사실 그대로를 말씀하시지요.”

우라쿠가 말했다.

타키가와 카츠토시는 타다츠구 쪽을 바라보며 말했다.

“분명 이달 십사일 심야의 일이었습니다…… 노부오 공과 저에게 급히 성으로 들어오라는 칸파쿠 전하의 명령이 있었습니다."

"아니, 십사일 심야에?"

"예…… 그래 무슨 일인가 싶어 부리나케 성으로 달려갔더니……"

타다츠구는 그 말에 이끌려 상반신을 앞으로 내밀었다. 카츠토시의 표정이 잔뜩 긴장되고 목소리까지 굳어졌기 때문이다.

4

"그랬더니 전하는 와키자시脇差°를 한 손에 들고 다른 손으로 붉은 띠를 매고는 이글거리는 눈빛으로 침소에서 나오시며 결심이 섰다! 하고 외치듯이 말씀하셨습니다."

카츠토시는 더욱 변죽을 울리면서, 그러나 진지한 표정으로 말을 계속했다.

"나도 노부오 공도 깜짝 놀라, 어떤 결심이십니까…… 여쭙자 전하는 다시 질타하듯…… 며칠 동안 깊이 생각해보았는데 역시 이에야스를 상경시키기로 결정했다고……"

"잠깐."

타다츠구가 당황해하며 말을 가로막았다.

"그것은 예사로 들어 넘길 수 없는 말이오. 칸파쿠 님이 결정하셨다 해도 우리 주군이……"

"아니, 사실 그대로를 전하는 것뿐입니다."

"으음……"

"코쇼에게 등불을 들게 한 채 자리에도 앉지 않고 말씀하시는 모습이 예사롭지 않아 나도 노부오 공도 소스라치게 놀랐습니다. 그렇다면 도쿠가와 님이 상경하시겠다는 연락이 있었습니까…… 이렇게 물을 수밖에 없었지요."

"그런 일은 절대로 없을 것이오. 아시다시피 우리 주군은 지금 상경 은커녕 지진 문제로……"

"이야기가 그렇다는 것입니다. 우선 들어보십시오."

"알겠소."

"칸파쿠 전하는 음성을 낮추시고, 들은 바에 따르면 이에야스에게는 정실이 없다던데…… 하시는 것이었습니다."

"으음."

"그러니 나의 여동생을 이에야스에게 보내 혼인하도록 하겠다, 그러 면 이에야스도 반드시 상경할 것이다, 가신이 아니라 인척…… 나의 매제가 된다면 이에야스도 명분이 설 것이라고."

"아니, 잠깐……"

"칸파쿠 전하의 말씀이 그렇다는 것입니다."

"아니, 비록 그렇다 해도…… 가령 성사가 된다 해도 상경하시리라 고는 생각지 않소. 참고로 말해두는 것이오."

타다츠구가 언질을 잡히지 않으려고 눈을 치뜨며 몸을 앞으로 내밀 면서 단호하게 말했다.

"바로 그 말입니다. 우리도 그런 말씀을 드렸지요."

"뭐……뭐라고 했소? 혼인이 이루어져도 우리 주군께서 상경하지 않으실 거라고…… 타키가와 님이 말씀 드렸다는 것입니까?"

"그렇습니다…… 그러니 제 말을 끝까지 들어보시라는 것입니다. 끝 까지 들어보시고 나서 어떻게 하는 것이 양가를 위하는 길인지 판단하 시라고 일부러 사카이 님을 찾아왔습니다."

"알겠소. 그래…… 상경하지 않으실 것이라고 하자 칸파쿠 님은 무 어라 하시던가요?"

"그런데도 의심하고 상경하지 않는다면 그때는 오만도코로大政所*

님…… 곧 이 칸파쿠의 어머니까지도 인질로 보내겠다, 모든 것은 천
하를 위해서다, 여기서 이에야스와 손을 잡고 돌아가신 우다이진右大
臣 님의 염원인 천하의 평화를 달성해야 한다, 그래서 결심한 것이다!
하셨습니다."

"그러면 자신의 모친까지 인질로 보내시겠다고……?"

과연 이 말은 타다츠구의 상상을 초월한 모양인지 그는 자세를 바로
하고 나직하게 신음했다.

5

히데요시가 여동생 아사히히메를 인질과 비슷한 형식으로 이에야스
에게 출가시키려 한다……는 것은 타다츠구도 모르지 않았다. 하지만
그의 생각으로는 이것이야말로 방심할 수 없는 일이었다. 자신의 야심
을 위해 여동생 한 사람쯤은 태연히 희생시키는 히데요시……라고 보
았기 때문이다.

그런데 아사히히메를 출가시켜도 역시 상경하지 않겠다고 했을 때
는 어머니까지 인질로 보내겠다……고 한다면, 이것은 진심으로 화해
를 바란다고밖에 생각할 수 없었다.

"그러나……"

타다츠구는 자기 자신의 심적 동요를 경계하듯 고개를 갸웃거리며
무거운 얼굴로 말을 이었다.

"천하를 주름잡는 칸파쿠 전하가 그 모친…… 곧 오만도코로 님을
우리 주군에게 인질로 보냈다……고 하면 세상에 대한 체면이 서지 않
을 것이오."

"바로 그 점입니다."

이번에는 우라쿠가 입을 열었다.

"너무도 뜻밖의 말씀이라 우리는 이런 말씀을 드렸습니다. 만일 칸파쿠 전하가 오만도코로 님을 인질로 보내신다면 위대하신 무훈武勳과 인품이 상처를 입을 것이라고."

"으음……"

"그러자 전하는 큰 소리로 웃으시더군요. 하하하…… 천하를 위해서는 더없이 소중한 어머니까지 인질로 보낸다…… 그 정도로 일본의 평화를 희구했던 히데요시라고 기록되는 것이 어찌 불명예란 말인가, 표면적으로는 어머니가 딸의 집에 다니러 갔다면 되는 일, 그런 옹졸한 말은 하지도 말라고 하시더군요."

"으음."

"그런 뒤, 실은 사자로 오게 된 우리말고도 다시 두 사람에게 그 말씀을 하셨습니다."

"누구누구요?"

"세상에서 전하의 군사軍師라 일컫는 하치스카蜂須賀 님과 쿠로다黑田 님이오. 두 사람 모두 깜짝 놀라 그것만은 안 될 일이라며 간언하셨지요. 전하는 조금도 물러서지 않으시고, 히데요시는 남이 할 수 없는 일을 한다, 그래야만 천하가 평정된다고 하셨습니다."

"이해는 갑니다마는……"

타다츠구는 자신이 점점 더 막다른 골목에 몰리는 듯한 느낌이 들어 다시 한 번 상반신을 꼿꼿이 세웠다.

"그……그……그래도…… 모친을 인질로 보내도 우리 주군께서 상경하지 않을 때는 어떻게 되는 것이오?"

"타다츠구 님."

"예."

"그런 일은 없을 것입니다. 이에야스는 그렇게까지 말하는데도 이해하지 못할 우둔한 사람은 아니니 걱정하지 마라……고 전하는 우리에게 말씀하셨소. 그 정도로 이에야스를 위해 정성을 다하는 나의 마음…… 만일 이 마음이 이에야스에게 통하지 않는다면 사자로 가는 그대들이 무능한 탓이니 돌아올 생각은 하지도 마라, 모두 하마마츠에서 할복하라고 하셨소."

"아니, 할복을……?"

"그렇소. 따라서 이대로는 하마마츠에 들어갈 수 없으니 할 수 없이 도중에 사카이 님과 상의하러 여기 온 것입니다."

우라쿠는 이렇게 말하고 다른 두 사람과 얼굴을 마주보며 크게 한숨을 쉬었다.

6

타다츠구는 꼼짝도 않고 세 사자를 바라보았다.

우라쿠와 카츠토시는 그래도 가볍게 웃고 있었으나 토미타 사콘은 타다츠구 이상으로 굳어 있었다.

이에야스가 만일 혼인을 승낙하지 않는다면 돌아올 생각을 말고 할복하라니……

어려운 문제라기보다도 무언가 흑막이 있는 것 같아 섣불리 입을 열 수 없었다.

'세 사람이 난처하게 된 것은 거짓이 아니다…… 그렇다면 이 자리에서 무어라 대답해야 할 것인가……?'

"아시겠습니까?"

타키가와 카츠토시는 다시 크게 한숨을 쉬었다.

"우리 세 사람은 그 말씀을 듣고 그만 소름이 끼쳤습니다. 칸파쿠 전하의 눈에서 하늘로 불길이 솟아오르는 것 같아서 말입니다."

"사실 그런 처절한 눈빛은 시즈가타케賤ヶ岳 전투 이후 처음이라고 코쇼들도 말하더군요."

타다츠구는 그래도 아직 입을 열지 않고 상대의 속셈을 이리저리 상상하고 있었다.

'이것은 나에 대한 협박이 아닐까?'

'아니, 히데요시란 그런 인간일지도 모른다……'

그렇다고 섣불리 상대의 감정에 말려든다면 여간 위험하지 않다는 생각도 했다.

실제로 노부오의 중신이었던 타키가와 카츠토시가 어느 틈에 히데요시의 심복이 되어 있지 않은가. 지금 섣불리 그들의 상의에 응한다면 타다츠구라고 카즈마사의 전철을 밟을 우려가 전혀 없다고는 할 수 없었다.

"이것은……"

잠시 후 타다츠구는 바싹 마른 입술을 축이면서 말했다.

"참고로 묻는 것인데, 만일 세 분이 할복할 경우가 생긴다면 그때 칸파쿠 님은 어떻게 하실 것 같소?"

"알 수 없습니다."

우라쿠는 고개를 저으며 한마디로 대답했다.

물론 그때는 즉시 군사를 몰고…… 이런 식으로 말할 것이라고 짐작하고 물었던 타다츠구를, 우라쿠의 이 대답은 당황하게 만들기에 충분했다.

"전하의 생각은, 이미 시코쿠는 정리되었으니 도쿠가와 님과 손을 잡고 육지와 바다 양쪽에서 큐슈를 정복하실 예정……이라는 것까지는 짐작할 수 있으나, 그 밖의 일에 대해서는 어떤 말도 할 수 없습니다. 말씀이 없으시니 알 도리가 없지요."

이때 또다시 희미하게 대지가 흔들리기 시작했다.

"지진이로군."

누군가가 말했으나 타다츠구는 그것도 깨닫지 못했다.

그로부터 반 각(1시간)쯤 지난 뒤 사자 일행을 기다리도록 조처하고 타다츠구가 말을 달려 하마마츠로 향한 것은 이미 해가 기울기 시작했을 때였다.

술책이 여간 아닌 히데요시 따위에게는 놀아나지 않을 것이다……이런 생각을 하면서도 그의 판단만으로는 사자에게 어떤 답도 할 수 없었다. 일단 세 사람을 요시다 성에 남겨두고 이에야스의 지시를 기다리는 수밖에 없었다.

'……주군께서는 과연 히데요시의 사자들을 하마마츠로 보내라고 할까……'

어쩌면 목을 베라고 할지도 모른다. 물론 그렇게 되면 당장 전쟁이 벌어질 테지만.

타다츠구는 해가 떨어지기 전에 하마마츠에 도착하려고 휘몰아치는 북풍 속에서 미친 듯이 말에 채찍을 가했다.

7

쉴 새 없이 말을 달려 타다츠구가 하마마츠 성에 도착했을 때 이미 주위는 어두워져 있었다. 그 어둠 속에 하마마츠의 매화꽃만이 하얗게 떠올라 보였다.

그런데 정면 현관에서 정원까지 때아니게 사람들이 모여 웅성거리고 있었다.

"무슨 일이냐, 무슨 일이 있었느냐?"

"예, 또 지진이 일어났습니다. 처음의 두 번은 약했습니다만, 세번째는 아주 심하여 모두 모닥불을 끄고 있는 중입니다."

"그랬었군. 말을 타고 있어서 몰랐는데, 모두들 불조심 단단히 해야 한다."

이렇게 주의를 준 뒤 타다츠구는 땀을 닦으며 서둘러 이에야스의 거실로 달려갔다.

이에야스 역시 지진에 대비하여 마루 쪽 문을 열어놓고 어두워진 하늘을 쳐다보고 있었다. 그러다가 거실로 들어서는 타다츠구에게 눈길을 돌리며, 지진에 대한 것부터 물었다.

"요시다도 심했나?"

타다츠구는 강하게 고개를 흔들었다.

"큰 지진입니다, 히데요시 놈의."

"그래? 그럼, 모두 잠시 나가 있거라."

아무렇지도 않은 듯이 말했으나, 이에야스의 눈빛은 긴장으로 빛나고 있었다.

타다츠구는 촛대의 불이 켜지기를 기다렸다가 입을 떼었다. 침착하려 애쓰면서도 때때로 심하게 말을 더듬었다. 히데요시에 대한 우려 외에 지진에 대한 불안이 겹친 탓인지도 몰랐다.

이에야스는 타다츠구가 말을 끝낼 때까지 조용히 눈을 감고 사방침에 기댄 채 한마디도 하지 않았다.

"히데요시 놈은 주군과 손을 잡지 않는 한 큐슈 정벌이 불가능합니다. 언제 배후를 공격당할지 알 수 없고, 또 아직 기회주의적인 다이묘가 많아서……"

"……"

"단호히 거절한다 해도 십중팔구 공격해오지 못할 것입니다. 여기서 싸우는 것보다는 큐슈가 더 급하니……"

"......"

"다만 어려운 입장에 놓인 것은 세 사자인데, 그들은 만약의 경우에는 할복도 마다하지 않을 것 같습니다."

타다츠구의 긴 이야기가 끝났는데도 이에야스는 눈을 뜨지 않았으며, 대답도 하지 않았다.

미진微震이 다시 두 번 일어났다. 그러나 별로 대단한 것이 아니라고 보았는지 성안 여기저기에 다시 불이 밝혀졌다.

"주군! 사자를 어떻게 할 것인지 지시를 내려주십시오…… 그렇지 않으면 그들이 이리 올지도 모릅니다."

"타다츠구……"

"결정하셨습니까?"

"나는 다시 지진이 일어나 매사냥을 겸하여 키라吉良 방면의 피해를 살피러 갔다고 하게."

"그럼…… 하마마츠에는 주군이 안 계신다고……?"

타다츠구가 의아하다는 표정으로 물었을 때 이에야스는 천천히 고개를 끄덕였다.

"이 문제는 사쿠자에몬과도 상의해봐야 돼. 나는 한발 앞서 마사노부와 마사카츠正勝(아베 젠에몬阿部善右衛門), 야스나리康成(마키노 한에몬牧野半右衛門) 등 세 사람을 데리고 키라에 가 있겠네. 그동안에 자네는 사자를 오카자키로 안내하게."

"그러면 오카자키에서 사자를 접견하시렵니까?"

이에야스는 그 말에 대해서는 대답하지 않았다.

"그런데 타다츠구, 이 혼인 문제를 자네는 어떻게 생각하나? 거절하는 것이 좋을까…… 아니면 승낙하는 것이 좋을까? 자네 의견에 따라 사쿠자에몬이나 나도 생각을 해야 할 테니까 말이네."

슬쩍 책임을 전가시키는 바람에 타다츠구는 깜짝 놀랐다.

8

타다츠구는 이에야스가 한 말의 의미를 알아차리기까지 잠시 시간이 걸렸다.

타다츠구의 생각으로는 아직 이에야스가 아사히히메와의 혼인을 결정해야 할 시기가 아니었다. 이에야스도 종종 말했듯이, 지금은 히데요시나 우에스기上杉 가문과 대항하기 위해 먼저 오다와라의 호죠 부자와 제휴를 재확인해야 할 때였다. 물론 이에야스도 그 필요성을 알고 있었으나, 거듭되는 지진과 그 피해 문제로 아직 미시마에 가지 못하고 있었다.

호죠 부자와의 대면에 앞서 도요토미 가문과 혼인을 결정한다면 사정은 돌변할 터. 호죠 부자는 이에야스에게 배신당했다고 분노하여 도리어 우에스기 가문과 손을 잡고 죠신上信°에서 카이甲斐, 스루가駿河 등지로 공세를 취해올지도 모른다.

그렇게 되면 도쿠가와 가문의 지위는 히데요시에 비해 크게 약화되고 만다……

"황송합니다마는……"

타다츠구가 말했다.

"만약 사쿠자에몬이나 제가 찬성한다면 주군은 사자에게 승낙한다는 뜻을 전하실 생각입니까?"

이에야스는 타다츠구에게서 시선을 돌린 채 애매하게 대답했다.

"그렇지는 않을 것일세."

"그러면 하마마츠 이외의 곳으로 사자를 유인하여 거기서 거절하시렵니까?"

"글쎄, 그렇게 안 될지도…… 모르지만."

타다츠구는 초조함을 감추지 못했다.

"저는 주군의 마음을 알 수 없습니다. 거절하실 생각인지 승낙하실 생각인지, 주군의 생각만은 확실히 알아두고 싶습니다."

타다츠구는 대들듯이 말하면서, 어느 틈에 전과 같은 자신의 강경한 자세가 누그러져 있다는 사실을 미처 깨닫지 못했다.

"타다츠구……"

잠시 후 이에야스는 이제는 생각하기에도 지쳤다는 듯이 목소리를 떨구고 말했다.

"지금으로서는 어떻게 하면 사자를 무사히 돌려보낼 수 있을지, 이것이 문제가 아닐까?"

"물론…… 그렇기는 합니다마는……"

"사자들이 소란을 떨어 이 일이 호죠 쪽에 알려지면 곤란해. 그러므로 나는 사자와의 면담을 피해 키라로 사냥을 떠나겠어…… 그 뒤를 사자들이 쫓아왔다. 그래서 할 수 없이 오카자키에서 만나기는 했으나…… 이렇게 말한다면 호죠 쪽에 알려져도 괜찮지 않을까?"

"과연 그렇습니다."

"거기서 내가 무어라 대답했는지는 아무도 모를 것일세…… 내 말을 알아들었거든 자네는 곧 요시다로 돌아가 간발의 차이로 나를 만나지 못했다고 하게. 키라 방면으로 갔으니 그리로 안내하겠다고 하고."

타다츠구는 비로소 크게 고개를 끄덕였다. 이에야스가 무엇을 생각하는지 이제야 확실하게 납득되었다.

'과연 용의주도하시구나……'

하마마츠에 잠입해 있는 호죠의 첩자들도 이에야스가 사자와의 면담을 꺼려 몸을 피했다고 오다와라에 보고할 것이 분명했다.

이런 생각을 하면서 타다츠구는 히데요시에 대한 자신의 반감마저 왠지 희석되어가는 것을 깨달았다.

타다츠구는 그대로 밤길을 달려 요시다로 돌아왔다.

9

이에야스는 타다츠구가 돌아간 뒤 곧 키라로 떠날 준비를 명했다. 그리고 이튿날인 22일 새벽, 아직 안개가 짙게 깔린 가운데 하마마츠를 출발하여 미카와로 향했다.

이에야스는 매사냥을 하러 키라에 간다는 소문을 퍼뜨렸다. 그리고 혼다 야하치로 마사노부本多彌八郎正信, 아베 젠에몬 마사카츠, 마키노 한에몬 야스나리 세 사람에게 매 세 마리를 주고, 80명 가량의 아시가루를 대동했다.

혼다, 아베, 마키노 세 사람은, 무武에 치우치기 일쑤인 가신들 중에서 조금이라도 정치와 외교에 능숙한 사람을 육성하려는 이에야스의 뜻에 따라 최근 계속 측근에서 떼어놓지 않고 있는 사람들이었다.

아마도 오늘 한낮이 지나면 히데요시의 사자가 요시다 성에서 나올 터. 그보다 늦어지면 곤란한 일이었다. 그런 만큼 오전에는 모두들 말없이 말을 달리는 데만 열중했다.

이에야스가 측근에게 말을 건 것은 아카사카赤坂 부근에 이르렀을 때였다. 하늘은 뿌옇게 흐리고 계절에 어울리지 않는 남풍이 후텁지근하게 바다 쪽에서 불어오고 있었다.

"이 바람으로 보아 또다시 지진이 일어날 것 같습니다."

혼다 마사노부가 말을 가까이 몰고 왔다.

"무슨 일이 생겨도 놀라지 않을 것이다."

이에야스는 살찐 몸의 허벅지가 쓸릴 것을 걱정하면서 내뱉듯이 말했다. 그러다가 문득 생각을 바꾸어 웃어 보였다.

"마사노부, 그대라면 히데요시의 사자에게 무슨 말을 하여 돌려보내겠나? 상대는 거절당하면 할복하겠다고 한다는데."

"바로 그 일 말씀입니다. 주군께서 무어라고 하실지 계속 생각해보았으나 아직까지도 모르겠습니다."

"……그럴 테지."

"상대가 할복하겠다는 것…… 분명 엄포일 것입니다."

"그렇지도 않을 거야. 이것은 말이지……"

말하다 말고 이에야스는 입을 다물었다.

이에야스는 이시카와 카즈마사의 의견에서 나온 제의……라고 말하려 했다. 그러나 곧 그런 말은 하지 않아야 한다고 생각했다.

"그러나저러나 오만도코로까지 인질로 보내겠다니 대담하기 짝이 없는 조건입니다. 정말로 그런 결심을 했을까요?"

"마사노부."

"예."

"야스나리도 마사카츠도 잘 듣게. 이럴 경우에는 서둘러 상대의 속셈을 알아내려고 하면 안 되는 것일세."

"예……?"

"상대의 속셈을 억측하다 보면 어느 틈에 거기 말려들어 자신의 사정을 잊어버리게 된다네."

"……그럴 것 같습니다."

"현재의 나는 백지상태일세. 다만 하마마츠에서 소동이 벌어지면 곤란하기 때문에 미카와로 갔다…… 그것뿐이야."

"예……"

"그렇다고 흘러가는 대로 내맡겨두면 더욱 좋지 않아. 아직 키라 부근에는 기러기가 있을 것일세. 매에게 그것이라도 잡게 하여 상대에게 국을 끓여 대접하면서 이 눈으로 천천히 그들의 각오를 탐색해보겠어. 그때까지 이쪽이 백지니 상대도 마음을 정할 수 없을 테지."

이렇게 말하면서 이에야스는 가볍게 웃었다.

"지금 말해도 잘 알아듣지 못할 거야…… 좋아, 그대들도 이 이에야스가 그들을 어떻게 다루는지 잘 보아두게. 그러면 납득이 될 테니."

세 사람은 가만히 얼굴을 마주보고 다 같이 고개를 갸웃했다.

10

'국이라도 끓여 대접하면서 천천히 상대의 태도를 살핀다……'

단순히 이것만으로는 세 사람 모두 어떻게 해석해야 할지 몰랐다. 그러나 이에야스는 그 이상 말하지 않았다.

직접 오카자키에는 가지 않고 니시고리西郡에서 키라로 나와, 아무 일도 없었던 것처럼 매사냥을 즐겼다. 그러고는 사냥감을 가지고 오카자키에 들어간 것은 24일 정오가 지나서였다.

그때까지 사자는 오카자키에서 기다리고 있었다. 이에야스는 그런 것은 염두에도 없는 듯, 아직도 계속되고 있는 개축 공사를 천천히 둘러보고 나서 성으로 들어갔다.

새로 성주 대리로 와 있는 혼다 사쿠자에몬 역시 이에야스의 얼굴을 보고도 사자에 대한 말은 하지 않았다.

"사냥감이 있던가요?"

이에야스가 눈을 가늘게 뜨고 자랑하는 매를 바라보고 있는 옆으로 다가서며 사쿠자에몬이 말했다.

"타다츠구 님은 돌려보냈습니다. 주군의 변덕스런 매사냥이라 기다리게 해도 소용없을 것 같아서."

이에야스는 가볍게 고개를 끄덕였다.

"기러기 두 마리를 잡았네."

"그럼, 이번이 세 마리째군요."

"세 마리째……? 그래, 멀리서 온 기러기 말이지?"

"그렇습니다. 곧 국을 끓이겠습니다."

"부탁하네. 우선 목욕부터 하고. 그때까지 술상이나 준비하게."

이렇게 명하고 이에야스는 본성으로 들어갔다.

기다림에 지친 히데요시의 사자가 본성 큰방으로 호출된 것은 그날 저녁 촛대에 불이 켜지기 시작했을 때였다. 그들은 모두 긴장한 얼굴로 혼다 마사노부의 안내로 자리에 앉아 이에야스의 얼굴을 뚫어지게 쳐다보았다.

아마 그들은 이에야스가 매사냥을 구실로 일부러 사자를 피했다……는 것을 간파한 모양이었다.

"이것 참, 미처 알지 못하고 너무 오래 기다리게 했군요. 그 대신 매사냥을 해서 잡은 기러기를 대접하는 것으로 사과하겠소. 사쿠자에몬을 통해 대강은 들었소."

이에야스는 가볍게 상대의 인사에 응하고 곧 술상을 내오라고 야스나리에게 명했다.

"도쿠가와 님은 매사냥을 즐기시는 것 같군요."

우라쿠는 살짝 야유가 섞인 미소를 떠올렸다.

"저희들의 귀환이 늦어져서, 혹시 칸파쿠 전하가 일이 순조롭지 않아 저희들이 자결한 것이나 아닌가 하고 걱정하실지도 모릅니다."

"정말 미안하게 됐소."

이에야스는 웃었다.

"몰랐으니 어쩔 수가 없었소. 어제 돌아올 수도 있었는데, 매를 데리고 여기저기 돌아다니다 보니 그만."

"그러면 우선 칸파쿠 전하의 말씀을……"

타키가와 카츠토시가 서둘렀다.

"아니, 좀 기다리시오."

이에야스는 가볍게 제지하고 잔을 가리켰다.

"기다리게 한 사과를 해야 할 것 아니오. 자, 그런 의미에서 오다 님부터 우선 한 잔."

"그러나……"

"알고 있소. 그렇게 서두르지 않아도…… 실은 이 이에야스도 이번 사자를 기다리고 있던 참이오."

"저어, 기다리셨다……는 말씀입니까?"

"암, 기다렸지요. 여봐라, 어서 술을 따르도록 해라."

혼다 사쿠자에몬은 씁쓸한 표정으로 흘끗 이에야스를 노려보았다.

11

이에야스는 이번에 한해서는 사쿠자에몬의 의견을 전혀 묻지 않았다. 그런 만큼 이에야스가 무어라 대답할 것인지는 사쿠자에몬도 측근들도 전혀 모르고 있었다.

이에야스는 세 사람의 사자에게 각각 잔이 돌아갔을 때.

"내가 잡은 기러기요. 어서 맛을 보시오."

시동이 가져온 국을 권하고 불쑥 이렇게 말했다.

"나는 칸파쿠 님에게 아무런 원한도 품고 있지 않소."

"원한을 잊으셨다는 말씀입니까?"

우라쿠가 얼른 이야기를 진행시키려고 입을 열었다.

"아니, 원래부터 없었다는 말이오. 나는 의를 지키기 위해 노부오 님의 편을 들었는데, 그건 돌아가신 우다이진 님에 대한 의리…… 노부오 님이 칸파쿠와 화해하셨으니 나의 의리도 이제 끝났소."

"그렇게 생각해주신다면 저희들의 체면도 섭니다."

"체면을 세워드려야지요."

이에야스도 잔을 입으로 가져갔다.

"세 분이 할복하도록 하지는 않겠소. 우라쿠 님은 돌아가신 우다이진 님의 친척, 타키가와 님은 곧 하시바 시모우사羽柴下總라 불리게 된다면서요? 그리고 토미타 님까지 오셨는데, 그런 사자를 할복하게 만든다면 그야말로 원한의 근원이 될 것이오."

"그러면…… 승낙하시는 것입니까, 아사히히메 님과의 혼인을?"

"우라쿠 님."

"예."

"칸파쿠 님이 그렇게까지 말씀하시는데 이 이에야스가 거절할 수 있다고 생각하오?"

"아닙니다. 하지만 그것은……"

"고맙게 받아들이겠소. 천하를 위해서라고 칸파쿠 님이 말씀하시기 전에 말이오."

"주군!"

옆에서 사쿠자에몬이 말했으나 이에야스는 그쪽을 보지 않았다.

"고맙게 받아들이기는 하겠으나, 시기에 대해서는 이쪽에 약간의 사정이 있소."

"시기에 대해서는…… 물론 그러시겠지요."

"그럼, 언제쯤이면……?"

우라쿠 옆에서 카츠토시가 성급하게 물었다.

"시기에 대해서는…… 사쿠자에몬."

"예."

"성의 개축 공사는 언제쯤이면 끝날까?"

"오카자키 성…… 말씀입니까?"

"아니, 하마마츠 말일세. 설마 칸파쿠 님의 여동생을 오카자키에 있게 할 수야 없지 않겠나? 하마마츠에 따로 전각을 세워야 할 것일세."

"으음……"

사쿠자에몬은 비로소 이에야스의 마음을 알게 되었다.

건물을 신축한다는 구실을 대고, 그동안 오다와라의 호죠 부자에게 어떤 방법을 강구할 생각인 듯했다. 그렇게 하지 않으면 호죠 부자는 이에야스가 히데요시에게 돌아섰다고 비난할 터 —

"그 일은…… 아무래도 석 달은 걸릴 것입니다."

"그렇군. 앞으로 석 달……이라면 봄은 지나야겠지만, 그 무렵이면 여기저기서 벌이고 있는 지진 복구공사도 끝나겠지."

너무 쉽게 대답하는 바람에 이번에는 히데요시의 사자 쪽이 서로 얼굴을 마주보았다.

12

히데요시의 생각으로는, 이에야스가 체면상 가신들 앞에서는 당장 승낙하기 어려울 것이다, 그러므로 오만도코로까지 인질로 보내겠다고 하여 이에야스의 상경 결심을 다지려는 생각이었다.

'그것은 어디까지나 히데요시의 계산……'

이에야스의 생각은 달랐다.

'히데요시에게는 히데요시의 사정과 계산이 있을 테지만, 이 이에야스에게도 이에야스의 생각과 사정이 있다……'

이에야스는 사자가 당황할 정도로 대뜸 혼인을 승낙해놓고, 아사히 히메가 오기 전에 호죠 부자를 적당히 납득시킬 작정이었다.

호죠 부자와 확실하게 손을 잡는다면 히데요시는 이에야스를 무시할 수 없고, 이에야스의 동의가 없으면 큐슈 정벌은 엄두도 내지 못한다. 이는 모든 다이묘들에게 히데요시 혼자의 천하가 아니라는 것을 깨닫게 하기에 충분한 일이었고, 그 일이 현재 일본으로서는 무엇보다도 중요하다는 이에야스의 생각이었다.

그 점에서는 히데요시의 책략과 이에야스의 책략이 비슷한 것 같으면서도 상당히 다른 면이 있었다. 히데요시의 천하 평정에는 칸파쿠의 위력을 과시하려는 면이 강하고, 이에야스는 단지 그것만으로는 만족할 수 없는 불안이 있었다.

이에야스가 보기에 히데요시의 패권 확립에는 노부나가나 미츠히데 光秀와 상통하는 위험한 요소가 있었다. 지나치게 자기 힘만을 믿고 과시하여 천하를 장악하려 들면, 그 개인의 생명이 끝날 때는 언제나 난세로 역행할 가능성이 있고, 그때부터 끊임없이 반역과 모반이 반복될 것이라는 생각이었다……

이에야스는 개인의 위대함 위에 다시 한 줄기 이지理智의 선을 통해 다음의 안정세력을 육성해나갈 방법이 나와야 한다는 생각이 있었다. 물론 히데요시 다음의 안정세력이 자신임을 자부하고 있다는 사실은 부인할 수 없었다……

이런 생각에서 출발하면 히데요시의 큐슈 정벌을 굳이 서두르게 할 필요가 없고, 그보다는 천하의 제후들에게—

'난세는 끝났다!'

이런 생각을 갖게 하여, 천하는 개인의 야심에 의해 혼란이 되풀이되어서는 안 된다는 '이치'를 명백히 깨닫게 할 필요가 있었다.

그 첫번째 궤도에 자기 자신을 올려놓기 위한 책략이 오늘 저녁 이에야스가 베푸는 대접이었다. 오다 우라쿠 등의 사자가 당황하는 것은 당연한 일이었다.

"참고로 여쭙는 것입니다마는……"

토미타 사콘이 입을 열었다.

"그럼, 초봄이 지나고 나서 아사히히메 님을 맞이하시겠다……는 말쏨입니까?"

이에야스는 고개를 끄덕였다.

"아까도 말했듯이 그 일을 이 이에야스는 기다리고 있었다……고 돌아가서 말씀 드리시오. 이쯤에서 모두 힘을 합쳐 일본의 평화를 도모해야 할 때니까요."

"그러시면 또 한 가지 여쭙겠습니다."

"오, 무엇이라도 좋소…… 자, 어서 잔을 들면서."

"다름이 아니라, 아사히히메 님과 혼인하시면 칸파쿠 전하와는 인척이 되시므로 상경하실 수 있으시겠지요?"

그러자 옆에서 혼다 사쿠자에몬이 번쩍 고개를 들었다.

"그것은 안 됩니다!"

그리고는 외치듯이 말하며 가로막았다.

13

"그것과는 이야기가 다릅니다. 주군! 상경 문제를 쉽게 생각하시면 안 됩니다."

위압적인 태도로 이에야스에게 대드는 사쿠자에몬에게 오다 우라쿠가 낯을 찌푸리며 말했다.

"혼다 님, 우리는 지금 도쿠가와 님과 이야기하고 있는 중이오."

겨우 촛대의 불빛이 큰방에 골고루 퍼져 술잔과 옻칠한 가구가 부드러운 분위기를 자아내고 있을 때여서 좌중은 순간적으로 냉랭해졌다.

"뭣이, 오다 님은 나더러 가만히 있으라는 거요?"

"직접 이에야스 님께 말씀 드리고 있는 중이니 삼가는 것이 좋겠다고 했소이다."

"아니, 그것을 말이라고 하시오? 다른 가문은 어떤지 모르나 우리 도쿠가와 가문에서는 주군의 중대사라 보았을 때는 창을 거두거나 입을 다물지 않는 것이 관습이오. 주군과 가신은 물과 물고기 같은 관계, 하고 싶은 말이 있으면 언제라도 합니다."

우라쿠가 흘끗 이에야스를 바라보았다.

이에야스는 소리를 내며 국을 마시고 있을 뿐이었다.

우라쿠는 할 수 없이 다시 사쿠자에몬 쪽으로 향했다.

"그렇다면, 혼다 님은 인척이 되셔도 상경을 반대한다는 말이오?"

"물론이오. 나는 칸파쿠 님을 도무지 믿을 수 없어서 우리 주군을 말리는 것이오."

"정말 뜻밖의 말을 듣게 되는군."

"뜻밖의 말이 아니오. 내가 알기로는 이 혼담은 우리 주군을 상경시키기 위한 수단! 상경시켜 무조건 시해하려는 수단이라 여겨져서 말리지 않을 수 없소."

사쿠자에몬은 이렇게 말하면서 상체를 사자 쪽으로 돌렸다.

"도대체 그 천하를 위해서라거나 일본을 위해서라는 말을 들으면 이 사쿠자에몬은 비위에 거슬리고 신물이 나서 견딜 수 없소…… 일일이 이름을 들지 않아도 알고 있을 것이오. 이 난세에 거드름을 피우며 그런 소리를 한 자 중에 단 하나라도 천하를 생각한 사람이 있던가요? 모두가 자신의 영달과 야심을 위해서였소. 자신을 위해서는 친형제도 죽였소…… 이런 세상이니 믿을 수 없는 말은 하지 마시오."

"점점 더 이상한 말을 듣게 되는군. 혼다 님도 알고 있을 것이오. 칸파쿠 전하는 자신에게 다른 마음이 없다는 증거를 보이기 위해서라면 오만도코로 님까지도 보내시겠다고 하셨소. 그런데도 아직 그 마음을 이해하지 못하다니……"

"모르겠소, 전혀 모르겠소이다! 그렇게 해서까지 천하를 손에 넣고 싶은지 점점 더 어이가 없을 뿐이오."

"닥치시오!"

성질 급한 토미타 사콘이 더 참지 못하고 큰 소리로 말했다.

이때서야 비로소 이에야스는 입을 열었다.

"말을 삼가게, 사쿠자에몬."

그리고는 잔을 들어 직접 우라쿠에게 건네었다.

"사쿠자에몬, 그 고집이 참으로 안타깝네. 알겠나, 지금은 혼인에 대한 이야기를 나누고 있네. 칸파쿠 님이 당장 상경을 원하시는 것도 아니지 않는가? 쓸데없는 말을 해서 괜히 분위기를 흐리지 말게. 우라쿠 님, 사콘 님, 용서하시오. 모두가 아직 어제 같은 난세인 줄 알고 있는 탓이오. 세상은 하루가 다르게 새롭게 변해가고 있소. 혼담은 이 이에야스가 분명히 승낙하겠소. 자, 어서 잔을⋯⋯"

14

이에야스의 주의를 받고 혼다 사쿠자에몬은 심히 못마땅한 표정이었지만, 잠자코 입을 다물었다. 그러면서 내심으로, 일부러 히데요시에게 가서 일을 꾸민 이시카와 카즈마사의 얼굴을 떠올리고 있었다.

'카즈마사, 나도 할 일은 하고 있네!'

속으로 다짐하듯 이렇게 중얼거렸다.

이 자리에서 히데요시의 사자들에게 상경하겠다는 약속까지는 할 필요가 없었다. 그런 의미에서는 혼인의 승낙만으로 사자들을 일단 무사히 돌려보내려고 생각하는 이에야스와 완전한 호흡의 일치라 할 수 있었다.

"가신에 대한 것은 우선 이 이에야스에게 맡겨두시오."

이에야스는 웃으면서 잔을 입으로 가져갔다.

"허허허, 가끔 가다 이런 완고한 자들 때문에 얼굴을 붉히게 될 때도 있으나…… 그러나 이것이 있었기에 오늘날까지 살아남을 수 있었소. 칸파쿠 님의 마음은 이에야스가 잘 알고 있으니 이 자리에서만 있던 일로 알고 웃고 넘어가주시오."

이에야스가 이렇게 말했을 때 사자도 그 이상 상경 문제를 다짐받을 수는 없었다. 사쿠자에몬은 아직 물어뜯을 듯한 눈으로 이에야스를 노려보고 있었다. 이렇게 된 이상 그 문제로 가문의 풍파가 확대된다면 오히려 일이 까다로워질 뿐, 생각을 돌리는 수밖에 없었다.

"아니, 저도 말이 지나쳤습니다."

우라쿠도 웃었다.

"혼다 님, 용서하시오. 지금 우리의 가장 큰 임무는 화의를 성립시키는 일…… 약간 흥분했던 것 같습니다."

사쿠자에몬은 여전히 대답하지 않았다. 우라쿠는 개의치 않았다.

"그러면, 저희는 화의에 관한 조인을 하고 혼사에 대한 의견을 나눈 뒤 돌아가겠습니다. 어떻소, 두 분은?"

"좋습니다."

"그것이 좋겠습니다."

타키가와 카츠토시와 토미타 사콘은 아직도 석연치 않다는 표정인 채 고개를 끄덕였다.

우라쿠는 여기에도 개의치 않고, 이에야스 쪽을 보았다.

"그럼, 혼례는 사월경이 되겠군요?"

"그렇소. 중순경이 될 것이라고 말씀 드리시오."

"그러면 저희를 혼사에 관한 사자라 생각하시고, 도쿠가와 님도 중신을 보내시어 정식으로 승낙의 뜻을 전해주시겠습니까?"

"물론이오."

"그렇다면 그때 어디에 어떤 전각을 지어 맞이하실 것인지, 그리고 택일은 어느 날이 좋을 것인지도……?"

"그렇소. 여러분이 돌아간 뒤 곧 상의하여 소홀함이 없도록 하겠소."

"도쿠가와 님."

우라쿠는 이 정도로 이야기를 마무리지으려고 생각한 모양이었다.

"이는 양가를 위해 매우 경사스러운 일입니다. 칸파쿠 전하도 이 혼사에 많은 지참금을 보내실 생각인 것 같습니다."

"하하하…… 어찌 지참금 같은 것을 바라겠소. 다만 천하에 대한 일을 여러모로 상담해주시면 그것이 무엇보다도 훌륭한 선물이오. 이에야스의 마음을 칸파쿠 님에게 잘 전해주시오."

이에야스는 자못 진지하게 말했다.

"사쿠자에몬, 춤이나 한번 춰보지 않겠나?"

잔뜩 고개를 떨구고 있는 사쿠자에몬에게 부드러운 눈길을 돌렸다.

15

사쿠자에몬은 짐짓 놀란 듯이 고개를 들고 다시 분노를 가장한 눈으로 이에야스를 바라보았다.

"그렇군, 이 자리에서 사쿠자에몬 자네에게 춤을 추라는 것은 무리한 부탁이겠군."

이에야스는 얼른 이렇게 말하여 사자들의 주의를 사쿠자에몬으로부터 돌리게 했다.

"타다츠구가 이 자리에 있었더라면 지금쯤 그 유명한 새우잡이 춤을 추었을 텐데……"

오늘의 이에야스는 가증스러울 정도로 부드럽게 이야기를 끌어나가고 있었다.

"그렇게 고지식한 타다츠구도 때로는 사람이 달라진 듯 어릿광대 노릇을 한다니까. 인간에게는 역시 한껏 긴장을 풀어보고 싶은 일면도 있는 모양이야."

이렇게 말하며 웃었다.

사자 세 사람도 그 말에 이끌려 표정들이 누그러졌다.

"그런 것 같습니다. 칸파쿠 전하도 때때로 익살맞은 행동으로 저희를 놀라게 만듭니다. 그런 행동은 긴장을 푸는 일이라고도 할 수 있고 여유라고도 할 수 있겠지요."

가장 긴장해 있던 사콘이 말했다.

이에야스와 사쿠자에몬의 계획은 성공을 거두었다. 어디까지나 사쿠자에몬은 가신들의 의견을 대표하여 히데요시에 대한 불신을 강하게 인상짓도록 하고, 이에야스는 도리어 그 혼담을 기뻐하는 것처럼 보이게 했다.

──이런 생각을 하다 말고 혼다 사쿠자에몬은 갑자기 그 자리에 더 있을 수 없는 자기 혐오감에 사로잡혔다.

'이에야스의 명을 받고 한 것은 아니다……'

그러나 이 모든 것이 다 이에야스의 생각대로 되었다. 마치 두 사람이 미리 상의라도 한 듯 호흡이 맞은 것은 무슨 까닭일까. 주군과 가신은 물과 물고기의 관계와 같다고 그는 자랑스럽게 말했다. 그러나 이 관계는 이에야스 속에 사쿠자에몬 자신을 용해시켰다는 것이지, 사쿠자에몬에게 이에야스가 녹아들었다는 것은 아니었다.

'절대로!'

그렇다면 언젠가는 혼다 사쿠자에몬이라는 인간은 없어지고, 지금 이렇게 백발이 섞인 머리를 숙이고 있는 사나이는 이에야스의 눈으로 세상을 보고 이에야스의 호흡으로 살고 있는 전혀 개성 없는 허수아비가 아니겠는가……?

"이거, 너무 취한 것 같습니다."

사쿠자에몬은 굳은 목소리로 말하고 자리에서 일어났다.

"실례되는 일을 하면 안 되겠기에 먼저 자리를 뜨려 하니 용서하십시오."

그대로 걸음을 떼어놓다 말고 사쿠자에몬은 그렇게 하고 있는 자신이 또 비위에 거슬렸다. 이처럼 자리를 뜨는 것까지도 이에야스가 생각했던 대로가 아닌가. 사쿠자에몬은 그 자리에 더 남아 있을 필요가 없어진 인간이었다……

"카즈마사 녀석……"

복도로 나오면서 사쿠자에몬은 중얼거렸다.

"오, 다시 지진이…… 이 비틀거리는 봄을 자네는 마음대로 조종하고 지금쯤은 어디서 쾌재를 부르고 있을 테지, 카즈마사 녀석."

뒤에서 마키노 야스나리가 걱정하며 따라왔다.

"괜찮으시겠습니까?"

"뭣이, 뭐가 괜찮겠느냐는 말이야?"

"술도 별로 많이 드신 것 같지는 않은데."

"내버려두게. 나도 모르겠네."

"예?"

"이제 곧 알게 될 거야, 자네도…… 어째서 화가 나는지도 모르고 공연히 분노가 치밀어 화를 내지 않을 수 없을 때가 있다네."

이렇게 말하고 옆에 와서 얼굴을 들여다보려는 야스나리를 거칠게 떠밀었다.

"카즈마사 녀석……"

그리고는 다시 나직하게 중얼거렸다.

시대의 흐름

1

쿄토에 있는 챠야 시로지로茶屋四郎次郎에게 이에야스가 보낸 밀사가 찾아온 것은 2월 중순이었다. 표면적으로는 시지라縮羅°300필을 주문한다는 것이었다.

얼마 전에 챠야는 도쿠가와 가문의 물품 조달책임자 오구리 다이로쿠小栗大六의 명으로 호랑이 가죽, 표범 가죽, 진홍색 모피 등의 주문을 받고 이것을 사카이에서 구해 보낸 적이 있었다.

'드디어 아사히히메와의 혼인이 결정된 모양이다······'

이렇게 생각하고 있었는데, 아마도 그의 지레짐작이었던 모양이다. 오구리 다이로쿠의 부하처럼 가장하고 상점으로 찾아온 그 밀사는, 당분간 히데요시의 동정을 자세히 조사하여 오카자키로 알리라는 하명을 전달했다······

히데요시의 책략은 사사건건 남의 의표를 찌르는 것, 혼담을 빙자해 갑자기 키요스清洲로 출병할지도 모른다, 이에 관한 대비는 충분하지만, 히데요시에게는 방심이 금물이니 그 동정에 눈을 떼지 마라······

이런 의미의 밀령을 전한 뒤 이가모노伊賀者°인 듯한 서른대여섯 정도로 보이는 밀사는 챠야 시로지로를 흘끗 바라보았다.

"이번에 전쟁이 일어나면 이삼 년 안으로는 승부가 결정나지 않을 것입니다."

심각한 표정으로 말했다.

"하마마츠의 성주님은 코슈와 신슈의 농부들 중에서도 인질을 데려왔습니다."

"아니, 농부들까지······?"

"예. 만일 히데요시 님이 키요스로 진출하게 되면 키슈紀州, 시코쿠, 호쿠리쿠를 모두 손에 넣게 되는 것이니, 코마키 전투 때보다 군사가 십만은 더 많을 것, 이에 대항하기 위해서라고 하셨습니다."

"으음."

"도쿠가와 쪽에서도 코슈와 신슈의 무장까지 모두 동원해야 하는데, 그들이 출전한 틈을 이용하여 불순분자가 반란을 일으킬지도 모른다는 우려에서일 것입니다."

밀사는 은근히 챠야마저도 위협하듯 말했다.

"농부들까지 인질로 잡을 정도이니 이미 각지의 무장들이 보낸 인질들은 모두 슨푸에 모여 있는 실정입니다. 이번에는 대대로 섬겨온 가신들도 남김없이······ 만일에 전쟁이 벌어지면 그 인질들은 전부 하마마츠로 옮겨져 오쿠보 시치로에몬 타다요大久保七郎右衛門忠世 님이 그들을 감시하며 성을 지키게 될 것이라고······"

빤히 챠야의 눈을 바라보면서 전쟁이 벌어졌을 때의 진지배치까지 설명했다.

선두는 사카이 타다츠구 이하 5,000여 기騎, 그것을 10개 편대로 나누어 나루미鳴海로 출동시킬 것이라고 했다. 다음은 오스가 야스타카大須賀康高의 5,000, 혼다 타다카츠의 5,000, 사카키바라 야스마사의

5,000으로 히데요시의 선봉에 대비한다고 했다. 그리고 이에야스 자신은 하타모토旗本°를 거느리고 나가쿠테長久手 전투 때와 같이 이이 나오마사와 더불어 1만 8,000의 병력으로 필승의 진영을 구축한다는 것이었다.

접전이 벌어졌을 때는 이시카와 이에나리와 히라이와 치카요시平岩親吉가 각각 5,000을 거느리고 가세하며, 마츠다이라 야스시게松平康重, 오가사와라 노부미네小笠原信嶺, 호시나 마사나오, 스와諏訪, 야시로屋代, 스가누마菅沼, 카와쿠보川窪, 아토베跡部, 소네曾根, 토야마遠山, 죠城, 타마무시玉蟲, 이마후쿠今福, 코마이駒井, 사에구사三枝, 타케카와武川 등의 무장은 각각 예비대로 대기하고 있다가 히데요시의 출병과 동시에 오와리와 미노美濃를 일제히 석권하게 될 것이라고 말하기도 했다.

'무엇 때문에 그 같은 말을 하고 갔을까……?'

밀사를 돌려보낸 뒤 챠야는 잠시 망연하여 앉아 있었다. 그런 경계를 할 필요가 있으리라고는 생각지도 않았다.

2

일부러 동정을 살필 것까지도 없이, 요즘 히데요시는 태평하게 쿄토에서 요도淀, 하치만八幡, 오사카, 사카이 등지를 돌아다니고 있었다. 이달 초에는 사카모토 성坂本城을 나와 오츠大津 부근에서 다회茶會와 렌가連歌° 모임 등에 참석하고 있는 모양이었는데, 이것은 어디까지나 풍류를 즐기는 칸파쿠임을 과시하는 여흥이지, 출진出陣이나 출병 등의 중요한 의미를 감추고 있는 것같이 보이지는 않았다.

정말로 그런 의사가 있었다면 히데요시는 결코 숨기지 않았을 터였다. 그랬을 경우 히데요시는 필요 이상으로 대대적인 선전을 하여 싸우기 전부터 상대의 전의戰意를 상실시키려는 '기세 싸움'의 신봉자였다. 이것을 이에야스가 모를 리 없는데…… 이렇게 생각하면서 챠야시로지로는 고개를 갸웃거리지 않을 수 없었다.

히데요시와는 전혀 달리 이에야스가 조심성 많은 성격이라는 것은 알고 있었다. 어떤 점에서는 의심이 많다고 할 만큼 신중한 이에야스였다. 그러나 이에야스의 움직임이나 지령에 전혀 의미가 없던 일은 일찍이 없었다.

'그렇다면 무엇 때문에 이와 같은 조심을……?'

대장이 부하로부터 인질을 잡는 것은 사기를 높이고 상대의 각오를 굳게 하기 위해 거의 습관화된 어쩔 수 없는 사정이지만, 백성들에게도 인질을 요구한다는 것은 보기 드문 일이었다. 이로 인해 도리어 백성들의 반감을 사 반란이나 폭동을 유발할 우려가 있기 때문이다.

이에야스는 이를 감행하여 총동원 태세를 완료했다고 한다……

챠야는 거실 앞 좁은 정원에 만발해 있는 붉은 매화를 바라보는 동안 점점 더 불안해졌다. 어쩌면 자신이 전혀 모르는 사정의 변화나 복선이 깔려 있는지도 몰랐다.

'내가 너무 안도하고 있었던 것이 아닐까……'

손뼉을 쳐서 점원을 불렀다.

"나는 이제부터 사카이에 가겠네. 급한 용무가 생각나서."

이렇게 말하고 슬쩍 물었다.

"그런데, 지금 칸파쿠 전하는 어디 계실까?"

자신의 지식과 세상의 평을 비교하기 위한 물음이었다.

"예, 요도에서 우치노內野로 가셔서, 호소카와 유사이細川幽齋 님이 신축하는 저택의 공사장에 계십니다."

"그래? 그렇다면 아직 오사카에는 돌아오시지 않았겠군."

"예."

"알겠네. 그럼 곧 준비해주게. 전하가 거기 가셨다면 사카이에서도 소에키宗易 님을 비롯하여 유지들 대부분이 따라갔을 테니, 이렇게 비워놓았을 때 도리어 물건을 사들이기가 쉬울지도 몰라."

혼잣말처럼 중얼거리며 일어나 준비하기 시작했다. 아직 시각은 아홉 점 반(오후 1시), 지금부터 후시미伏見로 달려가면 요도야淀屋의 배로 오늘 밤 안으로 강을 내려갈 수 있을 것 같았다.

사카이에는 소에키나 소큐宗及는 없을지 모르나 나야 쇼안納屋蕉庵*은 틀림없이 있을 것이었다. 쇼안을 만나 정보를 확인해야지…… 쇼안은 히데요시와 이에야스가 손을 잡게 하려고 음양으로 노력하고 있었다. 어느 편도 아닌 넓은 의미의 중립적인 인물이었다.

3

다행히 챠야 시로지로는 후시미에서 배를 탈 수 있었다. 쌀을 싣고 올라온 요도야의 배가 돌아가는 길이었다. 챠야 시로지로는 요도야의 배에 편승하여 강을 내려가면서, 양쪽 기슭에 즐비한 수많은 배를 보고 새삼스럽게 눈이 휘둥그레졌다.

최근 히데요시가 강가에서 많이 자라는 갈대에 대한 권리를 총신 이시다 미츠나리에게 주었다고 했다. 그 결과 뱃사람들이 배를 끌어올리면서 짓밟거나 베어낸 갈대 사이로 산간의 것보다 훨씬 더 훌륭한 길이 만들어져 있었다.

오사카라는 신흥도시와 이 수송로가 직결되어 쿄토의 인구도 나날이 크게 증가하고 있었다. 백성들이 모두 평화를 갈망하여 저마다 발벗고 나섰다는 증거였다.

'그런데도 이에야스 님은 다시 거센 전운戰雲을 예상하고 움직이기 시작했다는 말인가……?'

이런 생각을 하자 챠야의 가슴은 무섭게 뛰기 시작했다.

이에야스의 편이라거나 히데요시를 위해서라는 입장을 떠나, 이처럼 움트기 시작한 평화를 놓쳐서야 어디 될 말인가. 평화를 위해서라면 무슨 일이든지 해야 한다……

그런 마음으로, 배가 요도야 다리 부근에 도착했을 때는 이 기회에 요도야 죠안淀屋常安도 만나볼까 생각했다. 그러나 아직 날이 밝지 않아 밤중에 깨우는 것은 실례라 생각하고 자중하기로 했다.

날이 밝기를 기다렸다가 챠야 시로지로는 사카이로 가는 다른 요도야의 배로 옮겨 탔다.

"죠안 님에게 안부나 전해주게."

짐 싣는 일을 확인하러 온 점원에게 부탁하고는 그대로 사카이로 향했다.

사카이에 도착한 것은 정오가 가까워서였다. 챠야 시로지로는 오코지大小路의 이치노마치市之町에 있는 나야 쇼안의 집을 찾아갔다. 쇼안은 양녀 코노미木の實를 데리고 키슈 가도의 진입로에서 가까운 난소 사南宗寺 근처의 별장에 갔다고 했다.

챠야 시로지로는 그길로 쇼안의 별장으로 향했다. 그 부근에는 이미 매화가 지고 여기저기에 복숭아꽃이 만발해 있었다. 햇살도 쿄토와는 비교가 안 될 정도로 따스했다.

"이거 참, 걸으면서도 졸음이 오겠어."

따라온 점원의 안내로, 과연 쇼안이 좋아할 만한 울창한 소나무 고목이 담 너머로 바라보이는 별장의 문 앞에 섰을 때 안에서 한가롭게 북소리가 흘러나오고 있었다.

"으음, 히구치 이와미樋口石見 님의 북소리인 것 같군."

"예. 실은 오사카에서 호소카와 타다오키細川忠興 님의 부인이 따님을 찾아오셔서."

"뭐? 호소카와 타다오키 님의……?"

"예, 아케치明智 따님이신."

"으음, 과연 여기는 사카이라 다르구나."

앞서 배를 타고 사카이에서 타다오키 부인과 함께 서로 이름도 밝히지 않고 쿄토로 갔던 일이 있는 챠야는 자못 감개무량한 듯 저도 모르게 한숨을 쉬었다.

"그럼, 주인님에게 말씀 드리고 오겠으니 챠야 님께서는 잠시 여기서 기다려주십시오."

점원은 챠야를 현관에서 기다리게 하고 일단 안으로 들어갔다가 곧 다시 나왔다.

"어서 들어오십시오. 따님과 타다오키 부인, 그리고 챠야 님도 아시는 소에키 님의 따님 오긴ぉ吟 님 등이 모여 주인님과 같이 북을 배우고 있습니다."

4

챠야 시로지로는 왠지 모르게 낭패감을 느꼈다.

'쇼안 님이 북을 배우다니……'

한편으로는 안도감을 느끼면서도, 그 화기애애한 분위기와는 전혀 다른 공기를 불어넣으려는 자신이 안타깝기만 했다.

"자, 이리로."

점원은 긴 복도를 지나 북소리가 나는 곳에 이르러 알렸다.

"쿄토의 챠야 님을 모시고 왔습니다."

북소리가 그치고 그 대신 여자들의 맑은 웃음소리가 들렸다.

"챠야 님, 어서 들어오시오. 모두 흉허물 없는 사람들뿐이오. 나까지 젊은 여자들 틈에 끼여 북을 배우고 있소."

"이거 실례가 많습니다. 모처럼 즐거운 시간이신데……"

"그런 답답한 인사는 생략하기로 합시다. 코노미, 이 아저씨도 같이 동석시키기로 하자."

"황송합니다. 이 챠야는 풍류나 예능과는 전혀 인연이 없는 멋없는 자라서……"

챠야는 코노미가 권하는 방석을 무릎 앞에 놓고 정중히 인사했다.

"아니, 방금 그 멋없는 사람 이야기가 나왔는데 말이오, 차야 님. 대관절 누가 천하에서 제일 멋없는 사람일까 하는 이야기를 하면서 이와미 님의 가락을 듣고 있던 참이오."

"점점 더 황송해지는군요. 아마도 이 사람일 것입니다."

"호호호……"

소에키의 말로 지금은 모즈야 소젠万代屋宗全에게 출가한 오긴이 타다오키 부인 쪽을 보면서 웃었다.

타다오키 부인은 챠야를 보고 깜짝 놀란 모양이었으나 곧 평소의 표정으로 돌아왔다. 아마도 기억에 있는 사람과 비슷하기는 하나 곧 그렇지 않다고 생각한 듯.

"이럴 때 웃으면 안 돼."

쇼안이 말했다.

"챠야 님은 몹시 수줍음이 많은 분이라 웃으면 신경을 쓰실 것이야. 하하하……"

"아니, 그렇지도 않습니다. 이 챠야는 워낙 그 점에서는 멋이 없는 사람이니까요."

챠야가 말하자 쇼안이 손을 내저었다.

"그것은 이미 정해졌소. 당신이 아니오. 좀더 큰 거물이오."

"거물……이란 말씀입니까?"

"그렇소. 말해볼까요? 천하에서 제일 멋없는 자는 다른 사람이 아니라 바로 칸파쿠 전하인 도요토미 히데요시오."

"예? 아니, 그런……"

"우선 내 말을 들어보시오. 드디어 천하는 평정되었다, 앞으로는 일본에 그다지 큰 전투는 없을 것이다, 그러므로 나는 이제부터 슬슬 여자 사냥이나 할까 한다……고 말했다는군요."

"예……? 대관절 누구입니까?"

"칸파쿠 전하 자신이오. 하하하……"

"누……누……누구에게 그런 말을 했습니까?"

"그것을 글쎄, 키타노만도코로北の政所 님과 상의했다는 거예요."

"아니, 자기 부인에게?"

"어떻소, 놀라운 일 아니오? 키타노만도코로 님 또한 기발한 대답을 한 모양입니다. 그래요, 마음대로 하세요, 다만 사냥한 것은 내가 요리하겠어요…… 하고. 하하하, 그래서 용모가 빼어난 모즈야 부인과 타다오키 부인은 부들부들 떨고 있는 중이오."

쇼안은 이렇게 말하고 긴 속눈썹 밑의 눈을 가늘게 뜨고 온몸으로 웃었다.

5

챠야는 어이가 없어 일동을 둘러보았다.

히구치 이와미도 싱글벙글 웃고 있었고, 여자들 또한 무언가를 상상한 듯 서로 얼굴을 마주보며 웃음을 참고 있었다.

"그러면 칸파쿠 전하는 모즈야 님의 부인과 여기 계신 부인에게까지 눈길을 보내고 계신다는 말씀입니까?"

"그렇다니까요."

이번에는 코노미가 목을 움츠리고 입을 열었다.

"남편이 있는 미인이 아니면 사냥하는 보람이 없다고 한다는 거예요. 어지러운 세상이 되고 말았어요."

"설마…… 농담으로 그랬을 테지요."

"호호호…… 정말 사냥을 당하면 큰일이에요. 좌우간 함부로 얼굴을 내놓고 다니지 못하게 된 것 같아요. 만일의 경우라는 것이 있으니 말이에요."

코노미의 말에 이어 이번에는 이와미가 몸을 앞으로 내밀었다.

"그럼, 챠야 님에게 또 한 가지 비밀 중의 비밀, 그것도 아주 재미있는 비밀을 털어놓을까요?"

그리고는 장난스럽게 코를 벌름거렸다.

"비밀 중의 비밀…… 말씀입니까?"

"예. 아마 이처럼 재미있는 이야기도 듣기 어려울 것이오."

"그렇다면…… 더더구나 듣고 싶군요."

"예, 들려드리지요. 이 사카이에서 말동무로 측근에 가게 된 칼집 만드는 장인 소로리 신자에몬이 칸파쿠 전하의 애첩 마츠마루松丸 님과 카카(카가) 님에게 문안 드리러 갔을 때의 일이오."

이와미는 자못 점잖은 말투로 말을 이었다.

"찾아가니, 그때 두 분 모두 눈썹을 치켜세우고 언쟁을 하고 있더라는 것입니다."

"애첩…… 두 분이 말입니까?"

"그렇소. 언쟁의 발단은 젊은 카카 님이 무심결에 전하의 고환이 두 개였다고 말한 것이 원인이었다고 합니다. 그러자 마츠마루 님이 그럴

120

리 없다, 분명히 하나라며 몹시 화를 냈다는 것입니다."

"예? 저어, 고환⋯⋯이?"

챠야는 깜짝 놀라 주위를 돌아보았다. 여자들은 고개를 꼬고 웃음을 참으려 하고 있고, 쇼안은 여전히 빙긋이 웃고 있었다.

"그렇소, 바로 그 고환 말이오. 한쪽은 둘, 다른 쪽은 하나라고 우기며 양보하지 않다가 결국 그 판결을 신자에몬에게 부탁했다는 것입니다. 마츠마루 님은 하나가 맞지요, 신자에몬 님⋯⋯이라 묻고 카가 님은 둘이 아니냐고 묻는 바람에 신자에몬은 여간 난처하지 않았다는 거예요."

"그랬을 테지요⋯⋯"

"한쪽을 두둔하면 다른 쪽의 체면이 땅에 떨어집니다. 그래서 무어라 대답했을 것 같습니까, 챠야 님?"

챠야는 고개를 저으면서 도움을 청하듯 쇼안을 바라보았다.

"하하하⋯⋯ 성격이 느긋하시군, 챠야 님은."

"예? ⋯⋯예."

"그래서 신자에몬은 양쪽 모두 옳다, 아무도 틀리지 않았다고 대답했다고 합니다."

"으음⋯⋯"

"알겠소, 하나라는 것은 전체로 볼 때고, 둘이라는 것은 그 알맹이를 말하는 것이므로 양쪽 모두 틀리지 않았다는 말을 하고 부랴부랴 도망쳐 나왔다는 것입니다. 그야말로 천하에 둘도 없는 재미있는 이야기가 아니오, 챠야 님?"

"이제 그만 하세요, 히구치 님."

참다못해 오긴이 이와미를 노려보았다.

코노미는 진지하게 고개를 갸웃거렸다.

"무슨 말인지 나는 도무지⋯⋯"

그러더니 자리를 떴다.

6

"그런데 챠야 님, 내게 무슨……?"

쇼안이 이런 말을 꺼내지 않았다면 챠야는 손님들이 돌아갈 때까지 자기 용무를 말하지 못했을 것이다. 그 정도로 그곳 분위기는 화기애애했다.

'어느 틈에 평화의 바람이 사람들의 마음을 이렇게 부드럽게 만들어 주고 있다……'

"실은 긴히 드릴 말씀이 있어서."

"그럴 테지요. 그럼, 우리는 여기서 실례하고 별채에 가서 이야기를 나눕시다."

"그렇게 해주신다면……"

"여러분, 잠시 실례하겠습니다. 코노미, 손님들의 식사를 준비하여라. 나중에 나도 챠야 님과 식사할 테니까."

"예, 준비하라고 일러놓았습니다."

"그럼, 챠야 님."

두 사람은 일어나서 안마당을 사이에 두고 있는 우아한 별채를 향해 징검돌을 건너갔다.

이미 추녀 앞의 벚나무가 크게 봉오리져 있었다.

"또 미카와에서 무슨 전갈이 있었군요?"

삼면에 툇마루가 있는 다실茶室풍인 다다미 8장이 깔린 방 한가운데에 앉으면서 쇼안이 먼저 입을 열었다.

"예. 그런데 좀 마음에 걸리는 게 있어서."

"그렇다면 도쿠가와 님이 전투 준비라도 하고 있다는 말이오?"

"바로 그 점입니다. 칸파쿠 님이 아사히히메의 혼사를 구실로 방심하게 만들고는 일전을 벌일지도 모른다…… 이렇게 해석하고 있는 듯합니다만."

"으음."

쇼안은 생각에 잠겼다.

"표면적으로는 도쿠가와 님도 아사히히메 님과의 혼례를 승낙하셨다는 말을 들었는데……"

"예. 저번에 그때 선물로 사용하시려는지 호랑이 가죽, 표범 가죽 등 모피말고도 시지라 삼백 필을 주문하셨습니다."

"시지라 삼백 필?"

"예. 이번에 그것을 마련해 보내려고 합니다."

"시지라를…… 말이오?"

쇼안은 빛나는 눈으로 허공을 바라보며 생각했다.

"칸파쿠 전하는 싸울 뜻이 없어요. 그것은 소에키나 소로리가 잘 알고 있소."

혼잣말처럼 말했다.

"그러면 하마마츠 성주님의 지나친 생각일까요?"

"아니, 그런 착각을 하실 도쿠가와 님이 아닐 텐데……"

"어쨌든 당분간 칸파쿠 전하의 동정을 잘 살피라는 연락이 왔습니다. 그래서……"

"그것…… 이상하군요."

"밀사가 와서 군비를 철저히 하고 있다는 것, 코슈와 신슈에서는 백성들에게까지 인질을 요구했다는 것 등을 살짝 귀띔하고 갔습니다. 당장이라도 전쟁이 벌어질 것 같은 말을……"

"챠야 님."

"예."

"그것은 도쿠가와 님의 계략이오."

"계략……일까요?"

"그렇소. 목표는 칸파쿠 전하가 아니오. 오다와라에 보여주려는 연막작전이오. 시지라를 주문한 것도 혼례를 위해서가 아니라 오다와라에 보내는 선물일 것이오."

쇼안은 소리를 낮추고 빙긋이 웃었다.

7

"저어, 이번 물품 구입은 혼례를 위해서가 아니란 말씀입니까?"

챠야는 저도 모르게 숨을 몰아쉬며 무릎걸음으로 한 걸음 앞으로 나갔다.

"어째서 그렇게 판단하시는지, 납득할 수 있도록 설명해주십시오."

"그럽시다."

쇼안은 다시 한 번 즐겁다는 듯이 눈을 가늘게 뜨고는 말했다.

"도쿠가와 님은 말이오, 절대로 자기가 먼저 상대에게 도발하지 않을 사람……이라고 요즘에 나는 생각하고 있소."

"그럴까요?"

"예를 들어 코슈나 신슈로의 진출, 코마키 전투에서도 먼저 싸움을 시작한 자는 따로 있었소. 그런 의미에서 돌아가신 우다이진 님과는 정반대인 분이오. 그분의 노모나 모친으로부터 이어받은 불도의 믿음이 있다고 생각합니다. 세상에 변고가 없으면 가만히 움직이지 않고 있는 것이 옳다…… 더구나 그것은 연령과 더불어 점점 더 원숙해져 하나의 깨달음으로 바뀌고 있다……고 나는 보고 있소."

"으음."

"그렇다면 이 난세가 종식될 때까지 크게 나누어 세 가지 시기가 필요하다고 생각하지 않소? 그 하나는 모든 인습을 과감히 타파해나가는 오다 우다이진의 시대. 다음에는 이 파괴된 세상에 한 줄기 새로운 길을 개척하여 대지에 씨를 뿌려나가는 칸파쿠 히데요시의 시대. 그리고 마지막으로는 뿌려진 씨가 자라기를 기다렸다가 수확하는 그 누군가의 시대…… 이 시대의 인물이 누군지 아직은 확실히 알 수 없소. 그러나 도쿠가와 님은 아마도 그 사람이 자기라고 생각하고 있을 것이 분명하오. 챠야 님, 그런 생각이 들지 않소?"

"예…… 분명히 그렇게 생각하고 있는 듯합니다……"

"그럴 테지요. 그렇다면 당연히 도쿠가와 님의 방침도 정해질 것이오. 오다 우다이진 시대에는 우다이진을 돕고, 칸파쿠의 시대에는 칸파쿠를 돕는다…… 그러면 언젠가는 감이 익어 떨어질 자신의 시대가 다가온다……는 것을 안다면 지금은 절대로 칸파쿠와 전쟁을 벌이지 않을 것이오."

"과연……"

챠야는 비로소 한숨과 함께 크게 고개를 끄덕였다.

"말씀을 듣고 보니 그런 것 같기도……"

"하하하…… 나는 분명히 그렇다고 생각합니다. 그러나 워낙 용의주도한 도쿠가와 님이므로 곧 본심이 드러나지 않게 준비는 할 것이오. 그 준비란 가까이하고 싶지 않으나 할 수 없이 칸파쿠와 가까이하는 체하면서, 그동안에 되도록 천하의 여러 장수에게 자신의 위력을 과시해놓는다……"

"으음……"

"그렇지 않으면 칸파쿠 시대가 끝났을 때 모두를 제압하고 자기 손으로 수확할 수 없게 되오. 알겠소?"

"예……"

"그것을 안다면, 칸파쿠와 인척을 맺기 전에 오다와라의 호죠 부자를 확실히 자기편으로 끌어들여야 한다는 답이 나옵니다. 호죠 부자와 손을 잡으면 비록 매제로서 오사카 성에 가더라도 여러 장수들에게 휠씬 더 무게가 실릴 것은 당연한 이치요…… 아니, 어쩌면 이것은 나의 억측인지도 모르오. 그러니 챠야 님이 한번 하마마츠 성주님께 슬쩍 떠보는 것이 좋을 것이오."

이 말을 듣고 챠야는 다시 한 번 어깨를 흔들며 고개를 끄덕였다.

8

챠야는 쇼안을 방문하기를 잘했다고 생각했다. 그는 언제나 과거와 현재의 움직임을 통해 다음에 올 것을 정확하게 예측하여 대비하는 안목을 지니고 있었다. 지금까지도 챠야는 쇼안의 말을 거의 등불처럼 여겨왔으나 크게 빗나간 일이 없었다.

"그렇군요. 잘 알았습니다."

"아셨으면 너무 걱정하지 말고, 부탁받은 일만 알려드리도록 하면 됩니다."

"그러나……"

"아직도 마음에 걸리는 게 있나요?"

"칸파쿠 전하가 먼저 도발하는 경우는 절대로 없다고 쇼안 님은 단언하시는 것입니까?"

"챠야 님."

"예."

"아시겠소, 사카이는 명明나라와 천축天쓰부터 남만南蠻뿐 아니라

126

멀리 유럽과도 통하는 도시입니다."

"그것은…… 알고 있습니다마는."

"그러므로 사카이의 상인은 세계의 상인입니다."

"그럴 테지요."

"그 세계의 상인이 시대의 흐름을 잘 읽고, 이 사람에게 일본의 천하를…… 하고 추천한 사람이 칸파쿠입니다. 그 의미를 다시 한 번 되새겨보시오."

"예……"

"많은 사실을 알 수 있을 것이오. 칸파쿠 곁에는 언제나 사카이의 상인이 칸파쿠의 눈을 세계로 돌리려고 자문 역할을 하고 있소. 자랑 같은 말인지는 모르나, 칸파쿠를 지도하고 있는 자가 칸파쿠의 마음을 모를 리 없을 것이오."

챠야는 상대가 너무도 담담하게 호언하는 바람에 다시 온몸이 굳어졌다.

"만일에 칸파쿠가 이에야스와 일전을 벌이겠다……고 해도 사카이 사람들이 용납하지 않을 것이오. 지금은 그럴 때가 아니다! 속히 큐슈를 평정하고 그곳에 세계로 뻗어나갈 출구를 만들지 않으면 안 될 때다. 그렇지 않으면 일본인은 이 작은 섬에 갇혀 사방의 바다에서 몰려오는 물고기들의 먹이밖에 되지 않을 때가 온다…… 머지않은 장래에…… 이런 중요한 시기이므로 칸파쿠 님이 공격하겠다고 해도 세계의 상인인 사카이 사람들이 공격하도록 내버려두지 않는다! 이렇게 생각해도 결코 틀림이 없을 것이오."

여기까지 말하고 쇼안은 스스로도 겸연쩍은 듯이 이마를 쓰다듬으며 웃기 시작했다.

"하하하…… 이건 마치 부처님 앞에 설법을 한 셈이 되었군요. 챠야 님 자신이, 한 뼘의 땅이라도 더 차지하려는 집착 때문에 눈에 불을 켜

고 서로 죽이고 죽임을 당하는 무사의 생활에 실망하고 상인으로 돌아
온 분 아니오. 차야 님, 모처럼 상인이 되었으니 이 정도의 큰 포부는
가지고 살아가야 하지 않겠소, 안 그렇습니까?"

챠야 시로지로는 잠시 동안 쇼안의 위엄 있는 얼굴을 바라본 채 아무
말도 하지 못했다.

칸파쿠 히데요시를 조종하고 있는 사람은 자기들이므로 멋대로는
행동하지 못하게 하겠다는 사람이 지금 이 일본에 있다니……

'히데요시는 사카이 상인들의 총지배인 격인지도 모른다……'

하지만 이 사실을 혹시 히데요시가 안다면 어떻게 될까?

이런 생각이 머릿속에 떠오르는 순간 미처 대답할 사이도 없이 온몸
이 와들와들 떨리는 챠야였다.

"얘기가 끝났으면 저쪽으로 갑시다, 여자들이 기다리고 있을 테니."

쇼안은 담담한 목소리로 챠야를 재촉했다.

미시마의 회견

1

이에야스가 챠야의 손으로 마련한 선물을 가지고 호죠 부자를 만나기 위해 하마마츠를 떠나 슨푸에 도착한 것은 2월 26일이었다.

선물은 당시로서는 최고의 깔개였던 호랑이 가죽 다섯 장, 표범 가죽 다섯 장, 진홍색 모피 두 장, 그리고 시지라 300필, 최고급 먹, 모리이에守家가 만든 칼, 국화 문장이 새겨진 단검, 와키자시, 긴 칼, 남만에서 건너온 신식 총 등이었는데, 이에야스로서는 더없이 파격적인 것들이었다.

수행원은 사카이 사에몬노죠 타다츠구, 이이 나오마사, 사카키바라 야스마사 등 세 명의 중신과 혼다 야하치로 마사노부, 아베 젠에몬 마사카츠, 마키노 한에몬 야스나리 등 당당한 면모였다. 그러나 이들 수행원도 이에야스가 슨푸 성°에 도착할 때까지는 그의 본심을 정확하게 알고 있지 못했다.

이에야스가 먼저 사자를 보내 호죠 부자에게 회견을 제의한 데 대해 우지마사氏政로부터 승낙한다는 회답은 있었다. 그러나 현재 호죠 부자는 영지를 순시하는 중이므로 미시마로 가게 될 3월 초에 양측 접경인 키세가와 강변에서 강을 사이에 두고 대면하자는 것이었다. 이에야스의 수행원들도 이번 회견이 그런 형식으로 행해질 것이라 생각하고 있었다.

슨푸 성에 들어간 이에야스는 비로소 수행원들을 모아놓고 뜻밖의 말을 했다.

"이번에 나는 직접 미시마로 나가 호죠 부자의 숙소에서 대면하려고 하니 그렇게 알고 있게."

이 말에 수행원들은 깜짝 놀라 서로 얼굴을 마주보았을 뿐 당장에는 아무도 입을 열지 못했다.

"모두 알고 있겠지만, 호죠 부자가 강을 사이에 두고 대면하자고 한 것은 동맹자로서의 우리 체면을 생각해서일세."

"……"

"우리와 호죠 가문과는 단순한 동맹자가 아니야. 우지마사는 나의 딸 스케히메督姬의 시아버지, 우지나오氏直는 나의 사위일세. 따라서 친족이란 마음을 가지고 임하는 것이 예의라고 생각하네. 아베 마사카츠를 통해 즉시 그 뜻을 전하려 하니 모두 그렇게 알도록."

사카이 타다츠구만은 이 설명을 듣고, 납득하는 것 같았다.

'으음, 그렇구나……'

"황송합니다마는 저는 반대합니다."

그러나 젊은 이이 나오마사는 눈썹을 치켜올리고 똑바로 이에야스를 노려보았다.

"반대한다고? 내 생각에…… 어디 잘못된 데라도 있다는 말인가, 나오마사?"

"저쪽에서 키세가와를 사이에 두고 대면……하자고 제안하기 전이라면 몰라도, 저쪽에서는 그럴 작정인데 우리가 일부러 강을 건너 미시마의 숙소까지 간다면 그들의 위세에 눌려 무릎을 꿇는 것과도 같습니다. 그렇게 되면 후세까지 가문의 티가 될 것입니다."

이 말에 이에야스는 가볍게 고개를 끄덕이고 웃었다.

"나오마사가 그런 말을 할 정도라면 더더욱 강을 건너야겠어. 서신은 하마마츠에서 미리 써왔네. 마사카츠, 이것을 가지고 곧 우지마사에게 사자로 가게."

그 무렵 우지마사는 이미 영지를 순시하고 있는 중이었는데, 누마즈沼津 근처까지 왔다는 것을 알고 있었다……

2

뜻하지 않은 이에야스의 말에 이번에는 사카키바라 야스마사가 무릎걸음으로 앞으로 나섰다.

이제 이에야스의 마음은 거의 알았다. 상대에게 무릎을 꿇는 것처럼 보이게 하고 무언가를 얻어내려는 속셈일 것이다…… 하지만 그 얻으려는 것의 정체를 그로서는 전혀 알 수 없었다.

"황송합니다마는, 주군께서 호죠 부자에게 무릎을 꿇었다는 소문을 들으면서까지 그렇게 하신다면 대관절 우리에게 무슨 이득이 있겠습니까? 그것을 알고 싶습니다."

이에야스는 그 질문을 받고 약간 불쾌한 표정을 지으며 일동을 둘러보았다.

"나오마사도 모르겠나, 그것을……?"

"예, 사카키바라 님과 마찬가지로 저도 아직 모르겠습니다."

"너무 어려, 야스마사도 나오마사도 모두."

"예……?"

"이런 것은 일일이 설명하지 않아도 알 수 있어야 해. 그러나…… 모르겠다면 모른 채로는 갈 수 없겠지. 알겠나, 마음에 잘 새겨두게."

"예."

"나는 아직 칸파쿠 히데요시에게 한 번도 머리를 숙이지 않았어. 그 점은 잘 알고 있을 것일세."

"그렇습니다…… 실은 그러한 주군께서 어찌 호죠 부자에게는…… 그 점이 이상해 여쭈었던 것입니다."

야스마사가 덧붙였다.

"그것은 지금은 칸파쿠에게 머리를 숙여서는 안 될 때라고 생각했기 때문이야. 그러나 호죠 부자에게는 머리를 숙이고 쳐드는 것이 문제가 아닐세."

"……?"

"아직도 모르겠다는 표정들이로군. 좀더 설명을 해야 알겠나? 그것은 칸파쿠와 호죠 우지마사는 그릇이 다르기 때문일세."

"무, 무어라고 하셨습니까?"

"답답한 사람들이로군. 칸파쿠 정도나 되는 인물에게도 머리를 숙이지 않는 이에야스가 호죠 부자 따위에게 머리를 숙였다고 해 가문의 흠이 되지는 않아. 후세 사람들도 이에야스가 어린아이를 달래려고 키세가와를 건넜다고 생각할 것일세. 바보 같은 질문은 하지도 말게."

그 말을 듣고 일동은 다시 한 번 서로의 얼굴을 쳐다보았다. 이번에는 모두 납득이 가는 표정이었다. 가장 완고한 사카이 타다츠구까지도 빙긋이 입가에 웃음을 떠올리고 있었다.

이에야스로부터 그들이 있는 미시마의 숙소에서 대면하겠다는 제의가 다시 오자 호죠 부자는 미칠 듯이 기뻐했다.

"이렇게 되면 이웃에 대한 체면도 선다. 으음, 인척이기에 동맹자로서의 체면 따위는 필요치 않다는 말이로군……"

우지마사는 즉시 다이도지 마고쿠로大道寺孫九郎와 야마카도 키이노카미山角紀伊守 등 두 중신을 접대 책임자로 임명했다. 그리고는 먼저 미시마로 떠나 이에야스 일행을 맞이할 준비를 하도록 했다.

"이건 정말 반가운 일이야. 도쿠가와 님이 일부러 미시마까지 와서 우리 주군의 비위를 맞추다니……"

"암, 도쿠가와 님도 이번 일로, 우리 호죠 가문 휘하에 들어온 것이나 마찬가지야."

"세상에서도 깜짝 놀라고 있다고 하더군. 이제 우리 호죠 가문도 만만세야."

이런 소문이 떠도는 가운데 이에야스가 키세가와를 건너 미시마에 가서 호죠 부자와 만난 것은 3월 9일 오후. 이에야스는 이날 처음으로 사위 우지나오를 보게 되었다.

3

이에야스는 사카이 타다츠구, 이이 나오마사, 사카키바라 야스마사 등 세 중신만 대동하고 화려하게 장식된 숙소의 회견장으로 향했다.

호죠 쪽에서는 우지마사와 우지나오 부자 외에 일족인 무츠노카미 우지테루陸奥守氏輝, 미노노카미 우지노리美濃守氏規를 비롯한 30여 명에 달하는 무사가 양쪽에 도열하여 이에야스 일행을 맞이했다. 접대 책임자 야마카도 키이노카미 사다카타山角紀伊守定方의 안내로 이에야스 일행이 들어오자 우지마사는 환하게 웃는 얼굴로 말했다.

"도쿠가와 님, 잘 오셨습니다. 어서 이리로."

정해져 있는 이에야스의 좌석은 우지마사 부자의 아랫자리였다.

이이 나오마사는 안색이 확 변했다. 이에야스는 정중하게 고개를 숙이고 흘끗 눈으로 그들을 나무라면서 자리에 앉았다.

우지마사가 이에야스를 상좌에 앉혔더라면 아마도 이에야스는 이때부터 크게 고민하지 않을 수 없었을 텐데, 그런 만큼 내심으로는 도리어 안도했을지도 모른다.

이에야스는 자리에 앉아서야 비로소 사위를 바라보았다. 우지마사는 아무것도 부족한 것이 없는 집안에서 자란 오만과 패기와 자부심을 지닌 거친 성격의 인물이었다. 그러나 사위 우지나오는 이와 정반대였다. 4대, 5대로 내려오는 동안 이렇게까지 개성이 없는 표정으로 자랐나 싶을 정도로 평범하고 온순해 보이는 모습이었다.

양쪽의 인사가 끝난 뒤 주연이 베풀어졌다. 웬만큼 분위기가 무르익어갈 때 미노노카미 우지노리가 앞으로 나와 제안했다.

"이대로 주연을 계속하기에 앞서 히데요시에 대한 군사회의를 여는 것이 어떻겠습니까?"

아마 우지마사가 미리 지시한 일인 듯.

"그렇소, 먼저 그것부터 하는 게 좋겠습니다."

우지나오 다음 자리에 앉아 있던 무츠노카미 우지테루가 그 말에 맞장구를 쳤다.

"어떻습니까, 도쿠가와 님?"

우지마사도 이에야스에게 의사를 타진해왔다.

"글쎄요……"

이에야스는 우지마사가 건넨 잔을 천천히 내려놓고 진지하게 두어 번 고개를 끄덕였다.

"쿄토의 일이라면 굳이 이 자리에서 군사회의까지 열 필요는 없다고 생각합니다마는."

"굳이……라고 말씀하셨습니까?"

"그렇습니다. 우리는 쿄토에 대한 대비는 충분히 하고 있습니다. 그러므로 서로 숙원宿怨을 푸는 것이 첫째라 생각하고 여기까지 왔습니다. 만일 호죠 님이 원하신다면 양가의 경계를 허물어도 무방하다고⋯⋯ 양가가 마음을 합쳐 임한다면 우리 군사 오만 중에서 삼만을 거느리고 출격하여 언제라도 쿄토의 군사를 무찔러 보이겠습니다. 또 적이 이쪽으로 공격해올 경우에는 이 이에야스가 선봉을 맡아 삼 년 가량은 한 사람의 적도 접근하지 못하도록 하겠습니다."

부드러운 어조로 말했다.

"그러므로 이 자리에서는 군사회의보다 서로 마음을 터놓고 친밀하게 이야기를 나누는 편이 좋다고 생각합니다마는⋯⋯"

이 말이 우지마사를 더욱 기쁘게 만든 모양이었다.

"그럼, 도쿠가와 님은 우리와의 경계에 있는 요새를 철거해도 좋다는 말씀입니까?"

"그렇습니다⋯⋯ 그런 것을 초월하여 우의를 다지기 위해 일부러 찾아왔습니다."

"참으로 반가운 말씀이오. 좋습니다! 장시간에 걸친 군사회의보다 더 값진 말씀입니다. 자, 술을 들기로 합시다."

우지마사의 말이 끝났을 때 이를 기다리고 있었다는 듯이 한꺼번에 음식이 들어왔다.

4

이에야스로서는 우울하기도 하고 기쁘기도 한 향연이었다. 좀더 거센 반응이 있었더라면 하는 생각도 들고, 아니 이것으로 됐다, 역시 예상했던 대로구나⋯⋯ 하는 안도감과 함께 아쉬움이 남기도 했다.

최소한 이에야스의 마음을 조금이라도 이해하고 접근해오는 사람이 있었으면…… 그러나 일족 중에도 수많은 영주 중에도 그런 사람은 찾아볼 수 없었다.

술자리가 무르익어가면서 더 확실하게 느낄 수 있는 것은, 이에야스가 키세가와를 건너왔다는 것에 모두가 의기양양해 있다는 사실이었다.

'히데요시와 비교될 수 있는 인물이 아니다……'

새삼스럽게 깨달았을 때 갑자기 사카이 타다츠구가 좌석 한가운데로 뛰어나왔다.

"주흥을 돋우어드리겠소!"

그리고는 익살스런 동작을 취하며 말했다. 그의 눈에도 아마 사리를 분별할 줄 모르고 기뻐하는 이 자리가 우습기도 하고 아니꼽기도 하여 가만히 있을 수 없었던 모양이다.

"타다츠구, 무례함이 있어서는 안 돼."

"잘 알고 있습니다."

그는 즐비한 촛대의 불빛을 받으며 좌중을 한 바퀴 돌아보았다.

"미카와의 명물 새우잡이 춤을 선보이겠습니다."

큰 소리로 말했다.

"……그런데 강은 어느 쪽에 있느뇨."

광대 같은 동작으로 방약무인하게 춤을 추기 시작했다. 그 몸짓과 즉흥적으로 나오는 재치있는 동작이 보고 있는 이에야스를 초조하게 만들었다. 그것은 절대로 흥에 겨워서 추는 춤동작만은 아니었다.

'상대를 우습게 여기고 있다……'

누가 깨닫기라도 한다면 어떻게 할 것인가.

역시 타다츠구는 상대가 우쭐하여 이에야스를 부하처럼 여기고 있는 데 화가 나서 저항하고 있었다. 그러나 그러한 분위기를 아무도 알아차리는 자가 없었다.

사카이 타다츠구가 미친 듯이 춤을 추고 나서 자리로 돌아왔을 때 박

수가 터져 나왔다.

"소문으로는 들었지만 직접 보게 된 것은 처음인데, 과연 놀라운 솜씨일세."

"정말이야. 오늘은 사카이 님이 여간 기쁘지 않은 것 같아."

"그야말로 신선의 경지에 이르렀어."

이렇게 속삭이는 가운데 ─

"사카이 타다츠구 님, 이쪽으로 나오시오. 성주님께서 그 솜씨를 가상히 여기시어 상으로 칼을 주시겠다고 하십니다."

무츠노카미가 큰 소리로 말했다.

"아니, 저에게 칼을?"

타다츠구도 깜짝 놀란 모양이었다. 상대를 멸시하고 있었다는 증거였다. 그는 공손히 우지마사 앞으로 나가 칼을 받아들고, 그것을 든 채다시 춤추기 시작했다.

"……이것을 보라, 나는 이렇게 훌륭한 새우를 호죠의 강에서 멋지게 잡아 올렸노라!"

"타다츠구, 무례함이 없도록 하라."

이에야스는 다시 한 번 주의를 주고, 자기도 가볍게 웃음을 터뜨렸다.

모두가 또다시 칭찬을 연발하고 전보다 더 들뜨기 시작했다……

5

"사카이 님, 술이 좀 과하신 것 같군요."

타다츠구가 좀 지나치다 싶어 마침내 미노노카미 우지노리가 슬쩍 편잔을 주었다.

이에야스는 덜컥 놀라 타다츠구를 향해 말했다.

"그만하고 돌아와 앉게, 타다츠구. 여기는 하마마츠 성이 아닐세."

이에야스가 이렇게 말하지 않았다면 혹시 일족 중에 상대를 멸시하는 타다츠구의 마음을 간파한 자가 나타났을지도 모를 일이었다.

타다츠구가 물러나자 이번에는 얼른 이에야스가 일어났다. 지금 상대에게 의심을 받게 된다면 일부러 여기까지 온 의미가 없어진다.

이에야스의 생각으로는 지금 상대를 충분히 만족시켜놓아야만 했다. 그리고는 돌아가는 길에 누마즈 성 부근에서 자기 영지 안에 있는 요새를 철거한 뒤 히데요시와의 혼담 이야기를 꺼낼 작정이었다. 물론 혼인이란 명목일 뿐 사실은 아사히히메를 인질로 잡을 작정……이라고 밝힐 생각이었지만……

그런 만큼 지금은 좌중을 긴장시켜서는 안 될 중요한 때였다.

"그러면 이번에는 이 이에야스가 주흥을 돋우고 싶습니다."

일어나서 바로 부채를 들고 우지마사를 향해 공손히 절을 했다.

"이거, 금시초문이군요. 이에야스 님이 춤을 추시다니."

"그 말씀을 들으니 더욱 부끄럽습니다마는, 전에 보았던 기억이 있는 지넨 거사自然居士의 쿠세마이曲舞い°를 추겠습니다."

"조용히 보도록 하자. 도쿠가와 님이 춤을 추신다."

"뭐, 도쿠가와 님이…… 원, 이런."

"쉿. 도쿠가와 님이 춤을 추겠다고 하신다."

술이 취한 사람들도, 타다츠구의 희롱에 불쾌감을 느꼈던 사람들도 모두 주의가 집중되었다.

이에야스의 세 중신 역시 깜짝 놀라 서로 얼굴을 마주보고 있었다.

'……대관절 이렇게까지 우지마사 부자의 비위를 맞출 필요가 있을까……?'

이에야스는 확 부채를 펴고 뚱뚱한 몸집을 어색하게 움직이기 시작했다. 도저히 춤이라고 할 수 없는 것이었다. 하지만 그 목소리만은 전쟁터에서 단련된 늠름한 것이었다.

> 황제黃帝의 신하 화적貨狄이란 병졸
> 어느 날 정원에 있는
> 연못을 바라보니
> 때는 마침 가을도 저물어
> 찬바람에 흩날리는 버들잎 하나 떠 있어……

이에야스가 춤을 추기 시작하자 이번에는 우지마사보다도 좌우의 신하들이 일제히 웃기 시작했다.

"이것으로 도쿠가와 님은 우리 가문의 가신이 된 것과 다름없다. 노래를 비유로 하여 그 뜻을 전하고 있어."

"정말 그래, 우리 성주님의 즐거워하시는 모습을 좀 보게."

"이제 도쿠가와 님도 만족하실 거야. 누가 뭐라고 해도 칸토의 여덟 주州를 영유한 우리 가문을 적으로 돌릴 자는 없으니까."

이에야스는 그런 말에는 전혀 귀를 기울이지 않고 뚱뚱한 몸을 흔들며 계속 춤을 추고 노래를 불렀다.

6

결국 그날 밤의 주연은 한밤중까지 이어졌다.

호죠 쪽에서는 이에야스가 히데요시나 노부오의 압력에 못 이겨 마침내 굴복해온 것이라 해석했다. 이에야스의 수행원들은——

"모든 것을 천하의 평정을 위해……"

이런 말을 들어왔던 터라, 이번의 목적은 충분히 달성된 것이라 판단하고 양쪽 모두 기쁜 마음으로 주연을 끝냈다.

이튿날 아침에는 다시 양쪽이 인사를 나눈 뒤, 이에야스는 접대 책임자 야마카도 키이노카미의 배웅을 받으며 미시마에서 누마즈를 향해 출발했다.

날씨는 활짝 개 있었다. 행렬 선두에는 우지마사가 선사한 큰 매 열두 마리가 미풍에 가슴털을 나부끼며 나가고 있었다.

이 큰 매 열두 마리와 말 열한 마리…… 그 중 한 마리는 이에야스의 승마용으로 특히 우지마사가 고른 네 살짜리 오슈奧州 말이었고, 그 밖에 칼과 와키자시 등의 선물이 있었다. 물론 이에야스의 선물에 비하면 보잘것없어서, 이것을 보아도 우지마사의 속내를 뚜렷이 들여다볼 수 있었다.

"주군, 모든 일이 뜻대로 된 것 같습니다."

행렬이 누마즈 부근에 이르렀을 때 혼다 마사노부가 야마카도 키이노카미의 곁을 떠나 말을 몰고 왔다.

이에야스는 잔뜩 찌푸린 표정으로 마사노부를 바라본 채 아무 말도 하지 않았다. 이에야스의 흉중에는 불쾌감이 가득했다.

'호죠 부자가 더불어 상의할 수 있을 만한 인물이었더라면……'

그렇다면 모든 것을 털어놓고 이야기할 수 있을 텐데…… 그럴 가치가 없는 사람들임을 알고 가볍게 다루었다는 것은, 상대의 입장에서 보면 교묘히 속은 것이 되었다.

달리 무슨 방법이 있을 수 있단 말인가. 우지마사는 기고만장하여 이에야스의 진가도 모르거니와 히데요시가 두렵다는 것도 모르는 인물이었다…… 따라서 호죠 가문의 번영과 시대의 흐름을 조화시키는 일을 그에게 기대하는 것 자체가 무리였다…… 이런 생각을 해도 역시 불쾌감은 지울 수 없었다.

'어리석다는 것은 큰 죄야……'

누마즈에 도착한 이에야스는 다시 웃는 얼굴로 돌아와, 성 외각의 요새와 망루를 즉시 철거하라고 이이 나오마사에게 명했다. 더 이상 그들은 아무런 반대도 하지 않았다. 그들의 눈에도 호죠 부자와 이에야스를 비교해 생각한다는 것이 얼마나 무의미한지 알 수 있었다.

이에야스는 철거작업을 바라볼 수 있는 서쪽 언덕에 일부러 걸상을 갖다놓게 하고 야마카도 키이노카미를 불렀다.

"보시는 바와 같습니다, 사자 어른."

"보는 바와 같다니요……?"

"우리는 이미 망루 같은 것은 필요치 않습니다. 이번에 호죠 님을 뵙고 그것을 잘 알게 되었기 때문이오."

"과연 그렇군요……"

"그러니 돌아가거든 보신 대로 말씀 드려주시오. 이에야스는 우지마사 님 부자분과 면담하고 나서 더욱 친밀감을 느꼈기 때문에 경계선의 요새는 더 이상 필요치 않다고 하면서 즉시 철거하고 돌아갔다고 말입니다."

화사한 햇살을 받으며 키이노카미는 몇 번이나 고개를 끄덕이면서 눈 아래서 행해지는 작업을 바라보았다.

7

3월 21일, 이에야스는 미시마에서 호죠 부자와의 회견을 마치고, 누마즈와 슌푸를 거쳐 하마마츠로 돌아왔다.

그동안 이에야스는 거의 웃지 않았다. 아니, 웃지 않았을 뿐만 아니라 누마즈를 떠난 이후부터는 호죠 부자 이야기도 전혀 하지 않았다. 아마도 그의 생각은 누마즈를 벗어나는 순간부터 히데요시에 대한 대책으로 옮겨가 있었을 것이다.

성에 돌아온 즉시 이에야스는 마츠다이라 이에타다를 후코즈에서 불러들였다. 그리고는 노부오가 다시 혼담에 관한 사자를 보내오지 않았느냐고 물었다.

"왔었습니다. 그쪽에는 이미 가신들에게 발표한 모양인지, 주군께서 돌아오시면 혼례 날짜와 그 밖의 일을 상의해야겠으니 곧 중신을 파견해달라는 요청이 있었습니다."

"그런가……"

이에야스는 그날 여덟 점(오후 2시)경부터 내리기 시작하여 더욱 세차게 쏟아지는 정원의 빗줄기를 바라보고 있을 뿐 당장에는 그 다음 지시를 내리려 하지 않았다.

"주군은 누구를 보내시려는지요. 그를 불러 자세히 상의하셔야 할 것 같습니다마는."

이에야스는 이때도 대답하려 하지 않았다.

"이번 사자는 노부오 님이 보내신 자였나, 아니면 히데요시의 사자였나?"

"타키가와 님의 말에 따르면 이번에는 칸파쿠의 뜻이라고 했습니다마는."

"칸파쿠의 뜻……?"

"예. 칸파쿠가 이 혼담을 발표했을 때 오사카 성에서는 큰 소란이 일어났다고 합니다."

"으음."

"천하인보다 미천한 자에게 인질을 보내다니 이는 전례가 없는 일, 당치도 않다고 하면서……"

"누가 그랬다고 하더냐, 그런 소리를?"

"하치스카 히코에몬蜂須賀彦右衛門, 쿠로다 칸베에黑田官兵衛 등이었다고 합니다."

"하치스카나 쿠로다라면 그전부터 상의가 있었을 것…… 모두가 연극일세, 그런 건."

"그럴지도 모릅니다. 어쨌든 그때 칸파쿠는 많은 사람들 앞에서 큰 소리를 쳤다고 합니다. 이 히데요시는 전례가 없는 일을 하여 일본 역사에 남기겠다고."

"이에타다."

"예."

"이쪽에서 보낼 사자는 아마노 사부로베에天野三郞兵衛라도 상관없을 것이다. 사부로베에로 결정하겠네."

"아마노…… 혼자만?"

"그래도 괜찮아. 그쪽에서 연극을 하는 이상 우리도 연극으로 맞서자는 것일세……"

"하지만, 그것은……"

"우리가 보내라고 한 인질이 아닐세. 그쪽에서 억지로 밀어붙이는 인질인데 굳이 많은 중신들을 보낼 필요는 없지. 나는 호죠 부자도 가차없이 대했어. 천하를 위해서라 생각하고. 그 대신 히데요시에게도 가차없이 대하겠네."

"예……"

"염려 말고 사부로베에를 부르게. 인질을 어떻게 받아들일 것인지 그 준수사항을 가르치겠어."

마츠다이라 이에타다는 고개를 갸웃거리며 이에야스를 쳐다보았다. 이토록 불쾌해하는 이에야스를 본 적이 없었다.

'아무래도 주군께서는 미시마에서 크게 분노하실 일이 있었던 모양이다. 그렇지 않고서야……'

8

이에야스가 불쾌해하는 원인을 모르는 이에타다는 당장에는 자리에
서 일어날 수 없었다. 그의 온후한 성격으로 미루어볼 때, 모처럼 히데
요시와 인연을 맺는 이상 굳이 '인질'이란 말은 하지 않는 것이 좋다고
생각했다. 이런 말이 혹시 히데요시의 귀에 들어간다면, 히데요시는 체
면을 세우기 위해서라도 반드시 어떤 보복을 가할 것이라는 생각이 들
기도 했다.

"이에타다, 사부로베에를 불러오라고 했는데 못 들었나?"

"황송합니다마는…… 이 문제에 대해서는 좀더…… 아니, 혼다 마
사노부에게라도 의견을 물어보시는 것이 어떻겠습니까?"

"뭣이, 마사노부의 의견을?"

"예, 마사노부는 아주 생각이 깊은 성격이니까."

이 말에 이에야스는 더욱 불쾌한 표정으로 입을 다물고 다시 한참 동
안 창 밖의 빗줄기를 바라보고 있었다.

미시마의 회견은 그다지 이에야스의 예상에서 빗나가지 않았다. 처
음부터 호죠 부자를 어린아이 다루듯이 할 생각으로 갔던 것이고, 그
점에서는 충분히 성과를 거두었다…… 그런데도 불구하고 미시마에서
돌아온 이후의 이에야스는 그전의 이에야스가 아니었다.

미시마 방문 이전까지 히데요시에 대해 강경했던 것은 가신들이었
다. 그런데 미시마에서 돌아온 후에는 가신보다 이에야스가 훨씬 더 강
경해졌다.

'일시적이기는 하나 나는 남을 속이고 왔다……'

이러한 반성과 자기 혐오가 강해졌기 때문일까?

호죠 부자를 끌어들였으므로 이제 히데요시가 무섭지 않다는 타산
때문일까……?

그 어느 쪽이라 해도 지금 이에야스의 온몸을 채우고 있는 불쾌감을 지울 수는 없었다.

"이번에는 정말 히데요시가 미워졌어!"

잠시 후 이에야스가 불쑥 이런 말을 해 마츠다이라 이에타다는 깜짝 놀랐다.

"예? 무어라 하셨습니까?"

그래서 얼른 반문했다.

"히데요시가 미워졌다고 했어."

"그야 이전부터의 일 아닙니까?"

"그렇지 않아. 이전에는 히데요시도 나를 다듬어주는 구슬의 하나로 생각했을 뿐 결코 미워하지는 않았어…… 그런데 이번에는 히데요시가 미워졌어."

"어째서일까요?"

"내게 거짓말을 하게 만들었어…… 나 같은 사람에게 거짓말을 하게 했을 정도의 인물이니……"

"거짓말을?"

"그래. 거짓말을 하게 만든 그 히데요시에게 나는 고개를 숙이지 않을 수 없게 될 거야. 이에타다!"

"예."

"그러니 가능한 한 나도 저항하려는 것이야. 되도록 상대를 난처하게 만들어 이쪽에서 히데요시를 단련시켜주려는 것이다."

그러면서 이에야스는 문득 긴장을 누그러뜨린 부드러운 얼굴로 웃기 시작했다.

"이에타다, 알고는 있어, 모든 것을…… 알고 있으면서도 자꾸만 부아가 치밀어오르는 것일세. 나는 역시 미카와 땅에서 태어난 고집쟁이야. 그렇다고 이 고집을 언제까지나 버리지 않고 있겠다는 것은 아닐세. 이에타다, 아무 걱정 말고 어서 사부로베에를 불러오게."

이에타다는 여전히 납득할 수 없다는 표정이었다.

"그렇게까지 말씀하신다면……"

그러면서도 미적거리듯 자리를 떴다.

비가 더욱 세차게 쏟아지기 시작했다.

인질 출가出嫁

1

오사카 성 내전에서는 오랜만에 돌아온 히데요시가 코쇼만을 데리고 키타노만도코로의 거실로 왔다. 그래서 오늘 밤은 정원의 돌까지도 셀 수 있을 정도로 환하게 촛대의 불이 밝혀졌다.

오만도코로를 비롯하여 아사히히메와 히데나가 외에도, 미요시 카즈미치三好一路의 아내가 된 히데요시의 누이까지 동석했다. 그래서 표면적으로는 자못 단란한 가족끼리의 모임이었다.

히데요시는 정면에 어머니와 나란히 앉아, 때때로 어린아이처럼 늙은 어머니의 무릎에 손을 얹으면서 쿄토와 사카이 이야기를 재미있게 들려주었다. 그런 뒤 여동생에게 말을 걸었다

"저어, 아사히."

아사히는 그 자리에서 가장 침울한 얼굴이었다.

"이에야스에게는 나가마츠마루長松丸라는 아주 얌전하고 귀여운 셋째아들이 있어. 얌전하기는 하지만 그 아이가 가문을 이어받게 될 거야. 네가 하마마츠에 가거든 곧 그 아이를 양자로 삼도록 하여라. 단지

정실이라는 것만으로는 부족해. 상속자의 어머니가 되어야 해."

아사히히메보다 어머니 오만도코로가 더 놀랐다.

"그렇다면, 결국 결정되었다는 말이냐?"

휘둥그레진 눈으로 물었다.

"원, 어머님도. 제가 전에 말씀 드리지 않았습니까?"

"그게 무슨 소리냐…… 또 엉뚱한 소리를 하는군, 칸파쿠. 나는 아무 말도 듣지 못했어."

"그거, 이상하군요…… 어쨌든 좋습니다. 이미 결정된 일이어서 지금 아사히에게 말하고 있는 중입니다."

"아사히, 너도 승낙했느냐?"

걱정스럽다는 듯이 어머니가 물었다.

아사히히메보다 히데요시가 먼저 입을 열었다.

"그쪽에서 아마노 사부로베에라는 자가 상의하러 와서 꾸짖어 돌려보냈어…… 도대체 아사히를 어떻게 보고 그러는지 모르겠어. 적어도 칸파쿠의 여동생을 출가시키려 하는데 이름도 알려지지 않은 중신 한 사람을 보내다니, 도쿠가와 가문에는 사람이 없느냐고 하면서."

그러자 얼른 키타노만도코로가 말을 받았다.

"전국적으로 이름이 알려진 부하는 얼마든지 있을 텐데요, 도쿠가와 가문에는."

"물론 있지!"

히데요시는 나란히 앉은 어머니의 무릎을 만지작거리면서 말했다.

"이 히데요시의 간담을 서늘하게 만든 용사가 얼마든지 있어. 혼다 타다카츠, 사카키바라 야스마사 등과 같은 호걸이. 그래서 나는 즉시 그 두 사람을 보내라고 엄명을 내렸어. 그들이 오면 혼인 날짜도 정하겠어. 적어도 칸파쿠 집안의 혼사가 아닌가. 나와 키타노만도코로 때처럼 멍석을 깔고 올리는 혼례가 아니야."

"그럼, 아사히 님을 출가시키고 우리도 새로 혼례를 올릴까요?"

"쓸데없는 소리!"

히데요시는 아내의 농담을 가볍게 꾸짖었다.

"이쪽의 준비는 아사노 야베에淺野彌兵衛, 오다 우라쿠, 토미타 사콘 쇼겐富田左近將監에게 차질 없이 진행하라고 지시해놓았어. 아마 전대미문의 행렬이 될 거야. 길에 나와 구경하는 사람들도 놀라겠지만, 미카와와 토토우미遠江의 백성들…… 아니, 이에야스의 부하들도 눈이 휘둥그레질 테지. 그날은 어머님도 잘 보아두십시오. 아사히가 칸파쿠의 여동생이라는 것을 잊지 마시고, 가슴을 떡 펴시고 당당히 위세를 떨치십시오. 와하하하……"

아사히히메는 잠자코 처마에 달아놓은 남만의 등롱燈籠을 바라보고 있었다.

2

"그럼, 이번 사위는 마음이 착한 사람인가?"

오만도코로는 침울해 있는 아사히히메가 마음에 걸렸는지 조심스럽게 물었다.

"이 어미가 바라는 것은 아사히가 착한 남편을 만났으면 하는 것뿐인데……"

"걱정하지 마십시오, 착한 사람입니다. 그야 물론 착하기만 할 뿐은 아니지만. 그렇지 않은가, 야마토노카미大和守?"

히데요시는 동생 히데나가를 돌아보았다.

"이 나라에서 으뜸가는 무사로 알려진 훌륭한 사나이로, 내 눈에 꼭 들었습니다."

"그렇다면 안심이지만, 세상에 묘한 소문이 퍼지고 있다고 하던데."

"어머니, 또 이상한 말씀을 하시는군요. 대관절 어떤 소문입니까……?"

"칸파쿠도 당하지 못할 상대가 이 일본에는 꼭 한 사람 있다, 그것은 도쿠가와 님이다, 그래서 자기 여동생을 인질로 보내는 것이라고……"

"하하하…… 야마토노카미, 네가 그런 말을 어머니에게 했나?"

"아닙니다, 당치도 않습니다!"

히데나가는 고개를 내저으면서 히데츠구秀次의 어머니 쪽을 흘끗 돌아보았다.

미요시 부인은 눈을 똑바로 뜨고 동생을 보면서 말했다.

"그런 소문은 칸파쿠의 출세를 시샘하는 자들이 하는 소리, 별로 신경쓸 것 없어요."

"맞아, 옳은 말이야!"

히데요시는 그 말을 받아 머리를 끄덕이며 말했다.

"도쿠가와 님을 매제로 맞아 둘이 손을 잡고 천하를 다스린다면 아무도 맞설 수가 없기 때문에 헛소문을 퍼뜨리고 있는 것입니다…… 그 정도로 이번 혼인은 천생연분이라 해도 좋습니다."

히데요시는 유쾌한 듯이 다시 웃었다.

"어떻습니까, 어머니. 누님도 동생도 모두 더할 나위 없는 혼처라고 하지 않습니까. 내가 어찌 사랑하는 여동생을 그런 소문처럼 인질로 보내겠습니까."

"그러니까, 그 사람은 칸파쿠에 버금가는 기량을 가졌다는 말이지?"

"물론입니다. 칸파쿠에게는 미치지 못하지만 이 히데나가보다는 훨씬 더 뛰어난 사람이라고 생각하셔도 됩니다."

"오, 너보다도 뛰어나다고?"

오만도코로는 모두에게 말한다기보다도 아사히히메에게 들려주어 마음을 위로해주는 것이 목적인 듯 아사히히메에게로 말문을 돌렸다.

"들었지, 아사히? 네 남편은 일본에서 둘째가는 사람이라는구나."

아사히히메는 대답하려 하지 않았다. 전보다 약간 여윈 얼굴이 나이에 비해서는 훨씬 젊어 보였으나, 눈썹 밑에서 콧등으로 창백한 그늘이 져서 앓고 난 뒤에 피로에 지쳐 있는 사람처럼 보였다.

"왜 대답이 없느냐? 너를 이런 모습으로 멀리 시집보낸다면 이 어미는 여기 남아 앓아 눕게 될 것 같다."

"……"

"아무래도 마음이 내키지 않는다는 말이냐? 그렇다면 이 어미가 칸파쿠에게 말해줄 수도 있어. 어떻게 생각하는지 이 자리에서 분명히 태도를 밝혀야 하지 않겠느냐?"

아사히히메는 비로소 어머니를 흘끗 바라보았다.

"가겠어요, 기꺼이……"

싸늘한 목소리로 불쑥 말했다.

3

아사히히메는 아까부터 어머니의 말에 여간 화가 나지 않았다……아니, 어머니에게 화가 났다……기보다 오빠와 언니의 말에 화가 났다는 편이 정확할지도 모르겠다.

'도대체 내가 몇 살인 줄 알고 있는 것일까……?'

열셋이나 열네 살의 소녀가 아니었다. 마흔이 넘어 이미 여자의 생애가 끝나려는 사람을 붙들고 어린아이를 달래듯이 하다니 이게 어디 될 말인가.

그것이 혈육에 대한 사랑이라면 그런 사랑에는 침을 뱉고 싶다는 생각이 들었다.

모든 것을 '천하를 위해'서라고 생각하는 오빠의 억지도, 히데나가나 언니, 어머니 모두 이번 일을 성사시키려고 처음부터 작정하고 한 말이 아니었던가……

그러기보다는 차라리 싫더라도 출가하라고 왜 솔직히 말하지 못하는가.

'이미 이 아사히는 각오를 하고 있는데도……'

"아사히, 진심이겠지? 입으로는 좋다고 말하지만 네 얼굴에는 기뻐하는 기색이 전혀 없으니 말이다……"

다시 오만도코로가 말했다.

"사람의 몸에는 말이다, 마음에도 없는 일을 하는 것처럼 해로운 게 없어. 네가 만일 출가하고 나서 앓기라도 하면 어쩌나 하고 이 어미는 걱정하고 있는 거야. 알겠니?"

"알겠어요."

아사히히메는 치밀어오르는 격한 감정을 억누르며 말했다.

"일족의 출세란 슬픈 것임을 알고 있으니 이제 아무 걱정 마세요."

"그게 무슨 소리냐? 출세가 슬픈 것이라니……"

"천하의 일과 내 일이 크게 어긋나기 때문이에요…… 나만은 태어날 곳에서 태어나지 못하고 잘못 태어났어요. 그러니 모두 함께 모여 웃는 자리에서 내가 웃지 않는다고 해서 너무 나무라지 마세요."

"아니, 이 어미가 너를 나무란다고……?"

오만도코로가 깜짝 놀라 몸을 앞으로 내밀려는 것을 히데요시가 가볍게 제지했다.

"하하하…… 알겠다, 알겠어. 어머니도 너무 걱정하지 마십시오. 아사히는 철이 많이 들었어요."

"그럴까, 자포자기한 듯한 말을 하는 게 아니고……?"

"그렇지 않습니다. 천하의 일과 자신의 행복이 때로는 어긋난다……
는 것을 알았다면 이미 훌륭한 어른입니다."

히데요시는 다시 한 번 명랑하게 웃었다.

"천하를 위한 일이 나 자신의 기쁨……이 되는 것이 마지막 목표지
만, 여기에 도달하는 데는 순서가 있어. 지금 아사히는 그 계단에 첫발
을 내디뎠어. 기쁜 일이야! 과연 칸파쿠의 여동생다워. 자, 어서 준비
해놓은 음식을 가져오도록, 네네…… 오늘 밤엔 오붓하게 가족들과 함
께 천천히 술을 마시겠어."

"알겠어요. 그럼, 곧."

키타노만도코로가 손뼉을 쳐 신호했다. 미리 지시해놓았는지 시녀
들이 옆방에서 상을 들고 들어왔다.

아사히히메가 갑자기 몸을 그 자리에 내던지듯 허리를 꺾고 흐느끼
기 시작했다.

"너무해요! 너무해요…… 너무해요……"

4

모든 것이 아사히히메의 의사와는 상관없이, 마치 순풍에 돛을 단 것
처럼 진행되어갔다. 그러는 것이 억울하여 울어보았으나, 아무도 놀라
는 기색이 없었다. 어쩌면 히데요시도 히데나가도 아사히히메가 이렇
게 울 것을 예상하고 있었는지도 모른다.

일부러 아사히히메 쪽은 보지 않았다.

"자, 그럼 내가 잔을 돌리겠어."

히데요시는 시녀가 주는 잔을 받아들었다.

"경사야!"

단숨에 들이켜고 동생 히데나가에게 건넸다.

히데나가도 흘끗 아사히히메를 바라보았을 뿐 태연히 형의 말에 맞장구를 쳤다.

"정말 경사스러운 일입니다……"

아사히히메는 그때 이미 울음을 그치고 있었다.

우는 것조차 무의미한 일 같아 옷소매로 가만히 눈물을 닦고, 고개를 들었다.

'절대로 지지 않겠다!'

다만 어머니만이 예사롭지 않은 딸의 울음소리에 당황하고 있다는 것을 알 수 있었다.

"아사히."

잔이 어머니에게 돌아왔을 때 오만도코로가 조용히 딸을 불렀다.

"아직 휴가노카미 생각을 하고 있는 것은 아니겠지?"

"아니, 생각하고 있어요."

아사히히메는 얼른 반발했다.

"그런 식으로 죽은 사람을 어떻게 쉽게 잊을 수 있겠어요."

"그렇지만……"

"그럼 잊을 수 있는 묘약이라도 있나요? 있다면 당장 구했으면 좋겠어요."

"아사히."

히데요시는 능청스런 표정으로 말했다.

"그 약은 세월이야. 세월이 지나면 새로운 경험이 옛것을 덮게 마련이야. 일부러 잊으려 할 필요도 없어."

"어머…… 그럼, 죽은 사람을 그리워하면서 도쿠가와 님과 인연을 맺는다…… 그래도 좋다는 말인가요?"

"물론이지, 그러다 보면 저절로 세월이 흐르고……"

대수롭지 않은 듯이 대답하는 히데요시의 말에 아사히히메의 눈이 또다시 증오로 불탔다. 그러나 이번에는 폭발하지 않았다. 애써 마음속으로 가라앉히고 전보다 더욱 깊은 절망과 분노를 느꼈다.

"자, 어머니가 네게 잔을 돌릴 차례야. 순순히 잔을 받아, 아사히."

그 말에 아사히는 잔을 받았다. 이미 무슨 말을 해도 소용없다는 것을 알고 있었다. 아사히의 생애는 오빠가 꾸미는 줄거리대로 움직일 수밖에 없도록 확고하게 결정되어 있었다.

그 쇠사슬을 끊으려고 한다면, 아사히 자신이 휴가의 뒤를 따라 자살하는 방법밖에 없을 터……

"자, 기분을 돌리도록 해, 아사히."

오만도코로는 시녀가 따르는 술의 양을 눈으로 재면서 다시 말했다.

바로 그 순간이었다. 아사히는 비로소 깜짝 놀라며 한 가지 생각을 떠올렸다.

'그렇다, 출가하여 이 일을 그대로 이에야스에게 고해야겠다……'

그것이 자기가 할 수 있는, 가장 효과적인 오빠에 대한 저항이 된다는 것을 깨달았다.

5

"아니, 그렇게 많이 따르게 해도 괜찮겠어, 아사히?"

오만도코로가 당황해하며 말을 걸었을 때 벌써 아사히히메는 3홉들이 잔에 반 가량이나 술을 따르게 하고 단숨에 들이켰다.

"원, 이런!"

"훌륭하다, 아사히."

"각오를 한 모양이구나."

"호호호……"

두 오빠가 하는 말을 듣고야 비로소 아사히히메는 웃기 시작했다.

이에야스에게 가서, 죽으려 했으나 노모를 위해 살아서 시집왔습니다, 이렇게 말해줘야지…… 소실이 많은 이에야스가 그 말을 듣고 무엇 때문에 초로의 아사히히메 따위에게 손을 댈 것인가. 아니, 손을 대지 못하게 하는 것이 지금으로서는 유일하게 남은 오빠에 대한 보복 수단이었다.

"호호호, 어머니, 각오를 했으니 걱정하지 마세요."

"혹시 너는……"

"죽을 생각은 아니냐고 물으시는 거죠? 그런 걱정은 하지 마세요. 칸파쿠에 버금가는 남편……이라고 생각을 바꾸었어요. 부족하다고 생각하면 벌을 받을 거예요."

아사히히메는 이렇게 말하고 그대로 잔을 언니에게 돌리고, 자기 손으로 시녀로부터 주전자를 받아 따라주었다.

"언니는 행복하겠어."

"그게 무슨 말이지, 아사히?"

"훌륭한 아들이 많으니까…… 마고시치로孫七郞(히데츠구), 코키치小吉(히데카츠), 타츠辰(히데토시秀俊, 히데나가의 양자) 등 모든 일족의 후계자를 혼자 낳았으니까."

"너도 아직 못 낳는다고는 할 수 없어. 네가 아이를 못 낳았는지 휴가 님이 못 낳았는지 알 수 없지 않니?"

"호호호…… 하마마츠에는 나가마츠마루라는 후계자가 있어."

"그 아이를 양자로 삼으려는 것 아니니?"

"낳지 않고도 자식을 갖는다…… 그 편이 더 행복할까?"

"그만해."

히데요시가 가로막았다.

"자식이 없다는 말은 하지 마라. 네네寧寧의 얼굴이 일그러지고 있어."

"어머, 죄송합니다."

미요시 부인이 키타노만도코로에게 고개를 숙였을 무렵부터 아사히히메는 한꺼번에 취기가 오르기 시작했다.

머리와 가슴이 화끈거리고 천장이 서서히 흔들리며 빙빙 돌기 시작했다.

"호호호……"

아사히히메는 의미도 없이 웃으며 일어났다.

"몹시 취했어요…… 실수하기 전에 거실로 돌아가겠어요. 모두 이해해주세요."

비틀거리는 것을 얼른 시녀가 부축했다.

"이봐, 아사히……"

"아사히."

모두가 불렀으나 못 들은 체하고 밖으로 나왔다.

"아무래도 걱정스러워, 갑자기 태도가 변했어……"

오만도코로가 히데요시의 기색을 살폈다.

"괜찮을지 모르겠구나, 칸파쿠."

히데요시는 어느 틈에 눈을 감고 엄한 표정으로 생각에 잠겨 있었다. 여동생의 마음쯤은 구석구석까지 꿰뚫어보고 있는 히데요시였다.

6

히데요시가 벌떡 일어나 그대로 아사히히메를 쫓아가려 했다.

"아니, 칸파쿠……"

왼쪽에서 오만도코로가, 오른쪽에서 키타노만도코로가 동시에 옷소매를 붙잡았다. 그렇게 한 것은 히데요시의 안색이 갑자기 무섭게 변했기 때문이었다.

"걱정하실 것 없어요."

히데요시는 엄한 표정으로 어머니를 나무랐다.

"마음에 걸리는 게 있어서 보고 오려는 거요. 아무 짓도 하지 않을 테니 염려할 것 없소."

이번에는 키타노만도코로에게 나직한 소리로 말하고 재빨리 복도로 나왔다. 아직 어머니와 아내는 성난 히데요시가 어떤 일을 할지 몰라 무언가 상의하고 있었다. 그것을 동생 히데나가가 안심시키고 있는 모양이었다.

"어머니! 형수님! 형님께 맡겨두십시오. 너무 알아듣지를 못하니까 설득하려고 간 것입니다. 맡겨두세요……"

히데요시는 그 말을 들으면서 성큼성큼 아사히히메의 방 앞까지 걸어가 우뚝 멈추어 섰다.

그 무렵 천하의 일로는 거의 뜻대로 되지 않는 것이 없는 히데요시였다. 그런 히데요시가 단 하나뿐인 여동생 때문에 애를 먹고 있었다. 아니, 그 여동생을 시집보내려는 상대가 또한 히데요시를 애태우게 하는 이에야스였다……

'어떻게 해야 할까……?'

화가 난 것은 아사히히메 때문인 것 같기도 하고 이에야스 때문인 것 같기도 했다.

히데요시가 서 있는 것을 보고 깜짝 놀란 아사히히메의 시녀 두 사람이 어두운 복도에서 나란히 머리를 조아렸다. 물론 방에 들어간 아사히히메도 오빠가 뒤쫓아왔다는 것을 깨닫고 있었다.

히데요시는 잠자코 있었다. 안에서도 조용하기만 하여 아무 소리도

들리지 않았다. 노부나가가 걸핏하면 화를 내며 칼을 뽑아들고 혈육과 가신들을 쫓아버린 심정을 이해할 것 같았다.

한쪽에서는 오로지 천하에 대한 일만 생각하고 있는데도 상대는 그 것을 '냉혹한 야심'이라 판단하고 가까이하려 하지 않는다. 이 경우의 대립은 결코 권력자와 피지배자의 관계가 아니라 인간과 인간의 격렬한 감정 싸움에 지나지 않는 것인데, 지금 만일 여동생을 죽인다면 세상에서는 대관절 무어라 할 것인가……?

히데요시는 허공을 쳐다보며 잠시 호흡을 가다듬고 나서 발 아래 엎드려 있는 시녀에게 방문을 열도록 했다.

시녀는 겁먹은 표정으로 좌우에서 장지문을 열었다.

방 안의 등불이 희미하게 흔들렸다. 아사히히메는 그 불빛 밑에 몸을 내던진 채 흐느껴 울고 있었다.

'이런 바보 같은 것이……'

여자는 아버지를 닮는다고 했던가. 아사히의 아버지 치쿠아미筑阿彌는 결단성이 없는 사람이었지…… 하고, 사이가 좋지 않았던 의붓아버지까지 미워져서 다시 한 번 크게 숨을 들이마셨다.

아사히히메는 이미 자기 등뒤에 히데요시의 시선이 못 박혀 있다는 것을 분명히 의식하고 있었다. 의식하면서도 잦아들듯이 몸부림치며 울고 있다는 것은, 오빠의 분노를 무릅쓸 각오로 반항하고 있다고밖에 해석할 수 없었다.

히데요시는 성큼성큼 아사히히메 옆으로 걸어갔다.

7

가까이 다가가는 순간 히데요시는 거칠게 발길질을 할 것만 같은 생각이 들어 당황했다. 언제나 그랬듯이 ——

  '여동생 하나 마음대로 하지 못한다는 말인가……'

이러한 자부심에 자제하는 마음이 들면서 쳐들었던 발을 가까스로 내렸다.

  "아사히!"

  "……"

  "네게는 이 오빠의 결정이…… 그래, 그렇게까지 마음에 들지 않는 다는 말이냐?"

  "……"

  "대답해라, 마음먹은 대로 말해도 좋아. 너에게 졌어…… 네 마음대 로 하도록 해주겠어."

  그러면서 히데요시는 마음대로 하게 하다니 어림도 없다고 마음속 으로 소리쳤다.

  "어째서 어머니와 히데나가에게 웃는 낯을 보이고 떠나지 못하느냐. 어째서 미요시 누이처럼 분별 있는 행동을 못하느냐 말이다…… 아니, 이런 말은 아무리 해도 소용없을 테니 네 마음대로 하도록 하겠어. 어 떻게 했으면 좋겠는지 말해봐."

  히데요시가 조용히 그 자리에 몸을 구부리려 했을 때였다. 깜짝 놀란 사람처럼 아사히히메는 본능적으로 몸을 얼른 앞으로 내밀고 똑바로 고개를 쳐들었다.

  겁을 먹고 있다……기보다도 죽으려 한다는 짐작으로 각오를 하고 취한 몸짓이고 자세였다. 어쩌면 히데요시의 얼굴과 목소리에도 살기 가 감돌고 있었는지 모른다.

  일단 고개를 들었던 아사히히메는 무슨 뜻인지 무섭게 고개를 내저 으면서 다시 뒤로 물러났다.

  "이에야스에게는 절대로 시집가기 싫다는 말이냐?"

"아뇨! 아니에요……"

"그럼, 어떻게 하겠다는 말이냐? 이제는 설득하기에도 지쳤어. 천하인의 일족은 천하인으로서의 마음가짐이 있어야 해. 이미 각오가 되어 있던 것 아니냐?"

"아니에요……"

"한번은 네네가 간곡하게 설득했을 것이고, 다음에는 도쿠가와 가문의 사정을 잘 아는 이시카와 호키노카미가 자세히 설명했을 터. 그때마다 너도 수긍하는 것 같았는데……"

아사히히메는 다시 한 번 뒤로 물러났다.

"모, 모, 모르겠어요!"

그리고는 외치듯이 말했다.

"안 줄로 알았는데…… 아직 모르겠어요…… 그래서 나 자신도 나를 모르겠어요."

"뭐라구?"

히데요시의 이마에 다시 불끈 힘줄이 솟았다.

알면서도 모른다…… 그런 미묘한 심리의 표현이, 무슨 일이든 칼로 자르듯이 결단을 내리는 히데요시에게는 건방진 헛소리로밖에 생각되지 않았다.

"알면서도 모른다…… 말도 못할 정도로 미련하군. 그런 말버릇은 용서할 수 없어!"

"예…… 그래요."

"그래…… 어떻게 했으면 좋겠는지, 아사히, 그것을 말하라고 하지 않았느냐?"

"예…… 예."

이미 아사히히메는 완전히 오빠에게 겁을 먹고 있었다. 아사히히메는 온몸을 떨면서 떠듬떠듬 흥분된 목소리로 말했다.

"부탁이에요…… 저어…… 휴가의…… 휴가의 유령이 나타나지 않
도록…… 그래요…… 그 유령이 나타나지 않도록 해주세요……"

8

"뭐? 휴가의 유령이……"

순간 히데요시는 숨을 죽이고 저도 모르게 주위를 돌아보았다. 너무
나 뜻밖의 말을 들은 터라 갑자기 모든 사고 능력이 달아나버린 느낌이
었다.

"휴가의…… 유령이 나온다는 말이냐?"

"예…… 예."

"그럼…… 그 유령이 시집가지 말라고 하더냐?"

"예. 결심을 하면 그날 밤엔…… 어김없이……"

"으음."

히데요시는 어이가 없어 주위를 돌아보았다.

"얘들아, 불을 더 밝혀라."

그리고는 얼른 명했다. 아닌 게 아니라 이 방에는 네네나 어머니의
거실과는 달리 음산한 기운이 감돌고 있었다.

물론 그곳에 사는 사람의 기분이 반영된 것일 뿐, 카노 모토노부狩野
元信가 그린 장지문의 화조 그림은 이 방을 한껏 화려한 색채로 장식하
고 있었다……

"으음, 유령이란 말이지……"

"예."

"그 유령이 뭐라고 하더냐?"

"그대의 오빠는 잔인한 사람이라고……"

"휴가 녀석! 어처구니없는 놈이로군."

"가엾은 사람이에요."

"바로 그것이다. 네가 가엾다고 생각하는 것을 기화로 유령이 되어 나타나는 미련한 놈. 그렇다면 모처럼 고집을 부려 할복한 것이 아무 보람도 없게 되었구나."

말하는 동안에 히데요시는 그만 큰 소리로 웃고 싶어졌다. 아니, 너무 어이가 없고 애처로워 커다랗게 소리내어 울고 싶어졌다고 하는 편이 옳을지도 몰랐다.

'그렇구나, 부부란 그런 것인 모양이구나……'

불도佛道에서 부부란 이 세二世 동안 이어진다고 한다. 현세에서 끊을 수 없는 사랑이란 줄의 묘한 인연이 뒤에 남은 아사히히메의 마음에 그림자를 떨구어 유령으로 나타났구나……

"아사히."

"예."

"그 유령이 나타나지 않으면 결심할 수 있다는 말이지?"

이번에는 아사히히메가 대답하지 않았다.

'나타나지 않을 리가 없다……'

이러한 반발과 유령마저도 그리워하는 서글픈 여자의 집념이 눈 속에 아로새겨져 있었다.

"좋아, 알았어!"

히데요시는 말했다.

"휴가를 위해 즉시 불공을 올리도록 하겠다. 마음 훌훌 털어버리고 성불成佛할 수 있도록 일본에서 첫째가는 스님을 초빙하여…… 너를 위해서도 말이다."

"……"

"참, 그전에 이 히데요시가 먼저 오늘 밤에 여기서 기원을 드리겠다.

히데요시가 잔인했기 때문이 아니야. 나는 신불의 명을 받들어 천하를 위해 일하는 사람. 그 뜻을 이해했기에 휴가도 고집을 관철시키고 죽은 거야. 내가 직접 기원을 드리면 다시는 유령이 나타나지 않을 것이다. 나타날 리가 없지. 그 향합을 이리 가져오너라."

히데요시는 시녀에게 향합과 향로를 가져오게 하고 공손히 불을 붙인 뒤 합장했다.

아사히히메는 합장하는 히데요시 옆에 멍하니 앉아 있었다. 역시 아사히히메는 오빠에게 맞설 수 없는 어디에나 흔히 있는 푸념이 심한 평범한 여자일 뿐이었다.

승리자

1

도쿠가와 가문으로 출가하게 된 히데요시의 여동생 아사히히메의 오사카 출발은 4월 28일로 정해졌다. 그 전날 밤부터 오사카 거리에는 일제히 축하의 등불이 내걸렸다.

스미요시住吉°의 축제만큼이나 호화로웠는데, 누가 이렇게까지 축하하라고 했던 것일까? 좌우간 어느 상가商家에서나 축제의 전야제처럼 음식을 마련하여 가까운 친척을 초대하거나 고용인들을 쉬게 하며 이튿날의 행렬을 배웅한다고 했다.

어쩌면 히데요시의 마음을 알아차리고, 새로 개편된 직제에 따라 5대 부교의 하나로 임명된 아사노 나가마사淺野長政나 이시다 미츠나리가 유지들과 의논하여 지시한 것인지도 모른다.

그날 밤 쿄토의 챠야 시로지로도 요도야 죠안의 초청으로 오사카에와 있었다. 챠야 이외에도 손님들로는 사카이의 나야 쇼안 등 큰 상인을 비롯하여, 앞으로 토산물을 팔기 위해 이 강변에 창고를 세우려는 여러 다이묘의 가신 등 약 4, 50명이 초대되어 격의 없이 술잔을 나누며 이야기하고 있었다.

당연히 화제는 이번 혼례에 대한 것이 주류를 이루었다. 처음에는 점 잖게 칸파쿠 집안의 경사를 축복하고 있었으나, 술잔이 거듭되자 차차 흐트러지기 시작했다.

이번 일로 가장 불쌍하게 된 것은 남편이 자결한 아사히히메라고 말 하는 사람도 있었다.

"아니, 본인보다도 역시 오만도코로일 것이오."

어머니를 가엾게 여기는 사람도 있었다.

"좌우간 천하를 위해서는 반드시 이렇게 되어야 할 일이니 축하를 해야겠지."

히데요시의 말을 그대로 인용하여 두둔하는 사람도 있었다.

그런 반면——

"나는 그렇게 생각지 않소. 말하자면 이것은 코마키, 나가쿠테 전투 의 연장전이오."

표면적으로는 전투가 그쳤지만 아직 냉전이 계속되고 있다고 입에 거품을 물고 주장하는 전략가도 있었다.

"아니, 이것으로 전쟁은 끝난 거요. 이제 양가가 처남 매부 사이가 되면 매제가 처남을 따른다고 해서 가신이 되는 것도 아니고 체면이 깎 이는 것도 아니오. 아주 의미 있는 일이에요."

상인과 무사가 뒤섞인 술자리의 잡담이므로 어떤 결론이 나온 것은 아니었다.

다다미 100장이 깔리는 넓은 방에 30여 개의 촛대가 밝혀졌다. 그리 고 요도야가 자랑하는 그의 젊은 하녀들이 똑같은 옷을 입고 나타났을 때부터 챠야는 문득 묘한 생각을 하기 시작했다.

챠야 역시 코마키, 나가쿠테 전투가 끝난 것이라고는 결코 생각하지 않았다. 그리고 여기 오기 전까지는——

'대관절 이 혼례로 칸파쿠와 이에야스 중 어느 쪽이 이겼다고 보아야 할 것인가……'

막연히 이런 생각을 하고 있었다. 그런데 지금 이 자리에서 ─

'승리자는 따로 있었다!'

무섭게 가슴에 와 닿는 것이 있었다.

이긴 자는 결코 히데요시도 이에야스도 아니었다. 이긴 자는…… 여기 모인 사람들 '상인'이 아닐까……?

무력武力이 만능이던 난세에는 일개 상인에 불과한 요도야가 이렇게 큰 저택을 가지고 이처럼 호화로운 잔치를 벌인다는 것은 상상도 하지 못할 일이었다.

그런데 지금 일개 상인인 요도야는 이에야스조차 좀처럼 두 자루 이상 켜지 못하게 하는 큰 촛불을 휘황찬란하게 밝혀놓고 꽃 같은 여자들에게 시중을 들게 하면서 즐겁게 향연을 벌이고 있다.

'이러한 현상은 대관절 무엇을 말하는 것일까……?'

2

무사들이 일벌처럼 목숨을 걸고 권력을 다투다가 그것이 일단 누군가의 손에 들어간다…… 그러나 실제로 이 평화의 꿈을 빨아먹는 자는 달리 있는 것이 아닐까……?

야마자키山崎 전투 때부터 요도야 죠안은 히데요시를 후원했다. 물론 어디까지나 이익을 생각해서였는데, 그 죠안이 축적한 재력이 지금은 계산도 할 수 없을 정도로 엄청나게 불어났다.

강가에 즐비한 창고의 수만도 100채가 넘고 배와 지점은 수도 없이 많았다. 출항하는 배가 1,000척, 입항하는 배가 1,000척인 오사카의 배

대부분이 실은 죠안에게 어느 정도의 꿀을 바치고 있었다. 아니, 죠안만이 아니었다. 도쿠가와 가문의 물품을 조달하고 있는 챠야 자신 역시, 만일 도쿠가와 가문이 무력 다툼에서 쓰러진다고 해도 자기만은 전혀 종류가 다른 '상인'이라는 명목으로 부유하게 살아남을 길을 택하고 있지 않은가……

"저어, 나야 님."

챠야는 자기보다 여섯 단계쯤 상석에 앉아 있는 나야 쇼안 앞으로 가 잔을 받기 위해 손을 내밀었다. 거나한 취기 속에서 그런 의문이 떠올라 무언가 말하지 않을 수 없었다.

"요도 님은 기세가 당당하군요."

"정말 그렇군요."

잔을 건네면서 쇼안도 동의했다.

"앞으로 쌀을 거래할 권리마저 얻게 된다면 재산이 너무 불어나 관리하기도 어려워질 거요."

"이 방만 해도 다이묘의 저택보다 훨씬 더 화려합니다."

"하하하…… 그야 당연한 일이죠. 다이묘라 해도 가신들은 한낱 일벌에 지나지 않으니 상인과는 차원이 다릅니다."

"……그렇다면, 나야 님은 무사보다 상인이 훨씬 위에 있다는 말씀입니까?"

"그것은 말이오……"

쇼안은 곁에 무사가 없는 것을 확인하고 나서 말을 이었다.

"난세에는 무사, 세상이 안정되면 상인이오. 안정 속에 상인들이 기세를 부리게 되면 무사들이 분개하여 천하는 다시 난세가 됩니다. 권력은 무사에게, 이익은 상인에게…… 이런 식으로 조화가 이루어져야 하는데 말이오."

"나야 님."

"그건 그렇고, 자, 한 잔 더 드시오."

"나야 님 말씀처럼 이번에는 전쟁이 일어나지 않고 원만히 수습되어 혼례를 올리게 되었군요."

"그럴 수밖에 없도록 세상이 움직이기 때문이지요."

"그러면, 이제 양가의 분쟁은 근절되었다……고 생각하십니까?"

나야 쇼안은 약간 고개를 갸웃하고 탐색하듯 챠야를 바라보면서 잔을 받았다.

"그 질문의 의미를 나는 잘 알아들을 수가 없는데……"

"아까 어느 분도 말씀하셨지만, 이것으로 코마키와 나가쿠테의 전투는 분명 끝난 걸까요?"

"아, 그 말씀이시군."

쇼안은 가볍게 대답하고 술을 한 모금 맛있게 마셨다.

"그 일이라면 이미 승부가 났으니까……"

"승부가…… 났다고 보십니까?"

"그렇소, 이번에는 어디까지나……"

목소리를 낮추고 앞으로 몸을 내밀었다.

"챠야 님의 옛 주군 이에야스 님의 대승리로."

속삭이듯 말하고 다시 한 번 주위를 돌아보며 눈을 가늘게 떴다.

3

'이에야스의 대승리……'

평소에 존경하던 쇼안의 입을 통해 그 말을 들은 것만으로도 챠야는 크게 불만이었다.

"저는, 반드시 그런 것은 아니라고…… 생각합니다마는."

"그렇다면 칸파쿠 님이 이겼다는 말이오?"

"아닙니다!"

챠야는 취기가 한도에 다다랐음을 스스로 경계하면서 말했다.

"저는 그 전투의 승패를 가늠하는 것이 전혀 다른 데 있다는 생각을 했습니다."

"전혀 다른 데에…… 그렇다면 상인들이 이겼다는 말인가요?"

"예. 세상이 태평하게 되었으므로 이와 같은…… 이것은 태평을 원하는 백성들의 소망이 이겼다…… 나야 님이 말씀하시는 시대의 흐름이라는 것이 아닐까요?"

"하하하……"

나야 쇼안은 즐거운 듯이 웃고 몇 번이나 고개를 끄덕였다.

"그런 의미에서라면 참으로 옳은 말이오. 가만히 생각해보면 출가하게 된 아사히히메는 불쌍해요, 가엾은 분입니다……"

"그렇기는 합니다마는……"

"아마도 아사히 님은 자기 자신 때문에 전쟁이 하나 줄었다, 그래서 이렇게 백성들이 기뻐하고 있다……는 것을 모르고 있을 거요."

"알릴 방법이 없을까요?"

"없지는 않소…… 그러나 함부로 입 밖에 낼 수 없는 말이어서."

"그렇다면, 무언가……"

"그 말을 함부로 입 밖에 내면 무사들은 일벌, 꿀을 빨아먹는 것은 상인들……이라는 오해를 불러일으켜 사카이의 상인들이 측근에서 쫓겨날지도 모를 일입니다."

"으음……"

"시대의 흐름을 계속 알려야 할 책임이 사카이 상인들에게는 있소. 그러나 알리는 데는 여러 가지 방법이 있기에."

"그렇겠지요."

"도쿠가와 님이라면, 이처럼 모두가 기뻐하고 있습니다, 이렇게 말하면 곧 알 겁니다. 그러나 칸파쿠 님은 그렇지 못해요."

"그렇지 못하다고…… 하시면?"

"칸파쿠 님에게 말할 때는 좀더 색칠을 해야 합니다. 기질의 차이지요. 칸파쿠 님이 하는 일은 어디까지나 전인미답前人未踏, 깜짝 놀랄 일……이라고 말하지 않으면 받아들이지 않아요. 아사히히메가 가엾다고 말한다면, 내가 하는 일에 트집 잡는다고 격분할 사람이에요."

"과연…… 그래서 함부로 동정은……"

"동정받아야 할 정도로 약하지는 않다, 무조건 압도하겠다…… 여동생을 이런 식으로 출가시키는 것이기 때문에 섣불리 무슨 말을 하면 내가 졌다고 여기는구나…… 생각하게 됩니다. 그러므로 훌륭하신 처사라고 치켜세우는 것으로 끝낼 수밖에 없소."

"말씀을 듣고 보니 더더욱 아사히히메 님이 가엾어집니다."

"내일은 우리들만이라도 눈물을 감추고 마음으로 합장을 하면서 배웅하기로 합시다."

넓은 방 한가운데서는 여덟 명의 여자들이 일제히 이마요今樣°를 추기 시작하여 다다미 100장이 깔린 넓은 술자리는 그야말로 흥취가 절정에 달해 있었다……

4

여자들의 춤이 끝났을 때, 집주인 요도야 죠안이 뚱뚱한 몸을 흔들며 두 사람 옆으로 왔다.

"여어, 잘 오셨습니다, 나야 님."

하녀가 들고 온 소반을 먼저 죠안 앞에 놓게 했다.

"제가 한 잔 따르겠습니다. 사카이 분들 덕분으로 챠야 님도 나도 이렇게 마음껏 오늘을 축하하게 되었습니다. 만사 제쳐놓고 감사 드려야 겠습니다."

직접 주전자를 들고 술을 따르면서 진심으로 즐거운 듯이 웃었다.

"자, 챠야 님도 한 잔."

"감사합니다. 그러나 벌써 좀 과음한 것 같습니다."

챠야는 당황해하며 주전자를 요도야의 손에서 받아 그에게 술을 따라주었다.

'히데요시의 천하가 되어 가장 많은 이익을 본 사람은 누구일까?'

문득 생각했다. 약간 비꼬아 말하면 그 사람이 가장 큰 '승리자' 라고 할 수도 있기 때문이었다.

쇼안 등의 사카이 상인들은 해외 교역을 통해 크게 벌어들이고 있고, 요도야는 국내를 상대로 이처럼 큰 부자가 되었다. 더구나 앞으로 히데요시와 이에야스의 제휴가 성립되어 당분간 평화가 이어지면 그들의 부富는 얼마나 늘어날지 알 수 없었다.

히데요시는 전국의 다이묘들에게 오사카에 와서 저택을 짓게 할 것이 틀림없고, 다이묘들은 각각 자기 영지에서 물자를 가져와 대상인의 손을 거쳐 그 비용을 조달할 수밖에 없을 것이다.

그렇게 되면 오사카의 대상인들은 가만히 앉아 모든 다이묘의 수입 중에서 몇 할을 자기 손에 쥐게 될 것이다.

'그 수입의 기초를 다지기 위해 출가하는 아사히히메……'

물론 이 막대한 수입의 거품이 이 도시를 윤택하게 만들고 백성들의 생활을 뒷받침해줄 것이다.

생각해보면 그 이익의 크기는 엄청났다.

"그런데 나야 님, 은밀히 여쭈어볼 생각이었습니다마는, 사카이 사람들은 이번 일에 칸파쿠 님께 축의금을 얼마나 보냈을까요?"

요도야가 천연덕스럽게 쇼안에게 물었다.

'축의금……'

챠야는 깜짝 놀랐다. 그는 아직 그런 입장에 있지 않았고 또 그런 것은 생각해보지도 않았다.

'으음, 그런 지출이라도 없다면 이 사람들은 금덩어리 속에 파묻힐 것이다.'

"그것은……"

쇼안은 그런 일에는 관심도 없다는 듯이 말했다.

"그 일은 소에키 님에게 일임했습니다. 소에키 님이 분위기를 살펴 적당히……"

"알겠습니다. 소에키 님은 완전히 칸파쿠 님의 오른팔이 되었어요."

"그런데 말입니다. 이제는 그런 상납금 같은 것은 노리지 말고 가능한 한 해외에서 사용할 수 있는 황금을 적립하도록 칸파쿠 님을 이끌었으면 합니다. 그래서 어쩌면 현금이 아니고 도자기나 찻잔 등의 명품으로 대신할지도 모릅니다."

"도자기나 찻잔 등……을 말입니까?"

"그렇소. 칸파쿠 님도 그 방면에 취미가 있으신 것 같으니까. 하하하하……"

챠야는 또다시 가만히 주위를 돌아보고 고개를 갸웃거렸다.

5

문제는 아사히히메의 출가라는 한 가지였으나, 그것이 뜻하는 파문은 거의 무한대였다.

챠야가 이번 혼례를 위해 얼마나 축의금을 상납했느냐는 요도야 죠

안의 말에 깜짝 놀라고 있을 때, 이번에는 나야 쇼안이 천연덕스럽게 도자기나 찻잔으로 얼버무리려 하고 있었다.

그렇다면 다도茶道를 하는 사람으로서, 사카이 출신으로 히데요시의 측근이 된 사람들은, 풍류니 취향이니 하고 그럴듯한 문화 취미를 풍기면서 히데요시를 기만하여 되도록 황금을 덜 바치려는 음모를 위한 도당이라고 할 수도 있었다.

그날 밤은 그 이야기는 더 듣지 못한 채 아홉 점(오후 12시) 가까이까지 주연이 계속되었다. 그래서 챠야도 쇼안도 그대로 죠안의 집에서 묵었다.

이튿날에는 저마다 경사스럽다는 말을 하면서 오사카 성 정문으로 몰려가는 구경꾼들 틈에 두 사람도 끼여들었다.

활짝 개지는 않았으나 그렇다고 비가 내릴 기미도 보이지 않았다. 후텁지근한 온기가 군중들을 감싸는 날씨였다.

요도야 죠안은 물론 그들과 같이 있지 않았다. 오사카의 3대 상인 중에서도 으뜸인 그는 이른 아침부터 상인들의 집회소에 나가 구경꾼들의 정리와 편의를 보아주고 있었다.

"챠야 님, 놀라운 인파로군요."

"정말 그렇습니다. 이 사람들이 모두 평화를 바란다는 생각을 하니 가슴이 아파집니다."

"챠야 님."

"예."

"오래 살아야 합니다. 칸파쿠 님이 천하를 손에 쥐고 있을 때는 별일이 없겠지만, 그 다음 세상은 차야 님의 세상이 될 것이오."

"예……?"

"계속됩니다! 틀림없이 태평한 세상은 계속됩니다."

"예."

챠야는 어린아이처럼 대답했다. 그러나 당장에는 쇼안이 말하는 의미를 잘 알 수 없었다.

이윽고 두 사람은 인파에 밀려 성문 왼쪽에 있는 빈터까지 왔다. 그곳에는 큰 상인과 그 가족을 위해 특별히 새끼줄을 쳐놓아 별로 떠밀리지 않고 행렬을 볼 수 있었다.

행렬이 성에서 나온 것은 다섯 점 반(오전 9시). 맨 앞에서 말에 올라 창을 들고 있는 것은 키타노만도코로의 제부인 아사노 단죠쇼히츠 나가마사淺野彈正少弼長政와 토미타 사콘쇼겐 토모노부富田左近將監知信의 순이었다.

이어서 잘 차려입은 150명의 여관女官과 시녀 사이로 나가에고시長柄輿°열두 채, 그 뒤를 따르는 츠리고시釣輿°열다섯 채……

그 뒤에는 가마를 호위하는 이토 탄고노카미 나가자네伊藤丹後守長實와 타키가와 부젠노카미 타다스케瀧川豊前守忠佐가 따랐다. 그 다음에는 물품 3,000관을 넣은 53개의 궤가 이어졌으며, 그 뒤를 금과 은을 실은 화려하게 장식한 말 두 필이 경쾌하게 방울소리를 울리며 따르고 있었다.

마지막으로 이 혼담을 위해 처음부터 동분서주한 오다 우라쿠와 타키가와 카스토시, 이다 한베에飯田半兵衛 등이 경비를 담당하여 조용히 텐마天滿 쪽으로 향했다.

챠야 시로지로는 모두 2,000이 넘는 이 행렬이 자기 앞을 지나갈 때까지 그저 망연히 바라보고만 있었다. 맨 앞의 나가에고시 안에 앉아 있던 아사히히메의 표정이 어떠했는지 그것마저도 잘 기억이 나지 않았다.

이렇듯 그날 그곳에는 혼례의 주인공이 느끼는 기분과는 정반대로 들뜬 분위기가 감돌고 있었다.

'평화의 길로! 평화의……'

6

챠야가 알고 있는 한, 이 혼담은 처음부터 계속 차질을 빚어왔다.

히데요시는 이에야스가 혼담을 위해 오사카에 사자로 보낸 아마노 사부로베에가 마음이 들지 않는다면서 노발대발했다.

"이런 중요한 혼사를 상의하는 데 내가 얼굴도 모르는 자를 보내다니 무슨 짓이냐. 즉시 사카이, 혼다, 사카키바라 이들 중에서 택하여 보내도록 하라."

이에 쿄토에 있던 연락관 오구리 다이로쿠가 깜짝 놀라 하마마츠로 급히 달려가 그 뜻을 보고했다.

이에야스는 이에야스대로—

"그런 불쾌한 소리를 듣느니 혼사를 그만두는 것이 좋겠다. 아마노를 불러들여라."

이렇듯 뻣뻣하게 나왔다.

깜짝 놀란 것은 오다 노부오와 우라쿠, 타키가와 카즈토시 등 이 혼담을 중간에서 추진해왔던 사람들이었다.

"그렇게 하시면 우리 체면이 말이 아닙니다. 이번에는 일단 칸파쿠 님의 고집을 받아들이십시오."

그들은 황망해하며 중재에 나섰다.

챠야는, 우선 그렇게 말하여 히데요시에게 저항하지 않을 수 없는 이에야스의 입장을 잘 알고 있었다. 그렇게 함으로써 히데요시를 좋게 여기지 않는 가신이나 호조 부자도 납득하게 될 것이고, 히데요시 쪽 제후들 역시 이에야스를 다시 평가하게 될 것이었다.

세 사람의 중재를 받아들인 이에야스는 처음 예정했던 4월 28일의 혼례를 일단 연기했다. 그리고 이 혼담을 가장 강력하게 반대한 혼다 헤이하치로 타다카츠를 4월 23일 상경시켰다.

혼다 헤이하치로 타다카츠가 상경했을 때 히데요시가 그를 대하는 술책 또한 볼 만한 것이었다.

히데요시는 우치노 저택에서 타다카츠를 정식으로 접견하고는, 그 날 밤 다시 타다카츠의 숙소를 몰래 혼자 찾아갔다. 과연 히데요시다운 대담한 수법이었다.

히데요시는 나가쿠테 전투 때의 일을 솔직하게 털어놓으면서 타다카츠의 어깨를 두드려주며 그 활약상을 칭찬했다. 그런 뒤 소슈相州(사가미相模)의 타카키 사다무네高木貞宗가 만든 와키자시, 후지와라 테이카藤原定家가 만든 오구라小倉의 색종이 등을 선사했다. 그리고 지난번에는 화를 냈던 아마노 사부로베에 야스카게에게도 타카키 사다무네가 만든 칼을 주어 무사히 혼례 문제를 마무리짓도록 했다.

챠야는 양쪽이 고심한 흔적을 뼈저리게 느꼈다.

'시대는 변했다!'

놀라운 사실을 깨닫지 않을 수 없었다.

히데요시도 이에야스도 전쟁만은 피해야 한다고 생각하고 있다! 바로 5, 6년 전까지만 해도 생각지 못했던 전혀 새로운 상황이었다. 오늘의 이 행렬은 그러한 시대에 대한 훌륭한 증거라는 점에 의의가 있었다. 그야말로 새로운 시대를 여는 문이라고도 할 수 있었다.

당사자인 아사히히메는 시대의 이와 같은 큰 흐름과 자신의 불행한 혼례를 연결시켜 생각할 수 있을까……?

'그렇게 생각할 리가 없다!'

이런 생각에 챠야는 이미 눈앞에서 멀리 사라져버린 행렬 속의 아사히히메에게 두 손 모아 말해주고 싶었다.

"부디 참으십시오…… 이처럼 땅에 넘치도록 나와 배웅하는 수많은 백성들의 기쁨을 위해서라도……"

무슨 생각을 했는지 나야 쇼안은 생각 많은 챠야 시로지로를 위안하려는 듯 짐짓 모른 체하며, 나중에 나타난 요도야 죠안과 열심히 무언가 이야기를 나누고 있었다.

7

아사히히메는 자신의 출가 행렬이 쿄토에서 오미지近江路를 지나 미노에서 오와리의 키요스 성淸洲城˙에 들어가기까지 멍하니 앉아 있을 뿐 생각할 힘도 없었다.

지나가는 길 양쪽에는 어디나 수많은 사람들이 나와 있었다. 처음에는 그들에게 얼굴을 보이는 것이 저주스러웠다. 사람들이 모두 20여 년이나 화목하게 살았으면서도 남편 하나 구하지 못한 채 짙은 화장을 한 어리석은 여자라고 조롱하는 것 같아 견딜 수 없었다.

"저것이 휴가노카미의 아내란 말인가."

"아니, 이번에는 도쿠가와 님의 부인이야."

"원래는 오와리 나카무라中村 마을에 살던 농부의 딸이었어. 오빠가 조종하는 대로 움직이는 꼭두각시에 지나지 않아."

사람들로부터 손가락질받는다는 생각을 떨쳐버릴 수 없는 아사히히메, 그런 마음으로 즐거운 여행이 될 리 없었다.

아사히히메는 어디서나 우울한 얼굴로 멍하니 있었다. 시녀나 여관들은 물론, 어릴 적 친구이자 이번에도 가마의 경호를 담당한 유모의 아들 이토 탄고노카미 나가자네까지도 일부러 숙소까지 찾아와 전설 이야기 같은 걸 해주었다. 그러나 아사히히메는 거의 듣고 있지 않았다.

4월 28일에 오사카 성을 떠난 행렬이 키요스 성에 도착한 것은 단오절인 5월 5일이었다.

"혼례식은 구일입니다."

이토 탄고노카미가 말한 혼례 날은 나흘 앞으로 다가와 있었다.

키요스 성에 도착했을 때 성안 분위기가 예사롭지 않았다.

아사히히메의 숙소로 정해진 본성 안채에 여장을 푼 지 얼마 되지 않아서였다. 오사카부터 함께 온 혼다 타다카츠와 사카키바라 야스마사가 찾아와 말했다.

"사정이 있어 혼례식이 잠시 연기되었습니다. 저희는 준비를 위해 한발 먼저 하마마츠에 가게 되어 인사 드리러 왔습니다."

아사히히메가 들은 바에 의하면 이 두 사람은 미카와의 치리유까지 동행하여 도쿠가와 쪽에서 영접 나온 사람에게 인계하고 거기서 하마마츠로 가도록 되어 있었다······

아사히히메의 관심은 자연히 하마마츠로 돌려졌다.

"무슨 변고라도 생겼나요?"

"예."

혼다 타다카츠가 무뚝뚝하게 대답했다.

"저희 주군께서 삼 개항 각서를 칸파쿠 님에게 요구하셨는데 그것이 아직 도착하지 않았습니다. 그래서 구일 혼례식은 연기되었습니다."

"삼 개항의 각서라니요?"

"그것은 여자분에게는 말씀 드려도 소용없는 것이어서 물으신다 해도 대답하지 않겠습니다."

"그래요? 그렇다면 묻지 않겠어요."

물어보는 쪽도 대답하는 쪽도 아직은 상대를 절대로 신뢰하고 있지 않았다.

아사히히메는 두 사람이 물러가자 즉시 오다 우라쿠를 불렀다.

"또 날짜가 연기되었다죠? 안도했어요. 하지만 안도할 수 없는 일이 있어요. 이에야스 님이 칸파쿠 님에게 삼 개항의 각서를 요구하셨다는데 그 삼 개항이 무엇인지 말해주세요."

아사히히메가 싸늘한 얼굴로 묻는 말에 우라쿠는 그만 얼굴이 창백해지며 고개를 숙였다.

8

"이것이 보통 혼례라고는 생각지 않아요. 삼 개항이 무엇이죠? 우라쿠 님이 모를 리 없어요. 아니면 내가 여자여서 말할 수 없다는 것인가요?"

아사히히메는 다그쳐 물었다.

"염려하실 것 없습니다. 칸파쿠 전하는 대범하시니까 틀림없이 각서를 보내실 것입니다."

우라쿠는 이렇게 말하며 씁쓸히 웃었다.

"어쩌면 칸파쿠 전하가 아사히히메 님을 쉬게 하시려고 일부러 지연시키는지도 모르니까요."

"나는 그런 것은 묻지 않았어요. 삼 개항의 내용이 뭐죠?"

"그것은……"

우라쿠는 옆머리를 긁으면서 말했다.

"첫째는 두 집안이 비록 친족이 된다 해도 후계자나 그 밖에 가신들에 관한 일에 대해서는 간섭하지 말 것……"

"후계자에 대해서……라면 나의 양자가 되기로 한 나가마츠마루에게는 상속시키지 않겠다는 말인가요?"

아사히히메는 빠른 말로 묻고 스스로의 말에 당황했다.

'무엇 때문에 나는 본 적도 없는 나가마츠마루의 일로 화를 내는 것일까. 도쿠가와 가문을 누가 잇게 되건 상관없는 일 아닌가……'

"아니, 그렇지는 않을 것입니다."

우라쿠는 천천히 고개를 저었다.

"아사히히메 님의 양자를 일단 후계자로 결정하였으니 다시 변경하는 경우가 없도록 다짐한 것이겠지요."

"그럼, 둘째 항은?"

"사실은 이것이 좀 까다로운 문제인데…… 친족이 되었다 해도 이에야스 님은 아직 동쪽에 방심할 수 없는 적이 있기 때문에 전하가 서쪽으로 출정하셨을 때 행동을 같이할 수 없다. 이 점을 양해해달라……는 것입니다."

"과연 그렇겠군요."

대답했으나, 아사히히메로서는 잘 알 수 있는 일이 아니었다.

"다음으로 셋째 조항은?"

"셋째 조항은 문제될 것 없습니다. 동쪽에서 일을 도모할 때는 양쪽이 서로 연락하여 절대로 독단적인 행동을 취하지 않을 것…… 이 점은 전하도 바라시는 바입니다."

"그렇다면, 단지 그런 일 때문에 혼례식을 연기했다는 말인가요?"

"그렇습니다. 다른 가문의 중신들과는 달리 도쿠가와 님의 가신들은 일일이 주군의 허락을 받지 않고는 어떤 일도 할 수 없기 때문에."

"마치 도쿠가와 님이 칸파쿠 같고 칸파쿠 님이 가신 같은……"

"하하하…… 그게 바로 칸파쿠 님의 도량이 넓다는 증거입니다. 각서가 도착하지 않으면 어떻게 할 것인가, 중신들이 처리할 것인가, 아니면 이에야스 님의 지시를 기다릴 것인가…… 이런 점들을 타진하기 위해 일부러 각서를 지연시키신다는 것을 저는 잘 알고 있습니다."

그때 이미 아사히히메는 시선을 돌려 정원을 바라보고 있었다.

단오절인데도 밖에서는 비가 내리기 시작하여 푸른 나뭇잎들이 흔들리고 있었다.

"그렇군요…… 여행 도중 날짜가 연기되기도 하고 서로 상대를 시험

대에 올려놓기도 하고…… 이것이 나의 혼례란 말이로군요."

우라쿠는 아무 대답도 않고 쓸쓸한 표정으로 부채질을 했다.

9

혼례식이 연기된 것은 이번으로 두번째였다. 출가하는 몸으로 이처럼 불쾌하고 한스러운 것도 없었다.

아사히히메는 이제 아무것도 생각하지 않으리라 결심했다. 큰 독 안에 던져진 작은 개구리는 아무리 버둥거려보아도 지치기만 할 뿐, 체념하는 수밖에 없었다.

5일부터 내리기 시작한 비는 좀처럼 그치지 않고 6일, 7일에도 계속되었다. 바람을 머금은 장마철의 비여서, 그곳과 가까운 나카무라에서 태어난 아사히히메로서는 하늘과 땅을 구별할 수 없을 정도로 물이 불어나 반짝거리는 논의 모습을 상상할 수 있었다.

그 논두렁에 서서 점점 더 세차게 내리는 비와 논에 넘치는 물이 어떻게 될 것인지 걱정하며 바라보던 어렸을 때의 기억이 그대로 지금의 자기 신세와 일치되었다. 입은 옷도 달라졌고, 치쿠아미의 막내딸이라 불리던 신분이 칸파쿠 전하의 여동생으로 바뀌었으나 가슴에 쌓인 불안은 예전과 조금도 달라진 것이 없었다.

10일이 되어서야 우라쿠가 출발을 알려왔다.

히데요시로부터 만족할 만한 각서가 이에야스에게 도착한 모양이다. 그러나 우라쿠도 그것에 대해서는 새삼스럽게 말하지 않았고, 아사히히메 역시 묻지 않았다.

행렬은 가느다란 빗줄기를 뚫고 키요스에서 다시 동쪽을 향해 이동하기 시작했다.

그 부근에서는 오미近江 가도나 미노 가도에서보다도 더 구경꾼의 수가 늘어났다. 구경꾼들 중에는 소리를 지르거나 손을 흔들면서 열광하는 자도 있었다. 필시 나카무라 농부의 딸이 칸파쿠 전하의 여동생으로 바뀐 것을 축하하는 환호였을 터.

5월 11일 마침내 미카와의 치리유에 도착하여, 도쿠가와 쪽에서 마중 나온 일행과 합류했다.

도쿠가와 쪽에서는 혼례 가마를 경호하기 위해 마츠다이라 이에타다, 나이토 노부나리內藤信成, 미야케 야스사다三宅康貞, 코리키 마사나가高力正長, 사카키바라 야스마사, 쿠노 무네히데久野宗秀, 쿠류 쵸조栗生長藏, 토리이 쵸베에鳥居長兵衛 등 여덟 명이 영접 나왔다.

일행은 그날의 숙소인 오카자키 성으로 들어갔다. 영접 나온 도쿠가와 무사들은 각각 아사히히메 앞에 '축하 인사'를 하러 왔다. 모두 그 전보다는 태도가 정중했다.

'이에야스는 오빠의 각서가 마음에 든 모양이다……'

이렇게 생각하며 아사히히메는 가볍게 인사를 받았을 뿐 누가 무슨 말을 했는지 전혀 기억하지 못했다.

이튿날인 12일에는 아침 일찍 출발하여 요시다에서 머물렀다. 그곳에서 비로소 아사히히메는 자기 혼례식이 16일로 정해졌다는 말을 들었다.

"내일은 피곤하시기도 할 것이니 그대로 이 성에 머무르시고 십사일에 하마마츠로 가시게 되었습니다."

어릴 적부터 잘 아는 이토 탄고노카미가 이렇게 말했다.

"그러니까 구일의 혼례식이 십사일이 되었군요?"

아사히히메는 씁쓸한 마음에 야유를 섞어 말했다.

"아니, 십사일에는 혼례를 올리지 못합니다."

탄고노카미는 아사히히메가 그날을 기다리는 줄 알았던지 당황하며 무릎걸음으로 한 걸음 앞으로 나왔다.

"십사일에는 중신인 사카키바라 야스마사 님의 저택에 여장을 풀고 십육일에 성으로 들어가 혼례를 올립니다. 뭐니뭐니 해도 칸파쿠 전하의 매씨와 이 나라에서 첫째가는 태수님의 혼례……"

아사히히메는 그 말을 들으면서 자기와는 아무 관련도 없는, 남편을 찔러 죽이라는 명을 받고 시집왔다는 노부나가의 정실 노히메濃姬를 떠올렸다.

10

노히메의 아버지 사이토 도산齋藤道三은 살무사란 별명이 붙은 잔인한 효웅梟雄으로, 자기 딸에게 노부나가를 죽이라는 밀명을 내려 오와리에 출가시켰다……

오빠 히데요시와 키타노만도코로 네네는 노히메와 노부나가 공의 이야기를 자주 하곤 했다.

이렇게 출발한 부부였는데도 마침내 두 사람은 더없이 화목하게 살았고, 히데요시와 네네가 맺어졌던 것처럼 서로가 원해 맺어진 부부라도 결국은 원수처럼 미워하는 자도 있다…… 두 사람은 이러한 인간관계의 얄궂은 변화에 대해 이야기를 나눈 것이지만, 그것을 회상하는 아사히히메의 경우는 전혀 달랐다.

상대를 죽이라고 명한 도산이 자기 뒤에도 있는 것 같아 등골이 오싹해졌다……

'만일 나에게 이에야스를 죽이라고 명할 사람이 있다면 그 사람은 과연 누구일까……?'

아사히히메에게 죽음을 명하는 자는 오빠 히데요시가 아니었다. 죽음을 명하는 자는 또한 오빠 히데요시도 증오하고 있었다. 그러나……
히데요시는 주군이기도 하고 아내의 오빠이기 때문에 어떻게도 하지
못하고 원한을 품은 채 죽어갔다.

아사히히메는 그날 밤 요시다 성 침소에서, 얼마 동안 보지 못했던
죽은 남편 사지 휴가노카미의 꿈을 꾸었다. 꿈이라기보다도 역시 아사
히히메에게는 유령이었다고 해야 할 것이었다……

바람소리에 문득 눈을 떴다.

"누구세요!"

겁먹은 소리로 외쳤다. 소리도 없이 병풍 앞에 나타난 것은 단정하게
머리를 빗어 올린 채 하반신이 피로 물들어 있는 여월 대로 여윈 휴가
노카미였다.

휴가노카미는 아무 말도 하지 않았다. 어째서 여기 왔는지, 불공 드
려주기를 원하느냐고 물어도 힘없이 서서 가만히 아사히히메를 바라보
고만 있을 뿐이었다.

"아니, 왜 그러십니까? 아사히히메 님, 어디가 불편하십니까? 정신
차리세요!"

이토 탄고노카미의 어머니가 흔들어 깨우는 바람에 아사히히메는
벌떡 일어났다.

그때 이미 휴가노카미는 아사히히메의 눈앞에서 사라진 후였다. 펄
럭이는 불빛만이 희미하게 주위를 비추는 가운데 바람소리가 멀리 지
붕 너머에서 들려오고 있었다.

"아니, 아무것도 아니에요, 아무것도."

그러면서 아사히히메는 잠시 동안 누우려 하지 않았다.

휴가노카미의 영혼도 차마 이에야스를 죽이라는 말은 하지 못하고
아직 그 자리에 서 있다…… 소리내어 부른다면 당장 모습을 드러낼 것
만 같았다.

'어째서 부르지 못하느냐, 너는 참으로 매정하구나……'

스스로 자신을 꾸짖으면서도, 그러나 소리를 낼 수는 없었다.

아사히히메가 이에야스를 죽이러 가는 망상에 사로잡힌 것은 그때부터였다.

14일 하마마츠에 도착하여 사카키바라 야스마사의 집에서 묵던 날 밤에도 이 망상은 아사히히메를 풀어주려 하지 않았다. 이번에 눈앞에서 아른거린 것은 하반신이 피로 물든 사지 휴가노카미뿐이 아니었다. 머리를 풀어헤치고 잠자리에서 이에야스를 칼로 찌르려 하는 아사히 자신의 환영도 있었다.

그 환영이 사라지지 않은 채 드디어 혼례식 날인 16일이 되었다.

11

아사히히메 일행이 숙소로 한 사카키바라 야스마사의 집에서 성까지의 거리는 6정° 남짓 되었다.

안내를 맡은 시미즈 헤이자에몬 마사치카清水平左衛門正親와 야마모토 센에몬山本千右衛門을 선두로 하여 행렬이 성으로 들어간 것은 여덟 점(오후 2시)이 지나서였다.

하마마츠에서도 길 양쪽에는 구경꾼들이 가득 모여 있었다.

비가 오락가락하는 가운데 가마를 탄 것은 오직 아사히히메 한 사람뿐, 나머지 따르는 사람들은 눈부시게 치장한 채 모두 걷고 있었다. 좌우의 문을 열어놓은 채 순백색 의상을 입고 가마 안에 다소곳이 앉아 있는 아사히히메의 모습은 처량할 만큼 작아 보였다.

"마흔이 넘은 분이라는 말을 들었는데…… 생각보다는 훨씬 젊어 보이는군."

"그래, 아직 처녀인 것만 같아."

"그렇다면, 주군께서도……"

"바로 그 점이야. 아무리 인질이라고는 해도 어엿한 정실, 너무 어울리지 않는 것도 걱정이지."

이렇게 속삭이는 것은 백성들이었다. 그러나 무사들은 어디까지나 무뚝뚝하고 근엄했다.

성안에서는 이날을 축하하기 위한 사루가쿠猿樂°의 준비도 끝나고, 혼례식에 이어 나가마츠마루를 아사히히메의 양자로 삼는 의식 준비도 되어 있었다. 그러나 아사히히메가 환영받지 않는 사람이라는 점에는 변함이 없었다.

도쿠가와 가문의 내전에서는 이에야스가 이 마흔네 살인 정실과 과연 동침할 것인가 하는 문제가 은근히 화젯거리가 되어 있었다. 당시 여성은 서른세 살의 액년厄年을 경계로 하여 '초로初老'에 접어드는 것으로 여겨지고 있었다.

"젊은 소실이 여러 분 계시니 이미 마흔이 넘은 분과의 동침은 사양하시겠지."

"하지만 그냥 지내실 수야 없지 않은가. 그렇게 되면 부부라고 할 수 없으니까."

"아니, 혼례식 그 자체가 중요해. 젊은이처럼 굳이 동침할 것까지는 없어……"

이러한 분위기 속에서 현관에 가마가 도착했다.

사카이 카와치노카미 시게타다酒井河內守重忠가 중후한 모습으로 신부를 맞이했다.

아사히히메는 이때부터 불안한 마음이 겹쳤다. 이토 탄고노카미의 어머니에게 부축을 받으며, 오사카 성과는 비교도 안 되는 수수한 복도를 걸어 큰방으로 향하면서, 자기는 아직 이에야스의 얼굴을 본 적도 없고 목소리를 들은 일도 없다는 사실을 깨달았다……

'대관절 이에야스는 어떻게 생긴 사람일까?'

과연 자기가 상상했던 대로, 잠자리에서 죽일 수 있을 정도로 가냘픈 체구의 소유자일까.

일본에서 첫째가는 무장이라고 하니 어딘가 오빠와 비슷하다는 생각이 들었는데, 그 이에야스에게서 갑자기 불손한 질문을 받았을 때 과연 겁내지 않고 응답할 수 있을까…… 어쨌거나 나는 칸파쿠의 여동생. 단단히 각오하고 시집온 이상 칸파쿠인 오빠를 욕되게 해서는 안되는데……

이런 생각으로 가슴을 설레고 있을 때 큰방 정면 상단에 세워져 있는 황금색 병풍에서 예리한 빛이 반짝 빛났다.

아사히히메는 그만 현기증을 느꼈다.

요즘 죽은 남편이 계속 꿈에 나타나 잠 못 이루는 밤이 많았기 때문이리라.

"아……"

비틀거리다가 당황하여 로죠의 손에 매달렸다.

"자, 어서 오시오."

황금색 병풍 앞에서 굵은 목소리가 위압하듯 들려왔다.

12

아사히히메가 번쩍 정신이 들었을 때, 큰방에 죽 늘어앉아 있던 사람들이 일제히 머리를 조아렸다. 그리고 황금빛 병풍 앞에 묵직하게 앉아 있는 뚱뚱한 사나이의 몸이 약간 움직였다.

'이에야스임이 틀림없다……'

그러나저러나 어쩌면 저렇게 피부가 검을 수 있을까……

겨우 이렇게만 느꼈을 뿐, 아사히히메는 로죠에게 손을 잡힌 채 상석으로 안내되었다.

갑자기 아사히히메의 귀에서는 무섭게 윙윙거리는 소리가 나기 시작했다. 마츠다이라 이에타다가 앞으로 다가와 무어라고 했으나, 아사히히메는 축하의 말이라는 것을 알았을 뿐 무슨 말이었는지 확실히 알아들을 수조차 없었다.

열서너 살쯤 된 시동 여덟 명이 혼례용 술병과 잔을 가져왔다. 그 중 두 명의 시동이 이에야스와 아사히히메 앞에 나와 절을 했다.

"우선 그대부터 잔을……"

이에야스가 말했다.

"이때만은 여자가 먼저라는 것이 일본의 관습이오."

그 목소리에서는 깜짝 놀랄 만큼 싸늘하고 무감동한 여운만을 느낄 수 있었다.

아사히히메는 잔을 받았다.

아직 얼굴도 똑똑히 보지 못했다. 그러나 이 잔을 받는 것으로 자기는 이에야스의 아내가 되어야 한다. 술이 따라진 잔에 또다시 죽은 남편의 얼굴이 비쳤다……

아사히히메는 지그시 눈을 감은 채 그 환영과 함께 단숨에 술을 들이켰다.

'죽은 남편의 환영을 들이켜고 이에야스의 아내가 된다……'

불길한 예감이었다. 지금 삼켜버린 사지 휴가노카미의 얼굴이 앞으로 영원히 자기 가슴속에 자리잡고 이에야스를 죽이라고 명할 것 같은 생각이 들었다……

잔이 이에야스의 손으로 옮겨졌을 때 비로소 아사히히메는 이에야스의 옆얼굴에 시선을 보냈다.

"아……"

하마터면 소리지를 뻔한 것은, 옹기로 빚은 너구리를 연상시키는 짧고 굵은 목 위에서 거대한…… 그야말로 거대한 이에야스의 귀가 크게 움직였기 때문이다.

"들었어."

그 귀는 말하고 있었다.

"그대 뱃속에서 그대가 마신 환영이 무어라 말했는지 이 귀는 하나도 놓치지 않고 들었다."

아사히히메가 얼굴이며 가슴 등 자신의 몸에서 미열微熱을 느끼게 된 것은 이 무렵부터였다.

일단 혼례의 잔이 끝나고, 이번에는 나가마츠마루와 그의 시동들이 들어왔다. 시미즈 마사치카의 손을 통해 시동들에게 히데요시의 선물이 전달되고, 이어서 나가마츠마루와 아사히히메 사이에 모자가 되는 술잔이 교환되었다.

이러한 예식이 끝나고 아사히히메를 위해 새로 세워진 내전의 전각에 들어가 옷을 갈아입었을 때는 이미 앉아 있기조차 힘들 정도로 온몸에서 열이 났다.

'역시 휴가노카미가 원망하고 있는 모양이다……'

이제 이에야스와 함께 사루가쿠를 관람하고 그 뒤 다시 큰방에서 열리는 축하연에 참석하지 않으면 안 된다. 관습에 따라 축하연은 한밤중까지 계속될 터.

어떤 일이 있어도 그때까지는 참아야지…… 하면서도 아사히히메는 사루가쿠를 관람하는 도중에 쓰러지고 말았다. 계속된 긴장과 피로로 인한 단순한 빈혈이었다.

그러나 아사히히메 자신은 물론 이에야스의 가신들도 결코 그렇게 생각하지 않았다.

13

이에야스는 자기와 나란히 앉아 사루가쿠를 보고 있던 아사히히메가 갑자기 자기 쪽으로 기울어지는 것을 보았다.

"취했소?"

말하려다 말고 이맛살을 찌푸렸다.

"상태가 안 좋은 모양이군. 여봐라!"

정신없이 무대를 바라보고 있는 로죠를 불렀다. 로죠가 깜짝 놀라 안아 일으켰을 때 아사히히메는 이미 백지장처럼 창백한 얼굴로 정신을 잃고 있었다.

주위가 술렁거리기 시작했다.

"휴식을 취하게 하라. 의사는?"

"오사카에서 같이 따라와 있습니다."

세 명의 시녀가 이토 탄고노카미의 어머니와 함께 쓰러져 있는 아사히히메를 부축해 일으켰다.

그와 함께 이에야스도 같이 일어날 것이라고 그녀들은 생각했다. 그러나 이에야스는 일어나는 대신 로죠를 꾸짖었다.

"오랜만에 모두가 즐기고 있는 중이니 빨리 모시고 가서 편히 쉬게 하라."

그리고는 손을 들어 당황해하는 사람들을 제지했다.

"당황할 것 없다. 어서 계속하라, 계속하도록 해."

이에야스는 가볍게 말하고, 자기 역시 아무 일도 없었다는 듯 무대를 바라보았다.

그 이후 아사히히메는 전각에서 나오지 않았고, 도중에 로죠가 두 번 아사히히메의 상태를 알리러 왔을 뿐이었다. 정신은 차렸으나 열이 심해 일어나지 못한다는 말을 전해왔다. 오사카에서 따라온 여자들은 이제 당연히 연회는 끝나는 것으로 생각했다.

"문병을 하시면 감사하겠습니다마는."

이토 탄고노카미의 어머니가 두 번이나 조용히 말했다.

"의외로 몸이 약한 모양이군요."

이에야스는 이렇게 말했을 뿐 자리에서 일어나려 하지 않았다.

이 뜻하지 않은 사태는 오사카에서 따라온 여자들을 몹시 불쾌하게 했다. 그러나 그런 정도였다면 그래도 다행이었을 것이다. 그 사태는 또한 고지식한 도쿠가와의 가신들을 매우 격분시켰다.

"혼례식 날 밤이 아닌가. 약간 불편하다고 해서 방에 틀어박히다니 여간 불손하지 않아."

"그렇소. 앞날이 걱정되는군요."

이에야스는 이런 말을 듣고도 별로 아사히히메를 위해 변명하려 하지 않았다. 그리고 오사카 여자들에게 가신들의 감정을 설명하려 하지도 않았다.

그런 이에야스의 태도는 도리어 양쪽을 흥분하도록 부추기는 결과가 되었다. 혼례를 축하하기 위한 연회는 양쪽의 험악한 감정을 숨긴 채 차차 열기를 더해갔다.

그러나……

이들이 각자의 입장에 따라 어떤 감정을 품건, 이 가련한 아사히히메와 이에야스의 재혼은 민중에게는 하나의 승리여야만 했다.

이에야스는 그것을 깨닫고 있는 것일까.

깨닫고 있다면 이 연회는 두 사람의 혼인을 축하하는 향연이 아니라 역사의 진전에 하나의 빛을 던져주는 승리를 위한 축하연과 통하는 것일 텐데……

이때 오다 우라쿠가 부채를 들고 춤을 추기 시작했다. 우라쿠는 이 혼인이 지니는 개인적인 차원을 벗어난 의미와 아사히히메의 가엾은 숙명을 가장 잘 아는 사람 가운데 하나였다.

　　원래 당나라 태자빈객太子賓客° 백낙천白樂天°, 나를 두고 하는 말
　　바다 동쪽에 나라가 있어, 그 이름 일본이라 부른다
　　서둘러 그 땅에 건너가
　　일본의 지혜를 헤아리라는 황제의 분부로
　　지금 이렇게 바닷길을 가고 있나이다……

미카와의 계산

1

당연히 오리라 예상하고 있던 히데요시의 사자들이 오카자키 성에 떼지어 찾아온 것은 텐쇼 14년(1586) 9월 25일 오후였다. 아사히히메가 하마마츠에 시집온 지 4개월쯤 지났을 무렵이었다.

"어떻습니까, 요즘 하마마츠 님(도쿠가와 이에야스) 부부 사이는?"

이번에도 사자의 한 사람으로 온 오다 우라쿠의 물음이었다.

"생각했던 것보다는 평온한 듯합니다."

성주 대리인 혼다 사쿠자에몬 시게츠구는 무뚝뚝하게 대답했다.

"부부 사이가 평온하다…… 재미있는 말씀이군요, 혼다 님."

"예. 나도 그 이상의 것은 여쭤어볼 수 없으니까요."

이에야스가 내일 하마마츠에서 돌아와 사자들을 접견하겠다고 했기 때문에, 그날 밤은 셋째 성에서 혼다 사쿠자에몬과 사카이 타다츠구의 접대로 조촐한 연회가 열리고 있었다.

사자는 아사노 나가마사, 츠다 하야토노쇼津田隼人正, 토미타 사콘 쇼겐, 오다 우라쿠, 타키가와 카츠토시, 히지카타 카츠히사 등 여섯 명이었다. 앞의 세 사람은 히데요시가 직접 보낸 사자, 뒤의 세 사람은 형식상 오다 노부오가 보낸 사자였다. 코마키, 나가쿠테 전투가 노부나가에 대한 의리를 지키기 위해 노부오 편을 들었다는 것이 표면적인 이유였으므로 아직 사자 인선까지 그 여운이 남아 있었다.

물론 그들은 이에야스의 상경을 재촉하기 위해서 온 사자들──용건이 무엇인지는 묻지 않아도 알 수 있었다.

"칸파쿠 전하도 부부 사이를 걱정하고 계십니다. 막내동생이므로 아무리 나이가 들어도 어린아이 같은 생각이 드시는 모양입니다."

"그렇겠지요. 하마마츠에서도 어린아이 같은 분이라고 하시는 모양입니다."

"어린아이 같은 분……?"

"그렇소. 어린아이는 순진하기는 하나 한편으로는 수시로 마음이 변하니까요."

우라쿠는 당황하면서 아사노 나가마사와 눈짓을 교환하고 얼른 화제를 돌렸다. 사쿠자에몬이 처음부터 사자를 비아냥거리려 한다는 것을 깨달았기 때문이다.

"그런데, 사카이 님은 이번 여름에 신슈의 우에다上田까지 출전하셨다고요?"

우라쿠의 물음에 사카이 타다츠구는 사쿠자에몬보다 더 무뚝뚝하게, 내뱉듯이 대답했다.

"아, 그때는 칸파쿠 님 요구로 본의 아니게 도중에 돌아왔습니다."

"아니, 본의 아니게……라시면, 전하의 말씀에 불만이 있었다는 것입니까?"

듣다못해 츠다 노부카츠津田信勝가 끼여들었다.

"그 일에 대해서는 더 말하고 싶지 않습니다. 그보다도 아사노 님에게 한 가지 여쭙고 싶은 것이 있습니다."

사카이 타다츠구는 반백의 머리를 갸웃했다.

"아사노 님은 오 대 부교 중 한 분이시라 여쭙겠는데, 이 성에서 사라진 이시카와 카즈마사는 지금 무엇을 하고 있습니까?"

"이즈모노카미出雲守가 되어 전하의 각별한 대우를 받고 있는 것 같습니다."

"사쿠자에몬······ 들었소? 카즈마사가 이즈모노카미가 되었다는군요. 이시카와 이즈모노카미 카즈마사란 말이지. 후후후······"

사쿠자에몬은 흘끗 우라쿠를 바라보았다.

"쉿. 사자가 언짢아하실 테니 말을 삼가게. 자, 한 잔 받으시지요, 아사노 님."

아사노 나가마사는 눈썹을 꿈틀하더니 씁쓸한 표정으로 고개를 돌려버렸다.

아무래도 단순한 주연이 아니었다. 그들에게는 어쩌면 사자들을 분개하게 만들어 이에야스와의 회견을 성사시키지 않으려는 속셈이 있는지도 몰랐다.

"어허, 아사노 님은 벌써 술이 과하신 것 같군요. 그럼, 오다 님께 드려야겠군."

우라쿠는 마지못해 좌중을 둘러보면서 잔을 받았다.

2

세 간 폭에 여섯 간 길이인 넓은 방에 촛대는 겨우 두 개뿐이었다. 상위에는 마른 정어리와 야채절임만 놓여 있고, 술을 따르는 사람은 무뚝뚝한 젊은 무사 두 사람이었다. 그리고는 입만 열면 꼬투리를 잡으려는 노인들뿐이니 그 분위기는 알만했다.

사자 중에 그들의 기질을 잘 아는 오다 우라쿠가 없었다면 분위기는 여간 서먹서먹하지 않았을 터. 그야말로 사자를 대하는 미카와 쪽의 태도는 불손하기 짝이 없었다.

'혼례 때만 해도 이 정도까지는 아니었는데……'

우라쿠까지 그만 고개를 갸웃거릴 정도였다. 혹시 출가해온 아사히 히메가 가신들의 반감을 살 만한 일을 한 것이나 아닌지 걱정스럽기까지 했다.

'아마 칸파쿠 님도 이번 사자가 이토록 냉대를 받으리라고는 생각지 못할 것이다……'

도쿠가와 쪽에서도 혼례가 끝난 뒤 무사히 행사가 끝났다는 인사를 하려고 사카키바라 야스마사가 히데요시에게 사자로 왔었다.

그때도 우라쿠는 상당히 걱정했다.

사카키바라 야스마사는 코마키 전투 때 히데요시가 역적이라는 팻말과 회람을 돌려 히데요시를 노발대발하게 만든 장본인. 그래서 히데요시가 그 목에 10만 석 상금을 걸었던 사나이…… 하필이면 그런 사람을 사자로…… 이렇게 걱정했으나 히데요시는 도리어 기뻐했다.

"이것이 이에야스의 훌륭한 면이야. 처남 매부 사이가 되었으니 뒤에 응어리를 남기지 않겠다는 의도일세그려."

이렇게 말한 히데요시는 사카키바라 야스마사가 쿄토에 있는 토미타 사콘쇼겐의 집에 도착했을 때는 그날 밤 일부러 그를 찾아가 어깨를 두드려주었다.

"잘 왔네, 야스마사. 적이었을 때 십만 석의 상금을 그대 목에 걸었던 것은 우리편이 되면 십만 석을 더 얹어주고 싶은 기량을 지녔다고 보았기 때문일세. 앞으로도 하마마츠 님을 위해 충성을 다하게."

이튿날 신축 중인 우치노 저택을 돌아보러 갔을 때도 다시 야스마사에게 지난날의 감정을 버리게 하고 향연을 베풀었을 뿐 아니라 많은 선물까지 주어서 보냈다……

히데요시와 이에야스는 그 가풍이 달랐다. 야스마사와 같은 환대는 바라지 않았으나 이번만은 따뜻한 대접을 받을 줄 알았다. 그런데 막상 와서 보니 정반대였다.

성에 들어왔을 때부터 성주 대리인 사쿠자에몬도 요시다에서 온 타다츠구도, 이쪽에서 말만 하면 꼬투리를 잡으려 했다.

'대관절 무슨 생각을 하고 있는 것일까……?'

원래 양가의 혼인은 이에야스의 체면을 세워주어 상경할 계기를 만들려는 히데요시의 호의에서 나온 것…… 이것을 이에야스가 모를 리 없었다. 알고 있다면 기꺼이 환대하는 것이 상책인데도 미카와 무사의 의도는 우라쿠의 수판으로는 계산할 수 없었다.

그렇다면 이 정도로 하고 자리를 뜰 수밖에 없다고 생각했다.

'이에야스와 만나기 전에 가신들과 말다툼하면 웃음거리가 될 뿐.'

"아, 취하는군. 여행으로 피곤하기도 하니 술은 이 정도로 하고 쉬도록 해주었으면 좋겠습니다."

그러나 타다츠구는 다시 술병을 들고 말했다.

"아직 이릅니다. 자, 한 잔 더 드시오. 도쿠가와 가문의 술에는 칸파쿠 전하의 소중한 가신을 농락하려는 수상한 것은 섞여 있지 않아요. 마음 놓고 드셔도 좋습니다."

3

"쉿."

오다 우라쿠가 취한 체 손을 내저으면서, 대들려고 하는 토미타 사콘 쇼겐과 아사노 나가마사를 제지했다.

"하하하…… 정말 기분 좋게 취하는군. 미카와에 오면 말에 꾸밈이 없어서 좋군요."

"그런 의미에서 다시 한 잔."

"예, 좋습니다. 받기는 하겠으나 그 대신 우리도 기탄없이 말하겠소, 사카이 님."

"암, 듣고말고요."

"솔직히 말하면 미카와의 술은 머리가 아프군요. 우리가 쿄토 술에 익숙해져서 그런지는 몰라도…… 물론 수상한 것이 섞였을 리는 만무하지만 취기가 몸에 부담이 됩니다."

"허어, 그렇다면 우라쿠 님, 미카와에는 술까지도 풍류가 없다는 말씀이군요."

"그렇소. 잔뜩 취하게 만들어 추태를 부리게 하자…… 술이 이렇게 말하는 것 같습니다. 하하하하, 중요한 임무를 띠고 온 사자가 하마마츠 님과 대면도 하기 전에 만취하여 실수라도 하면 술은 좋아할지 몰라도 여러분들에게는 웃음거리가 될 것이오. 아니, 웃음거리가 되는 것은 좋지만 어른 여섯 명이 소란을 떨면 큰 폐가 될 것입니다. 이 정도로 하고 끝내도록 합시다, 여러분."

"옳은 말이오. 이미 충분히 마셨으니까."

사콘쇼겐이 날카로운 어조로 대답했다.

아사노 나가마사도 낯을 찌푸리고 맞장구를 쳤다.

"이만 상을 물리도록 합시다."

"그렇습니까? 그럼 사쿠자에몬, 끝내기로 하지요."

"음, 아무래도 입에 안 맞으신다면 도리가 없지."

"나는 미카와의 술이 그렇게 독한 줄 모르겠는데, 쿄토의 물을 마신 분들은 몸이 약해지신 모양일세."

"그럼, 침소를 준비하도록 하게."

사쿠자에몬은 젊은 무사들에게 턱으로 지시했다. 그러나 타다츠구는 아직 더 시비를 걸고 싶은 듯 대들려고 했다. 그 역시 마신 주량 이상으로 취한 척 가장하고 있었다.

"그럼, 성주 대리님의 말씀도 있고 하니 이만 자리를 접겠습니다. 좀 더 이 자리가 즐거울 줄 알았는데 그렇지 못한 것 같군요. 많은 생각을 가슴에 담고 계신 것 같아요."

"아니, 그게 무슨 말씀입니까?"

"우리 주군 이에야스 님을 뵙기 전이어서 모두 자중하시는 것 같습니다. 자, 내일 저녁에 다시 만나기로 하고……"

"그럼, 먼저 실례합니다."

이미 술자리의 주흥은 완전히 깨졌다. 더구나 주흥을 깨기 위한 행위가 너무 노골적으로 드러났기 때문에 도리어 노기를 부추기는 꼴이 되었다.

"예, 먼저 일어나시지요."

"그럼, 실례합니다."

아사노 나가마사를 선두로 하여 사자들이 젊은 무사의 안내를 받으며 밖으로 나갔다. 타다츠구는 비틀거리며 선 채로 그들의 뒷모습을 바라보고 있었다.

"깨끗이 실패했소, 사쿠자에몬."

그리고는 두꺼비처럼 무뚝뚝하게 앉아 있는 사쿠자에몬 곁으로 가서 혀를 차며 털썩 주저앉았다.

"화를 안 내는군. 화를 내면 버릇을 가르쳐주려고 했는데 화를 내지 않았어."

잔뜩 천장을 노려보았다.

"화를 내지 않다니…… 정말 심상치 않아. 그 점이 더욱 수상해. 바로 그게 증거라니까."

자기 자신에게 말하듯 중얼거리며 어깨를 들썩거렸다.

4

혼다 사쿠자에몬은 잠자코 촛대에서 흔들리는 촛불을 바라보고 있었다. 그는 사카이 타다츠구처럼 단순하지 않았다.

이렇게 노골적으로 거친 접대를 베풀어 이쪽의 감정이 상대에게 낱낱이 드러나, 하찮은 시골무사라고 비웃음만 사게 된 것이라 생각하고 있었다. 그런데도 굳이 타다츠구를 제지하려 하지 않고 자신도 일부러 비꼬는 말을 덧붙였다……

실제로 혼다 사쿠자에몬의 생각은 타다츠구와는 전혀 다른 곳에 있었다.

"사쿠자에몬."

그런데도 타다츠구는 사쿠자에몬도 자기 생각과 같을 것이라 믿고 있었다.

"우리 쪽에서 그렇게까지 했는데도 노하지 않다니 점점 더 수상하다고 생각지 않나?"

"글쎄."

"지금이니까 말하겠는데, 나는 처음부터 생각하는 바가 있어서 양가의 혼사를 찬성하는 것처럼 했네."

"일부러 찬성했다……는 말인가?"

"당연한 일이지. 똑같은 싸움이라도 히데요시의 여동생 한 사람을 인질로 잡고 싸우면 훨씬 더 유리해지거든."

가만히 주위를 돌아보며 목소리를 낮추고 말했다.

사쿠자에몬은 시선도 돌리지 않고 물었다.

"그렇다면 두 사람을 인질로 하면 더욱 좋을 게 아닌가?"

"두 사람을……?"

"암. 이번 사자는 히데요시의 어머니를 오카자키로 보낼 테니 주군을 상경케 하라고 할 것이 분명해."

"사쿠자에몬!"

"……"

"자네는 너무 순진해. 아직 내 말뜻을 못 알아들은 것 같아."

"과연 그럴까?"

"그렇고말고. 내가 더욱 수상하다고 한 것은 그 히데요시의 어머니라는 여자 말일세. 잘 생각해보게. 쿄토에는 궁중에서 오랫동안 일한 그 정도의 노파는 얼마든지 있을 것일세. 이 미카와에서 히데요시의 어머니 오만도코로의 얼굴을 아는 사람이 있다고 생각하나? 아무도 없을 것일세."

"그야 아무도 모를 테지. 오직 한 사람을 제외하고는."

"그 한 사람은 바로 마님…… 그러나 마님이 미리 짜고 출가해왔다면 어떻게 하지? 따라서 아무도 모르니까 그 진위를 가려내기 위해서는 사자의 말과 태도를 보고 알아내는 수밖에 없네."

"그 때문에 자네는 일부러 사자들의 화를 돋구었다는 것이로군."

"자네는 그렇지 않았다는 말인가?"

"나는 그 사람들이 비위에 맞지 않아 무뚝뚝하게 대했을 뿐일세."

"그러면 안 돼. 그건 임기응변의 대응이 되지 못해. 나는 정말 오만도코로를 보낼 뜻이 있다면 그들이 내 태도에 틀림없이 분노를 터뜨릴 것이다…… 이렇게 생각하고 탐색해보았네만."

"그러니까 자네 생각은 가짜를 보낼 게 뻔하다는 말이로군."

"거기까지는 확실치 않아. 그래서 자네 의견을 물었던 것일세."

사쿠자에몬은 그 말에는 직접 대답하지 않았다.

"가짜라는 것을 알게 되면 어떻게 하겠나?"

비로소 엄한 표정으로 촛불에서 시선을 돌렸다.

"당연히 주군의 상경을 저지해야지."

"저지한 뒤에는?"

"지금이 싸울 때일세. 여동생도 인질로 잡아놓았으니."

이때 사자들을 침소로 안내한 젊은 무사들이 방을 정리하고 돌아온지라 사쿠자에몬이 먼저 자리를 떴다.

5

미카와에서는 모두 이에야스의 상경을 반대했다. 반대하는 자의 입장에서 볼 때 히데요시의 인내는 정도가 지나쳤다. 너무 이에야스의 비위를 맞추려는 경향마저 있었다.

칸파쿠가 여동생을 억지로 이혼시켜 이곳에 출가시키고 어머니 오만도코로까지 인질로 보낸다……면 그런 일은 전대미문, 그럴 리가 없다는 것이 반대론자들의 주장이었다.

여동생 한 사람의 목숨과 이에야스의 목을 교환할 생각으로 처음부터 계획한 음모임이 틀림없다. 따라서 상경하는 날에는 반드시 목숨을 잃게 될 것이고, 어머니라고 보내는 노파는 가짜가 분명하다……

이런 생각에 입각한다면, 타다츠구의 말처럼 아사히히메 한 사람을 인질로 잡는다고 해도 절대로 양립하지 못할 히데요시와 이에야스는 결국 자웅을 겨룰 수밖에 없다는 결론이었다.

지금 사카이 타다츠구는 이와 같은 자기 주장을 사쿠자에몬에게 납득시키려 하고 있었다.

사쿠자에몬은 그렇게 생각하지 않았다. 히데요시나 되는 인물이 어머니를 가짜로 보내는 그런 잔재주를 부릴 것 같지는 않았다. 그리고 이에야스가 상경을 거절할 것으로도 생각되지 않았다.

'결국은 상경하지 않을 수 없을 것이다……'

사쿠자에몬에게 이런 생각이 들었을 때 그로서는 무엇보다도 먼저 자신이 타다츠구와 의견을 달리하고 있다는 것을 가신들이 눈치채게 해서는 안 되었다. 그의 생각이 알려진다면 그 자신은 오카자키 성주 대리에서 해임되어 그 문제에 대해서는 입도 열 수 없는 위치로 물러서게 될 것이다.

타다츠구의 의향은 어쨌든 중신들 전체를 대표하고 있었다.

"오늘 접대로 그들이 더욱 수상하다는 것을 알게 됐어. 어떻게 해서든지 주군의 상경을 저지해야만 해. 병이 났다고 하거나 갑자기 용무가 생겼다고, 또는 영내에 반란이라도 일어났다는 핑계를 대고라도. 일전을 벌이는 것과는 별문제야. 왠지 처음부터 구린내가 났어. 너무 친절했다니까. 알면서 주군을 죽으러 가시게 할 수는 없어."

사쿠자에몬은 현관으로 나온 뒤에도 이런 말을 계속하는 타다츠구를 말없이 본성의 침소까지 배웅했다.

달도 없는 하늘에는 별만 떠 있었고, 어느 틈에 나뭇잎에는 촉촉하게 이슬이 내려 있었다.

'어렵게 됐어.'

문득 한숨이 나온 것은 다시 셋째 성으로 돌아오는 길에서였다.

무엇보다도 외교에 능한 사람이 없었다. 이시카와 카즈마사는 이미 떠나버렸고, 혼다 마사노부本多正信는 아직 무게가 없다. 아베 마사카츠阿部正勝와 마키노 야스나리牧野康成는 너무 젊고, 쿄토에서 여러 가지 정보를 제공하고 있는 오구리 다이로쿠와 챠야 시로지로에게는 가문의 여론을 움직일 만한 힘이 없었다.

결국 이에야스 자신의 결정에 따를 수밖에 없었다. 그런데 이에야스가 모두의 의견을 무시하고 떠났을 때, 그 경우에 가신들이 그대로 있을 것인지가 문제였다.

표면적으로는 물론 수습될 것이다. 그러나 히데요시의 태도 여하에 따라서는 쿄토나 오사카에서 수행원의 감정이 폭발할지도 모르는 일이었다. 그리고 그와 똑같은 일이 영내에서 일어나지 않는다는 보장도 없었다.

만일 히데요시가 무례한 일을 했다고 해서 아사히히메나 앞으로 오게 될 히데요시의 어머니에게 위해危害라도 가하는 자가 생긴다면 이에야스의 상경은 전혀 의미가 없어진다…… 그런데도, 그런 무리한 일이라도 해야 하는 것이 도쿠가와 가문을 위한 길이라고 굳게 믿고 있는 자가 대부분이었다.

셋째 성에 돌아온 사쿠자에몬은 직접 사자의 침소를 둘러보고 거실로 돌아왔다.

'어떤 대책이 있어야 할 텐데……'

6

히데요시가 타다츠구의 걱정대로 가짜 어머니를 보낼 것인가 아닌가를 알아내는 방법이 없지는 않았다. 오구리 다이로쿠는 어떤지 모르나, 챠야 시로지로는 사카이에서 히데요시의 측근으로 발탁된 다인茶人들 중에 아는 사람이 많았다. 이 사람들은 오사카의 내전에도 출입하고 있으므로 오만도코로의 얼굴을 알고 있었다. 그런 연줄을 이용한다면 사실 여부를 알아낼 수 있겠지만, 문제는 상경한 이에야스를 히데요시가 어떻게 대우할 것인가 하는 데 있었다.

처음부터 반감을 가지고 수행하는 이에야스의 가신들. 이러한 그들이 모두 만족하도록 대우한다면 히데요시의 목적은 달성되지 않을 것이다. 히데요시가 오만도코로를 인질로 보낸다는 일찍이 없었던 모험을 감행하면서까지 이에야스를 불러 올리려는 것은 자신의 위세를 천하에 떨치기 위해서였다.

사쿠자에몬이 또 하나 걱정하는 것은, 이 역사적인 대면의 자리에서 히데요시가 가신을 대하듯 이에야스에게 큐슈 출병을 명하지 않을까 하는 점이었다. 그렇게 되면 인질이 두 사람으로 늘어났다는 자신감으로 수행원들은 어떤 불상사를 일으킬지 알 수 없었다……

혼다 사쿠자에몬은 그날 밤 거의 잠을 이루지 못했다.

내일 이에야스가 사자들에게 무어라 대답할 것인지를 보고 만반의 대책을 세워야 했는데, 그 대책이 좀처럼 떠오르지 않았다.

새벽이 될 무렵에는 히데요시가 여간 밉지 않았다. 아무리 생각해도 히데요시의 음모로는 보이지 않았다. 만일 음모라면 이시카와 카즈마사로부터 은밀히 알려왔을 것이다.

일찍이 없었던 일까지 태연히 감행하는 히데요시. 그렇다면 히데요시는 이미 범인凡人이 아니었다. 범인을 초월한 자신의 도량으로 범인이 할 수 없는 일을 하기 때문에 항상 범인들은 당황한다……

여기까지 생각하자 이번에는 이에야스의 상경이 무사히 끝났을 때 이후의 일까지도 여간 걱정스럽지 않았다.

원래는 심성이 착한 미카와 무사들. 그들이 히데요시에게는 아무런 사심도 없으며 하늘같이 활달한 사람이라는 것을 알고 모두 만족하여 돌아온다면 어떻게 될 것인가.

칸파쿠라는 신분으로 천하를 위해서라면 어머니까지 인질로 보내는 사람과, 그 인질에 의심을 품고 상경을 망설이는 사람과는 차원이 다를 수밖에 없었다. 따라서 이 만족이 그대로 히데요시에 대한 심취로 변하고, 그것이 원인이 되어 이에야스의 빛이 바래어 가신들이 분산하는 결과를 초래한다면……?

'어쩌면 이시카와 카즈마사도 바로 그 길을 걸은 것이 아닐까……?'

처음에는 히데요시를 속일 셈으로 접근했다가 어느 틈에 히데요시의 품에 안기게 된다…… 인간과 인간의 관계에서는 이런 경우가 결코 있을 수 없는 일은 아니었다.

사쿠자에몬은 이런 생각을 하면서 아침을 맞이했다. 그런 생각 때문인지 이에야스가 오는 것이 무서워졌다.

깨닫지 못했을 때라면 아무렇지도 않은 일이었다. 그러나 깨닫고 보면 어느새 자기는 이에야스와 히데요시란 인물에 대한 크기를 비교하지 않을 수 없는 묘한 입장에 놓여 있었다.

비교해본 결과, 자신의 주군 쪽이 크기에서 히데요시에게 훨씬 못 미치는 작은 인물이라는 사실을 안다면 대관절 자기의 신념은 어떻게 될까……?

"반해 있다."

이러한 정신적인 도취에서 깨어나 지금까지와 같은 충성 일변도의 봉사를 하지 못하게 되는 것은 아닐까?

이에야스가 오카자키 성에 도착한 것은 그날 여덟 점(오후 2시)이 지나서였다. 그를 맞이하는 사쿠자에몬의 눈은 묘한 초조감으로 번쩍이고 있었다.

7

이에야스는 이번에도 혼다 마사노부, 아베 마사카츠, 마키노 야스나리 외에 쿄토에서 토미타 사콘쇼겐의 신세를 지고 있는 사카키바라 야스마사와 나가이 나오카츠永井直勝도 데리고 왔다.

성에 도착한 이에야스는 사자를 접견하기 전에 본성의 작은 서원에서 타다츠구와 사쿠자에몬을 만났다.

"준비는 되어 있겠지?"

이렇게 묻는 이에야스의 목소리와 태도는 사쿠자에몬이 깜짝 놀랄 정도로 가라앉아 있었다. 어디에도 흥분한 모습은 없었고 긴장해 있지도 않았다.

"주군!"

타다츠구가 어깨를 들먹이며 앞으로 다가앉았다.

"오만도코로를 보내겠다고 하는 게 아무래도 수상합니다. 결코 설불리 승낙하시면 안 됩니다."

이에야스는 특별하게 감정을 싣지 않은 시선으로 타다츠구에게 가볍게 끄덕여 보였다.

"사쿠자에몬, 우라쿠가 자네에게 무슨 말을 하지 않던가?"

"무슨 말이라면…… 사자의 용건 말씀입니까?"

"용건은 알고 있네. 문제는 시일일세. 언제 오만도코로를 보낼 테니 언제쯤 상경하라는……"

"주군! 그럼, 주군께서는 상경하실 각오이십니까?"

사쿠자에몬은 태연하려 하면서도 자기 목소리가 굳어지고 무릎에 얹은 주먹이 부르르 떨리고 있다는 것을 깨달았다. 그는 스스로 표면적으로는 타다츠구와 마찬가지로 상경을 반대하는 입장에 있어야 한다는 것을 알면서도 마음속으로는 끈질기게 히데요시와 이에야스의 그릇을 비교하려 하고 있었다.

어쩌면 눈까지도 평소와는 달리 짓궂게 빛나고 있으리라 생각하니 가슴이 아팠다.

이에야스가 가볍게 고개를 끄덕였다.

"이미 생각할 시기는 지났네. 아사히가 온 지도 벌써 넉 달이나 됐어. 막내딸을 보고 싶다면서 오만도코로가 방문한다……고 하면 칸파쿠로서도 이치에 맞는 말이고 나의 고집도 또한 관철되는 것이지. 세상에서도 오만도코로를 인질이라고 생각할 테니까."

"과연…… 그래서 상경하시기로 결정하셨군요?"

"그래. 더 이상 거절하면 칸파쿠에게 비웃음을 당할 것일세. 세상에 고집을 보이고 나면 상대는 칸파쿠가 아니겠나. 상대는 지금 중구난방…… 전대미문의 일을 하려 하고 있네. 전대미문에는 전대미문의 것으로 응하지 않으면 안 될 것일세."

사쿠자에몬은 꿀꺽 마른침을 삼켰다.

"전대미문인 것으로 응하다니요?"

더욱 굳어진 목소리로 상반신을 앞으로 내밀었다.

이에야스는 한쪽 볼에 희미한 미소를 떠올렸다.

"칸파쿠가 천하를 위해서 자신의 어머니 오만도코로까지 보내겠다……고 하면 기꺼이 상경하겠네…… 천하를 위해서라는 것은 원래이 이에야스의 뜻일세."

"도무지 모르겠습니다!"

옆에서 타다츠구가 눈을 부릅뜨고 고개를 저었다.

"상대는 주군이 그렇게 나오실 것을 계산하고 있습니다. 주군! 목숨은 하나뿐입니다."

"옳은 말이야……"

이에야스는 다시 웃었다.

"천하를 위해 바칠 목숨…… 그것은 하나뿐이지."

사쿠자에몬은 숨이 답답해졌다. 자기도 모르게 신음하고 얼른 주위를 둘러보았다.

'과연 지금 이 한마디를, 타다츠구를 비롯해 가신 모두가 이해할 수 있을까……'

이에야스도 히데요시의 이번 조치를 '어머니를 담보로 잡힌 사나이의 도전'이라 간주하고 응할 뜻인 것 같았다…… 그러나 가신들의 눈은 아직 거기까지는 도달하지 못하고 있었다.

8

"주군의 뜻이 천하에 있다는 것……은 우리도 알고 있네. 그래서 경거망동해서는 안 된다는 것일세. 이것 보게, 사쿠자에몬. 가령 이리 보내겠다는 오만도코로가 정말 어머니라 해도, 고작 노파 한 사람과 우리 주군의 목숨을 어떻게 바꿀 수 있겠나? 자네도 나와 뜻을 같이할 것일세…… 무슨 일이 있어도 만류해야만 해, 사쿠자에몬."

아니나 다를까, 타다츠구가 봇물이 터진 듯이 말하기 시작했다.

사쿠자에몬은 타다츠구의 말을 가볍게 제지했다.

"물론일세. 그러나 좀 기다리게. 좀더 주군의 말씀을 들어보기로 하세. 주군! 그러면 주군은 가신들이 모두 반대해도 사나이의 고집으로 이번만은 거절할 수 없다는 말씀입니까?"

이에야스는 직접 사쿠자에몬의 물음에는 대답하지 않고 타다츠구와 야스마사, 그리고 마사노부와 마사카츠를 바라보고 쓴웃음을 지었다. 모두 동의한다는 얼굴이 아니라, 기회만 있으면 한마디 하고야 말겠다는 굳은 표정들뿐이었다.

"으음, 모두 반대하는 모양이군."

"반대하더라도 포기할 수 없다는 말씀입니까?"

"포기할 수 없네……"

이에야스의 대답이었다.

"지금 히데요시에게 얕보이면 나는 평생토록 후회할 것이네. 나는 멸시를 받으면서…… 상대의 도전을 받으며 사는 데는 익숙지 못해."

"주군!"

타다츠구가 또 입을 열었다.

"농담을 하고 계실 때가 아닙니다. 모두 주군을 걱정하고 있습니다. 그것을……"

"잠깐."

사쿠자에몬이 다시 타다츠구를 제지하고, 대들려는 듯한 기세로 이에야스 쪽을 보았다.

심장이 무섭게 뛰고 눈도 혈색도 날카로운 빛을 더하고 있었다. 만일 이에야스와 단둘이라면 미소를 떠올리고──

"과연 우리 주군, 훌륭하십니다!"

큰 소리로 용기를 북돋았을 것이다.

'역시 히데요시와 맞설 수 없을 정도로 나약한 기질의 이에야스가 아니었다……'

"그러면 주군께 묻겠습니다마는…… 상경은 불가피하다고 치더라도, 가신들의 불안에는 어떻게 대처하시겠습니까? 그런 문제에 대해서는 염려할 것 없다, 목숨을 잃는 일은 절대로 없다…… 이렇게 안심시킬 정도의 복안을 갖고 계실 것 아닙니까? 그것을 말씀해주십시오. 그러신 뒤에 저희 의견을 말씀 드리겠습니다."

이에야스는 그 말을 기다리고 있었던 듯 부드럽게 두어 번 고개를 끄덕이고 나서 비웃듯이 미소지었다.

"사쿠자에몬."

"예, 말씀하십시오."

"이 이에야스도 역시 목숨은 아까워."

"아끼셔야 할 분입니다."

"그러므로 날 죽여주십사 하고 상경하지는 않겠네. 알겠나, 이번에는 가벼운 차림으로는 상경하지 않겠다는 말일세. 마음에 작정한 것을 말해주겠네. 사카이 타다츠구, 사카키바라 야스마사, 혼다 타다카츠, 토리이 모토타다 휘하의 모든 군사와 아베 마사카츠, 나가이 나오카츠, 니시오 요시츠구西尾吉次, 마키노 야스나리의 군사를 거느리고 가겠어."

"예? 그러면…… 이만이 넘습니다마는."

타다츠구가 눈이 휘둥그레져서 물었다.

"칸파쿠의 매부가 상경하는 것일세. 그보다 좀더 많이 거느리고 가는 편이 좋을지도 모르네."

갑자기 사쿠자에몬이 배를 끌어안고 웃기 시작했다.

9

아무리 히데요시라도 2만 이상의 대군을 거느리고 상경하면 섣불리 손을 댈 수 없을 터. 처음부터 그 말을 했더라면 가신들이 동요할 리 없었다. 고작 2, 3백의 인원을 대동하고 갈 줄로 알았던 터라 모두 눈에 쌍심지를 켜고 반대했다.

"하하하하……"

사쿠자에몬은 입을 크게 벌리고 웃었다.

"과연 전대미문의 대응이로군요."

타다츠구도 껄껄 웃었다.

"이만 이상이라면 언제든지 일전을 벌일 수 있겠어. 그렇지 않은가, 사쿠자에몬?"

"핫핫하…… 그렇게 되면 뱃심이 두둑한 칸파쿠 전하도 깜짝 놀랄 것일세. 저쪽에서는 칸파쿠 전하의 어머니 오만도코로를 인질로 보낸다. 답례를 위한 상경에 이쪽에서는 이만 이상의 병력으로 위엄을 갖춘다…… 이것은 과연 전대미문의 처남 매부일세."

이에야스는 그들의 웃음이 그치기를 기다렸다가 말했다.

"납득이 된 모양이군. 그러면 한마디 더 덧붙이겠는데, 그동안의 오카자키 수비는 사쿠자에몬 자네와 이이 나오마사에게 맡기겠어. 그리고 예비로 니시오 성에 오쿠보 타다요를 들여놓고 떠나겠네. 이 정도로 대비시켜놓으면 이의 없겠지?"

"아무 이의도 없습니다…… 그렇지, 사카이?"

"그 정도로 대비하면 불만이 있을 수 없지."

"그럼, 큰방으로 사자들을 안내하게."

혼다 사쿠자에몬은 이에야스의 명으로 자리에서 일어나며 또다시 뱃속 깊숙이에서 웃음이 치솟는 것을 깨달았다.

무슨 일에나 남의 의표를 찌르려 하는 히데요시.

그런 히데요시에 대해 너무 순진하고 고지식하기만 하던 이에야스였다. 그러나 이번에는 비용을 아끼지 않고 엄청난 병력을 이끌고 상경하겠다고 한다……

이에야스의 한마디로 가문의 불안은 완전히 가셨다.

히데요시도 이를 알면 당황하여 대책을 새로 마련하지 않을 수 없을 터. 제아무리 대담한 히데요시라도 2만이나 되는 군사가 쿄토에 들이닥친다면 전율하지 않을 수 없을 것이다. 게다가 오카자키에는 생모가, 하마마츠에는 여동생이 잡혀 있다고 하면……

생각하기에 따라 이것은 히데요시를 꼼짝할 수 없도록 만드는 협박이라고도 할 수 있었다. 소심한 상대라면 이것만으로도 까무러칠지 모르는 일이었다.

'과연 대담한 배포가 아닐 수 없다.'

이런 생각이 들자 사자 여섯 명의 심기를 건드리고 비꼬았던 일이 너무나 치졸하여 낯이 뜨거워질 정도였다.

대담은 어젯밤 셋째 성에서 행해졌던 것과는 달리 화기애애한 가운데 계속되었다.

이에야스가 처음부터 상경을 기정사실로 하고, 히데요시가 보낸 서신을 읽고 나서 곧 날짜 이야기를 꺼냈다.

"오만도코로 님의 오사카 출발은…… 시월 십일에서 십삼일 사이, 그러면 오카자키 도착은 아마 십팔일이나 십구일쯤일 것이라고 생각됩니다마는."

아사노 나가마사가 이렇게 말했을 때 이에야스는 순순히 고개를 끄덕였다.

"그럼, 나의 상경은 이십일로 정하겠소. 오만도코로 님에게 인사 드리고 곧 출발할 것이오. 쿄토 도착은 이십사일이나 이십오일…… 이십육, 칠일에는 오사카에서 칸파쿠 전하를 뵐 수 있을 것이오."

이야기를 듣는 동안 혼다 사쿠자에몬은 점점 더 가슴이 뜨거워졌다. 이에야스의 모습이 이때만큼 울창한 거목으로 보인 적이 없었다.

10

히데요시는 불세출의 영웅——이란 것은 사쿠자에몬도 인정하고 있었다. 농부의 신분에서 단숨에 칸파쿠로 출세한 인물은 역사상 일찍이 없었다. 그런데 이런 히데요시에 비해 전혀 뒤지지 않는 이에야스가, 자신이 나무라며 비판한 자기 주군이라 생각하니 감개무량했다.

'크게 성장하셨어.'

협의는 순조롭게 진행되었다.

오만도코로가 올 때 일족인 마츠다이라 토노모노스케 이에타다松平

主殿助家忠가 치리유까지 마중 나가 오카자키 성으로 안내할 것.

오카자키 성에서는 이이 효부노쇼 나오마사井伊兵部少輔直政가 오만도코로를 모실 것.

그동안에 아사히히메가 하마마츠에서 오카자키로 와서 모녀 상봉을 하고, 오만도코로가 체재할 동안 같이 지낼 것.

이에야스는 상경하여 도쿠가와 가문에 옷감을 조달하는 상인으로 토리데通リ出의 미즈사가루마치水下ル町에 사는 챠야 시로지로 키요노부茶屋四郎次郎清延의 집에서 여장을 풀고, 그길로 히데요시의 동생 하시바 히데나가의 저택에 가서 그 후의 절차를 상의할 것.

지금 예정으로는 11월 7일 오기마치正親町 천황이 황태자(고요제이後陽成 천황)에게 양위하게 되어 있으므로 그때 위계位階를 주청하고 문안을 드린 뒤 이에야스는 오카자키로 돌아오며, 돌아오는 것과 동시에 오만도코로를 오사카로 보낸다……

이런 협의가 반 각(1시간) 남짓한 동안에 이루어지고 이어서 주연이 베풀어졌다.

그날 저녁 베풀어진 주연에는 촛대의 수도 늘어났고 주안상도 세 차례나 새로 나왔다. 물론 히데요시의 호화스러움에는 따를 수 없었으나, 오카자키에서는 보기 드문 일로 술을 따르기 위해 시녀들까지 동원되었다. 사쿠자에몬에게는 시녀가 딸려 있지 않아 일부러 니시오에서 불러들이기까지 했다.

주연이 끝난 것은 해시亥時(오후 10시) 가까이 되었을 때였다.

이에야스가 침소로 돌아왔을 때 사쿠자에몬은 그곳까지 따라와 다시 한마디 하지 않을 수 없었다.

"주군…… 이만의 군사에 대한 말씀은 왜 하시지 않았습니까?"

"수효에 대해서는 말하지 않았지만, 칸파쿠의 인척으로서 부끄럽지 않을 정도의 수행원을 데리고 가겠다는 말은 했네."

"설마 그 때문에 상대가 당황하여 뜻하지 않은 소동을 일으키지는 않겠지요?"

"염려하지 말게, 칸파쿠의 기질은 내가 잘 알고 있으니까."

"또 한 가지…… 칸파쿠가 그 군사를 보고 큐슈 출전의 군역軍役을 과도하게 요구할 우려는……"

이에야스는 목소리를 낮추고 웃었다.

"사쿠자에몬."

"예."

"자네는 보기보다 배포가 작군."

"과연 그럴까요?"

"나는 그 군역을 적게 하기 위해 많은 군사를 데려가려는 것일세. 이 정도의 군사가 있어도 동쪽을 수비하기에는 아직 부족하다, 그러나 칸파쿠 님은 안심하고 서쪽으로 출전하시라, 어쨌든 동쪽에 대해서는 보시는 바와 같은 병력으로 내가 맡을 것이라고……"

사쿠자에몬은 쏘는 듯한 눈으로 이에야스를 바라보고 나서 공손히 절했다.

"안녕히 주무십시오."

더 이상 아무 말도 할 것이 없는 후련한 기분이었다.

히데요시의 기질을 완전히 꿰뚫어본 계산으로 전혀 흠이 없었다.

이에야스가 나가려는 사쿠자에몬을 불러 세웠다.

"새삼스럽게 말할 것 없지만, 사쿠자에몬, 내가 없는 동안의 각오는 돼 있겠지?"

뜻밖에도 엄하게 다짐을 주었다.

"좋아, 잘 생각해서 대책을 마련하게. 자네는 아직 내 마음을 반밖에 이해하지 못해."

사쿠자에몬은 깜짝 놀라 이에야스를 바라보고 다시 한 번—

"안녕히 주무십시오."

전과 똑같은 어조로 말하고 물러나왔다.

이에야스는 그 뒷모습을 바라보면서 코쇼의 우두머리 토리이 신타로鳥居新太郎에게 하카마袴°를 벗기게 했다.

"성주님, 성주 대리님을 왜 꾸짖으셨습니까?"

하카마를 개면서 신타로가 물었을 때 이에야스는 이미 탁자 앞으로 돌아앉아 서기에게 쓰게 한 상경 예정표를 펼쳐놓고 있었다.

"신타로, 너도 모르겠느냐?"

"예. 성주 대리님도 의아하다는 표정으로 나가셨습니다."

"그래? 그 정도만 알고 있으면 돼. 너로서는 아직 알 수 없는 계산일 게다."

"계산……?"

"그래. 인간의 일생에 관한 계산. 그것을 잘못하면 웃으면서 죽을 수 없는 중요한 계산…… 그만 물러가도 좋다."

부드럽게 말하면서, 아닌 게 아니라 사쿠자에몬이 나갈 때의 얼굴이 아무것도 모르고 있는 표정이라 생각하니 웃음이 나왔다.

'모르는 것도 무리가 아니지……'

이에야스도 바로 얼마 전까지는 망설이고 또 망설이던 일이었으니까……

사쿠자에몬과 타다츠구는 대군을 거느리고 가겠다는 말을 듣고 마음이 밝아졌으나, 그들의 안도감은 아직 불안한 안도감이었다. 아마 그들로서는 이렇게 하면 히데요시도 꼼짝하지 못하리라 해석했을 것이다. 그러나 이에야스가 생각한 히데요시에 대한 대책은 그렇게 간단한 것이 아니었다.

노부나가의 유지를 계승한 히데요시가 천하통일의 실마리를 잡았다…… 이 사실이 히데요시와 공을 다투는 자에게는 분통이 터지는 일이었다. 그 증거로 이에야스의 가신들까지도 나날이 반감이 높아가고 있었다. 그러나 이 경쟁에서 오는 반감처럼 인간을 비참한 함정으로 빠뜨리는 것도 없었다.

이마가와今川 가문의 몰락이나 타케다 가문의 멸망도, 아케치明智와 시바타柴田 가문의 궤멸도 모두 그 경쟁에서 적을 만난 결과였다. 아니, 굳이 밖에서 예를 찾으려 할 것까지도 없었다. 이에야스 자신도 히데요시를 적으로 생각한다면 그 대답은 전쟁뿐이었다.

전쟁에는 승패가 따르게 마련, 히데요시가 쓰러지느냐 이에야스가 사라지느냐…… 경쟁의 측면에서 보면 유일하게 공존공영의 길이 있다는 것을 간과하게 된다.

공존공영의 길은 다 같이 일본의 통일이라는 하나의 길을 지향하는 두 사람이 싸우는 대신 협력하는 것이었다. 아니, 협력이라기보다 같은 목적 속에 용해하여 완전히 하나가 되는 일이었다.

더 깊이 생각해보면, 하나가 된다는 것은 결코 자신을 죽이고 상대를 섬기는 것이 아니었다. 내부에서 상대를 감시하고 상대의 잘못을 바로잡는다…… 대립하면 양쪽이 모두 목적을 상실하여 다시 난세로 되돌아갈 우려가 있었으나, 대립을 해소하면 목적은 살아 있게 된다.

생각이 이에 미쳤을 때 이에야스는 막혔던 가슴이 시원하게 뚫려 가만히 주위를 둘러보았을 정도였다.

'히데요시가 과연 이러한 점을 깨닫고 있을까……?'

비록 그가 깨닫지 못하고 어디까지나 정복자로서 이에야스를 대하려 한다 해도 별로 큰 문제가 아니었다. 끊임없이 초조해하며 애를 태워야 하는 것은 이에야스 쪽이 아니었다.

'그렇다, 신불을 대신해 히데요시에게 접근하여 안에서 그를 감시하겠다……'

이때부터 이에야스는 이상할 만큼 명랑해졌다.

이런 계산을 과연 사쿠자에몬을 비롯한 그의 가신들이 이해할 수 있을 것인가……

12

예정표를 면밀히 살펴보던 이에야스는 문득 등뒤에 인기척을 느끼고 돌아보았다. 이미 옆방으로 물러간 줄 알았던 토리이 신타로가 아직 그 자리에 단정히 앉아 무언가 깊은 생각에 잠겨 있었다.

"신타로, 그만 물러가 쉬라고 한 말을 듣지 못했느냐?"

"저어……"

신타로는 흠칫 놀라 고개를 들고 생각에 잠긴 표정으로 상반신을 흔들었다.

"먼저 쉬다니 당치도 않습니다."

"허어, 그럼 내가 아침까지 자지 않으면 신타로, 너도 깨어 있겠다는 말이냐?"

"주군! 끝내 주군께서는 상경하실 생각이십니까?"

"그래, 너도 듣지 않았느냐."

"부탁이 있습니다!"

"하하하…… 잔뜩 긴장을 하고 있군. 무슨 일이냐?"

"이 신타로도 꼭 모시고 가도록 해주십시오."

"으음, 어째서?"

"만일 상경하시게 되면 주군의 칼을 들고 곁에서 떠나지 않겠습니다. 반드시 청을 드려 허락을 받으라고……"

"누가 그러더냐, 아버지 모토타다元忠냐?"

"예…… 그리고 이 신타로의 결심이기도 합니다."

이에야스는 미소를 거두고 천천히 신타로를 돌아보았다. 몸은 이미 어른이었으나, 단 하나뿐인 촛불에 비쳐진 고뇌에 찬 젊음은 소리를 내고 부러질 듯 창백하게 긴장되어 있었다.

"너는 내가 상경하면 해칠 자가 있다……고 생각하느냐?"

"아니, 그렇게는 생각지 않습니다."

"그렇다면 굳이 이렇게까지 긴장하여 걱정할 것은 없어."

"아닙니다. 그것만으로는 안 됩니다."

"뭐, 그것만으로는 안 된다고……?"

"예. 아까 주군은 성주 대리님에게 자네는 내 생각을 반밖에 알지 못한다고 하셨습니다."

"허어, 그 말을 듣고 있었구나."

"저는 그 의미를 생각해보았습니다. 그리고 아버지가 한 말을 떠올렸습니다."

"그래?"

"비록 주군의 신변에 아무런 위험이 없다고 해도 저는 역시 정신차리고 곁에서 모시지 않을 수 없습니다. 상대에게 과연 도쿠가와 쪽 사람은 다르다, 한치의 틈도 없다는 것을 보여주는 것만으로도 틀림없이 나중에 도움이 된다……고 한 아버지의 말은, 방심하지 않는 마음을 기르라는 의미였음을 깨달았습니다."

이에야스는 약간 눈을 크게 뜨고 잠시 동안 묵묵히 상대를 바라보고 있었다.

사쿠자에몬에게 다짐을 준 한마디가 아직 관례를 올리지 않은 신타로에게까지 잘못 받아들여지고 있었다.

"으음, 이것이 네 계산이란 말이냐?"

"부탁입니다. 가령 네 시간, 다섯 시간을 앉아 있으라고 해도 분부만 내리시면 꼼짝도 하지 않고 있겠습니다. 할아버지 타다요시忠吉, 아버지 모토타다에 못지않게 섬기려 합니다. 부디 모실 수 있게 해주십시오, 이렇게 부탁 드립니다."

신타로는 다다미에 떨어진 자기 그림자를 향해 진지하게 이마를 갖다대었다……

13

"주군, 어째서 가만히 계십니까? 이 신타로의 생각이 아직도 미숙한 것입니까?"

"그렇다면 말이다……"

"저는 아버지로부터 종종 할아버지 이야기를 듣고 있습니다. 무사의 승부는 언제나 평소의 마음가짐에 달려 있다. 평소에 방심하지 않는 것이 첫째라고……"

"……"

"가풍이란 한 세대 동안에는 이루어지지 않는 것. 평소에 그것을 엄히 길러야 한다는 것이 할아버지의 가르침이었다고 합니다. 다행히 저희 집안은 삼대에 걸쳐 주군을 모시고 있습니다…… 그런데 이 신타로만이 상경하시는 이 중요한 일에 참가하지 못한다고 하면 할아버지와 아버지께 면목이 서질 않습니다."

신들린 듯한 말을 듣고 이에야스는 가슴이 뭉클했다.

젊은이의 한결같은 마음의 아름다움보다 그 배후에 있는 이가노카미 타다요시伊賀守忠吉와 히코에몬 모토타다彦右衛門元忠의 엄한 가훈

이 무섭게 가슴을 찔러왔다.

"신타로."

"허락해주시겠습니까?"

"너는 미카와 무사의 마음가짐을 쿄토와 오사카에 가서 보여주겠다는 것이냐?"

"예. 반드시 그렇게 해야만 나중에라도 히데요시에게 멸시받지 않을 것이라고……"

"하하하…… 그렇게까지 말하는 이상 안 데려갈 수도 없게 됐구나."

"데려가주시겠습니까?"

"좋아, 데려가겠다. 그 대신 나와 히데요시 사이에 어떤 이야기가 나와도 절대로 안색을 바꾸면 안 된다."

"예."

"어떤 일이 있어도 바위처럼 듬직할 수 있어야 한다."

"바위처럼…… 분명히 약속 드리겠습니다."

"알겠다. 지금 네가 한 말을 할아버지가 어디서 듣고 웃고 있을 것이다. 이제 용무는 끝났다. 마음의 준비를 하여라…… 나도 쉬겠으니 너도 물러가서 자거라."

"예. 그럼 주군이 주무시는 숨소리를 들은 뒤 불조심을 시키고 저도 자겠습니다."

"하하하…… 착하군, 착해. 좋아, 네 마음대로 하여라."

이미 시각은 자시子時(오후 12시)가 가까워져 있었다. 쥐 죽은 듯이 고요한 성안에서는 아무 소리도 들리지 않고, 멀리 노미能見 근처에서 개 짖는 소리가 들릴 뿐이었다.

이에야스는 일어나서 천천히 기지개를 켜고 촛대의 불을 끈 뒤 잠자리에 들었다.

하마마츠를 거성居城으로 삼은 지 16년째. 오랜만에 찾아온 오카자키 성, 그 가을밤의 정적이 그대로 무수한 목소리가 되어 말을 걸어오는 것 같았다.

노부야스信康의 목소리.

츠키야마筑山의 목소리.

토쿠히메德姬의 목소리.

이시카와 카즈마사의 목소리.

그리고 이들 목소리 사이를 가만히 스치고 지나가는 것은 하마마츠 성에 남기고 온 아사히히메의 얼굴이었다. 이에야스는 아직 아사히히메와 잠자리를 같이하지 않았다. 오사카에서 따라온 여자들은 이것이 지금 임신해 있는 애첩 오타케ぉ竹의 탓이라며 몹시 원망하고 있었다.

그 오타케와 아사히히메, 이에야스와 히데요시는 대관절 누가 행복하고 누가 불행한 것일까?

이런 것을 생각하면서, 그러나 이에야스는 곧 잠이 들었다. 역시 그는 건강했다……

쥬라쿠聚樂의 마음

1

히데요시가 한 달 만에 쿄토에서 오사카로 돌아온 것은 우치노에 짓는 쥬라쿠 저택의 신축 현장에 첫서리가 내렸을 때였다.

올해 히데요시는 유달리 바빴다. 일본 역사의 새벽은 그에게도 역시 생애의 새벽이었고, 새로운 칸파쿠의 정치적 기초를 다져야 하는 해였으므로 결코 무리가 아니었다.

오사카 성에 마련했던 황금의 다석茶席을 쿄토의 별궁으로 옮겨 오기마치 천황을 비롯하여 공경대부들에게 차를 대접함으로써 궁전의 여자들까지 깜짝 놀라게 한 것이 정월 20일.

이 황금의 다석은 다다미 석 장이 깔리는 크기였다. 천장에서 벽에 이르기까지 모두 황금을 얇게 펴서 바르고 장지문의 창살도 역시 황금. 여기에는 종이 대신 붉은 비단을 발랐으며, 장식 선반은 나시지 마키에 梨子地蒔繪°였고, 쇠붙이는 모두 황금…… 물론 사용하는 다기茶器도 국자의 손잡이와 주걱 외에는 모두 금빛 찬란한 황금……이었기 때문에 가난하게 사는 공경대부들의 얼을 빼기에 충분했다.

5월이 되었을 때 히가시야마東山의 명당에 호코 사方廣寺 대불전大佛殿 건축을 시작하고, 6월 3일에는 칸파쿠의 저택에 걸맞는 규모로 우치노에 쥬라쿠 저택의 대공사를 시작해서 무척이나 바빴다.

9층 누각의 오사카 성을 보고도 사람들은 눈이 휘둥그레졌다. 그런데 여기에 그치지 않고 잇따라 무한한 부력富力으로 간담을 서늘하게 하여 '신시대'의 도래를 사람들의 마음에 억지로 심어주려 했다. 물론 오사카와 사카이 일대에서는 아무도 히데요시의 천하를 의심하는 사람이 없었다.

이와 같은 히데요시의 큰 뜻 이면에는 오직 하나 지울 수 없는 불안이 있었다. 이에야스의 향배가 바로 그것이었다.

역설적으로 말하면, 우치노의 대대적인 토목공사도 호코 사 건립도, 또한 쿄토의 부흥과 거창한 존황책尊皇策도 모두 이에야스를 위압하고 이에야스를 굴복시키기 위한 일련의 냉전 수단이라 할 수 있었다. 그 냉전 수단의 하나로, 여동생만이 아니라 오만도코로까지 인질로 보내 이에야스의 상경을 촉구하고 있었다……

이렇듯 히데요시의 경우에는 생각이나 결심하는 방법이 이에야스보다 훨씬 더 개방적이고 양성적陽性的이었다.

오늘도 오사카 성에 도착하여 다도茶道 8인방 중에서도 가장 아끼는 소에키와 자신의 동생 히데나가의 영접을 받아 안채와 이어진 100간의 복도를 건너가는 동안 히데요시의 표정에는 걱정하는 구석이란 전혀 없었다.

"소에키, 자네가 지난번에 만들어준 찻잔 말인데……"

"예, 마음에 드셨습니까?"

"별로 마음에 들지 않더군, 검은 쪽 것이."

"아니…… 그러면 전하는 붉은 쪽이 마음에 드셨군요."

신경질적으로 묻는 소에키의 말에는 대답하지 않았다.

"재상, 재상."

이번에는 얼른 동생에게 말을 걸었다.

"어머니는 잘 설득해놓았겠지?"

"그런데, 아직 납득하지 않으십니다."

"뭣이, 날짜까지 정하고 왔는데 아직 어머니를 납득시키지 못했다는 말인가?"

"워낙 전례가 없는 일이라서 키타노만도코로 님이 여간 애를 태우고 계시지 않습니다."

히데요시는 혀를 찼다.

"너도 네네도 정말 답답하구나. 일이란 결정된 대로 진행시켜야 해. 좋아, 내가 말씀 드리겠다. 소에키, 자네도 같이 가서 설득이란 어떻게 하는 것인지 잘 기억해두게."

장담하듯 말하고 앞장서서 오만도코로의 거실 앞에 이르렀다.

"어머님! 오만도코로 님! 히데요시입니다. 칸파쿠입니다."

그리고는 전과 다름없이 큰 소리로 말했다.

2

히데요시가 어머니 앞에서 자기를 '칸파쿠'라거나 '전하'라고 부르는 것은 농담 같은 어조로 말하면서 반드시 상대를 설득시키려 할 때였다. 동생 히데나가도 다인 소에키도 그것을 알고 있었다.

어머니를 부를 때도 '어머니'라고 다정하게 어리광을 부리듯 부르는 경우가 있고, '어머님'이라고 공손하게 부르기도 하며, '오만도코로'라고 위엄 있게 부르기도 했다. 그 호칭이 듣는 사람의 귀에 전혀 거슬리지 않는 것은 어디까지나 활달한 히데요시의 성격 때문이었다.

오늘도 히데요시의 목소리를 듣고 오만도코로의 거실과 키타노만도 코로의 거실 장지문이 동시에 열렸다.

양쪽에서 시녀들이 허겁지겁 복도로 달려나와 머리를 조아렸다. 어느 얼굴이나 히데요시의 어조를 통해 그의 기분이 좋다는 것을 깨닫고 안도한 듯 미소를 띠고 있었다.

"음, 칸파쿠 전하가 오셨으니 키타노만도코로에게 어머님 방으로 오시라고 해라."

히데요시는 이렇게 말하고 시녀들 사이를 헤엄치듯 빠져나가 어머니 거실로 들어갔다.

"저택이 완성될 날도 이제 얼마 남지 않았습니다, 어머니."

천장이 울릴 듯 큰 목소리로 말하고 어머니 앞에 바싹 다가앉았다.

"대단합니다. 일본의 모든 장인들이 놀라 눈이 휘둥그레졌어요."

오만도코로는 히데나가와 소에키의 인사에 점잖게 고개를 숙였다.

"용건이 무엇이오, 전하?"

그리고는 평소보다 싸늘한 표정으로 고개를 꼬았다. 요즘에는 완전히 이곳 생활에 익숙해져 '오만도코로'다운 침착성을 지니게 된 어머니였다. 오늘은 왠지 크게 경계하고 있는 듯이 보였다.

"어서 네네를 불러오너라, 키타노만도코로를."

히데요시가 다시 시녀에게 말했다.

"빨리 오지 않으면 똑같은 말을 두 번이나 되풀이하게 된다. 그리고 너희들도 다 같이 듣도록 해라."

키타노만도코로의 모습이 입구에 나타나자 히데요시는 손을 흔들면서 말하기 시작했다.

"네네, 어머니가 무슨 용건이냐고 물으시는군. 지금…… 일본에서 첫째가는 이야기, 무한한 불과佛果 이야기를 하려 하고 있는데."

네네는 흘끗 오만도코로 쪽을 바라보았을 뿐 역시 남편의 말에 박자를 맞추지는 않았다.

"지금까지 일본에서 가장 큰 대불大佛은 나라奈良의 토다이 사東大寺에 있는 불상이었어. 그 크기는 다섯 길 석 자. 그런데 이번에 내가 쿄토의 호코 사에 봉헌하려는 대불은 여섯 길 석 자로 한 길이 더 커. 더구나 옻칠을 하여 눈이 번쩍 뜨일 정도로 오색 찬연한 대불이지. 이것을 봉납할 건물 또한 일본만이 아니라 세계 제일……"

히데요시는 아내와 어머니의 안색을 재빨리 읽고 말을 계속했다.

"어쨌든 그 대들보감을 후지산에서 베어내게 했을 때는 이에야스를 비롯하여 일본 전체가 깜짝 놀랐지. 대들보 하나의 값이 천 냥이나 되었으니까. 그런데 이것을 건물에 얹혔으니 더 말할 나위가 없지. 어쨌든 건물의 높이가 이십오 간, 서까래 사이는 사십오 간, 대들보 사이는 이십칠 간 오 척이나 되거든. 소심한 자들이 보면 까무러칠 거예요. 그렇지 않습니까, 어머님?"

"아…… 그렇겠지."

"아…… 그렇겠지가 아닙니다. 물론 세계 제일의 큰 불전이므로 일본의 안녕을 기원하기 위한 것이 표면적인 이유입니다마는…… 사실은 어머님의 내세를 위한…… 것, 아시겠습니까?"

갑자기 네네가 단호한 목소리로 말을 가로막았다.

"잠깐, 내세나 불과佛果 이전에 현세의 이야기가 있어요."

3

히데요시는 못마땅하다는 듯 혀를 찼다.

"그리고 네네, 완성되면 그대도 어머님과 같이 옮기게 될 쥬라쿠 저택 말인데……"

이렇게 말하며 눈짓을 했다.

이 눈짓은 중요한 대목에서 말을 중단시키지 말라는 의미 외에 애원과 타협을 바라는 간청이기도 했다.

"잘 알고 있겠지만, 세계 제일의 큰 불전을 후세에 남기고 갈 칸파쿠 전하가 살 쿄토의 저택이오. 이것도 완성되면 눈이 휘둥그레질 거요! 동쪽은 궁전, 서쪽은 죠후쿠 사淨福寺, 남쪽은 시모쵸쟈下長者 거리에서 북쪽은 이치죠一條에 이르는 광대한 규모라오. 여러 사찰과 신사에서 속속 진기한 나무와 기묘한 돌을 보내겠다고 제의해오고 있소. 아마 이것도 전대미문, 누구도 살아본 일이 없었을 정도로 호화로운 저택이 될 것이오."

"전하!"

"그러니 말이오, 그렇기 때문에 우리는 이 행복에 보답할 수 있는 훌륭한 일을 천하를 위해 해야만 하오. 천하 만민을 위해서…… 그렇지 않습니까, 어머님?"

"전하!"

"뭐요, 지금 어머님께 말씀 드리고 있는 중인데."

"오만도코로 님은 그 이야기 이전에 할 말씀이 계시다면서 전하가 돌아오길 기다리고 계셨어요."

"뭐, 그 이전에 하실 말씀이…… 그런가?"

"그런 뒤에 천천히 불과 이야기를 듣기로 하지요. 그렇지요, 오만도 코로 님?"

네네는 구원을 청하듯 시어머니의 눈길을 찾아 고개를 끄덕이고 나서 시녀들에게 시선을 돌렸다.

"전하의 진기한 이야기는 나중에 꼭 들려주시도록 할 것이니 잠시 물러가 있거라."

히데요시는 히데나가와 소에키를 돌아보고 한숨을 쉬었다.

일본 제일의 히데요시도 이 자리에서는, 어머니가 편드는 네네의 권위 앞에는 어쩔 수 없는 모양이었다.

"네네, 좀 지나치다고 생각지 않나?"

"지나치지 않습니다. 먼저 마음에 걸리는 일부터 상의하셔야 합니다. 그렇지 않으면 오만도코로 님의 귀에는 전하의 말씀이 한마디도 들어오지 않을 것입니다."

"그럼, 저도 잠시 물러가……"

소에키가 일어나려는 것을 히데요시가 얼른 제지했다.

"그럴 필요 없네. 그대나 히데나가가 들어서 나쁜 이야기는 아닐 것일세."

순간 그 자리에는 서릿발을 연상시키는 싸늘한 침묵이 흘렀다.

"하하하……"

히데요시가 먼저 웃었다.

"호호호……"

"못 당하겠군. 그럼, 들어봅시다. 하마마츠의 아사히한테서 무슨 좋지 않은 소식이라도 있었소?"

"호호호…… 칸파쿠 전하도 모두 알고 계시면서 그러시는군요. 그렇죠, 어머님?"

부부는 마주보며 웃었으나 오만도코로는 웃지 않았다. 지나치게 위대해진 아들을 꺼리는 듯한 늙은 눈동자가 멀리 떠나 있는 막내딸의 신상을 염려하여 붉고 작게 핏발이 서 있는 것처럼 보였다.

"그런데, 아사히가 나더러 미카와에 오지 말라는군."

"어머…… 어머님을 만나고 싶지 않다고 하던가요?"

"아니야! 아니…… 나를 염려해서 그런다는 것이었어. 미카와에서는 나를 죽이려는 음모가 있다고 해."

오만도코로의 심각한 어조의 말을 듣고 히데요시는 난처한 듯 고개를 흔들고 네네를 보았다.

네네는 잔뜩 고개를 돌리고 있었다.

4

네네가 고개를 꼬고 도와주기를 거부한다면 어머니의 불안은 더욱 깊어질 것……이라고 히데요시는 생각했다.

생각해보면 무리가 아니었다. 앞서 미츠히데가 자기 어머니를 인질로 보냈을 때 히데요시도 어머니 앞에서 그 행위를 비난했다.

"자기를 낳아준 어머니까지 인질로 보내다니 자식의 도리를 벗어난 일입니다."

그런데 지금 자신은 그 미츠히데와 똑같은 일을 하려 하고 있었다.

'아니, 똑같지는 않다!'

히데요시는 자기 자신을 꾸짖었다.

미츠히데의 경우는 어디까지나 자신의 잘못된 야망 때문이었다. 그러나 자신의 그것은 '천하통일'을 위해 만민에게 바치는 희생.

그렇다고는 하지만 지금 눈앞에서 반쯤 경계하며 겁을 먹고 있는 노모를 무슨 말로 납득시켜야 할 것인가……?

"어머니……!"

히데요시는 이렇게 부르고 다시 한 번 웃었다.

"지금 그 말씀은 오만도코로……로서는 너무 소심하신 생각에서 나온 것이 아닐까요? 오만도코로란 단지 천하인의 어머니라는 것만이 아닙니다. 천하인의 어머니는 곧 만민의 어머니라는 뜻입니다."

"이것 봐."

어머니가 얼른 말을 가로막았다. 아마 어머니 쪽에서도 히데요시가 무슨 말을 할 것인가 예측하고 그 기세에 눌리지 않으려고 마음먹고 있었던 모양이다.

"아사히는 말이지, 아직 사위와 동침을 하지 않았다고 해."

"아무래도 아사히가 병을 앓았기 때문이겠죠."

"아니, 그렇지 않아. 사람들 앞에서는 부인이라 부르면서도 돌아서서는 인질, 인질이라고 부른다는 거야. 사위는 오타케라는 소실을 몹시 총애하여 아사히 따위는 거들떠보지도 않는다는 소문이 있어."

"하하하…… 이거 재미있군요. 오만도코로인 어머님이 아사히 대신 질투하시는군요."

"그게 무슨 말인가, 전하답지 않게."

어머니는 자못 불만이란 듯이 네네를 바라보았다.

"너는…… 모든 것을 잘 알고 있겠지, 그렇지?"

"예. 그 오타케라는 소실은 타케다 가문의 유신遺臣인 이치카와 쥬로자에몬市川十郎左衛門이라는 떠돌이무사의 딸로 돌아가신 우다이진 님과 전하를 원망하고 있는 자라고……"

"그거 점점 더 재미있군!"

"무엇이 재미있다는 말입니까. 어머님은 그 일이 걱정스러워 점점 마르시는데."

"네네, 아니 어머님, 그런 것은 어느 가문에나 있는 일입니다. 나중에 들어온 사람에 대한 질투입니다."

"그러기에 아사히 님의 신상에 만일의 경우라도 생긴다면…… 어머님, 그렇지요?"

히데요시는 가볍게 두 사람을 제지했다.

"그런 일이라면 절대로 걱정하실 것 없습니다! 그것은 아사히가 직접 써서 보낸 편지가 아니라 같이 딸려 보낸 이토의 아내가 보내온 편지겠지요?"

"그렇기는 하지만……"

"그러기에 걱정하지 마시라고 한 것입니다. 이 히데요시는 이시카와 카즈마사가 보낸 첩자들의 보고로 하마마츠에 대한 일은 손바닥 들여 다보듯 잘 알고 있습니다. 아사히는 말입니다, 이에야스가 특별히 지어 준 새 전각에서 자유롭게 지내고 있습니다."

히데요시는 마침내 어머니를 설득할 수 있는 말을 생각한 듯 한층 더 큰 소리로 웃었다.

"그러면 드디어 이 칸파쿠 전하가 어머님에게 진짜 비책을 말씀 드려야겠군요."

5

"어머님. 아니…… 오만도코로 님."

히데요시는 잔뜩 목소리를 낮추고 몸을 앞으로 내밀었다.

"이번 오카자키에서 어머님이 아사히와 만나시는 것에는 이 칸파쿠의 극비 책략이 있습니다."

"극비 책략……?"

"예. 이 칸파쿠는 태양이 보낸 아들입니다. 지혜가 한없이 많습니다. 하하하…… 어머님, 어머님의 이번 여행은 아사히를 데리러 가시는 길입니다."

"뭐, 아사히를 데리러?"

"그렇습니다!"

히데요시는 진지한 표정으로 고개를 끄덕이고 나서 자랑스럽게 일동을 돌아보았다. 너무나 뜻밖의 말이어서 동생인 재상宰相 히데나가도 다인 소에키도 숨을 죽이고 눈이 휘둥그레져 있었다. 다만 네네만이 웃음을 참고 있었다.

"이 칸파쿠의 유일한 희망은 자신의 출세 때문에 어머님이나 아사히 등의 혈육에게 고통을 주어서는 안 된다는 것입니다. 어떻게 해서라도 모두가 즐겁고 편안하게 살 수 있도록 하려 합니다."

"그런 것은 이 어미도 알고 있어. 칸파쿠는 원래 더할 나위 없는 효자니까."

"그렇습니다. 천하를 손에 넣고도 효도 하나 못한다면 의미가 없지요. 그러나 천하인의 일족을 세상사람들은 눈을 빛내며 지켜보고 있습니다. 농부나 상인들의 방식과는 다릅니다. 그래서 지혜가 필요한 것이지요. 모처럼 하마마츠로 출가시켰는데 외롭다고 해서 불러올 수는 없는 일입니다."

"그렇기는 하지만……"

"그래서 어머님을 만나게 해주려는 것입니다. 아시겠습니까, 어머님은 오만도코로입니다. 그 오만도코로가 인질이니, 죽일지도 모르느니 하는 세상사람들의 험담을 들으면서까지 만나러 가신다…… 물론 위험한 일이 생길 리 없습니다. 어떤 불순분자가 나타나더라도 이 칸파쿠가 요소요소에 배치한 절대적으로 안전한 경비를 무너뜨릴 수는 없습니다. 도쿠가와 가문 중 팔, 구 할은 이 칸파쿠 편입니다. 하하하…… 아시겠습니까, 어머님?"

"글쎄."

"어쨌거나 천하의 오만도코로 님이 딸을 만나러 가시는 것입니다. 멀리 미카와까지."

"정말 그렇기는 하구나……"

"뜻있는 사람들은 모녀의 정을 생각하고 눈물을 흘릴 것입니다. 이 얼마나 애틋한 어머니의 사랑인가 하고……"

말하고 있는 동안 점점 자기 말에 도취되어 히데요시는 눈시울까지 붉혔다.

"어머님, 여기가 중요한 대목입니다. 어머님이 만나러 가시면 거의 때를 같이하여 사위가 이쪽으로 오게 됩니다. 오게 되면 반드시 처남 매부가 손을 잡고 천하를 위한 일을 할 수 있도록 대책을 마련하겠습니다. 이에야스도 저의 순수한 마음을 모를 리 없지요. 바로 그것입니다! 저는 어머님이 그토록 아사히를 만나고 싶어하시니 다음에는 아사히가 만나러 오게 해달라고 말할 생각입니다."

"과연…… 그것은…… 확실히."

"어머님, 아사히를 만나러 가시는 여행입니다. 아시겠지요? 일단 쿄토로 불러들이면 그때부터는 쥬라쿠 저택에서 아사히와 같이 사실 수 있습니다. 한번 마음이 통하면 이에야스도 자주 쿄토에 오지 않을 수 없어요. 칸파쿠의 매제니까요. 그 매제의 정실이 어머님이 계신 쿄토에 산다고 해서 나쁠 것 없지 않습니까. 그렇게 되면 오타케 따위의 손길이 뻗칠 수 없지요…… 어떻습니까, 어머니? 이것이 바로 칸파쿠의 지혜…… 그러나 아무에게도 이 말을 하시면 안 됩니다."

이렇게 말한 히데요시는 가만히 어머니의 오른손을 잡고 어리광을 부리듯 뺨으로 가져갔다.

6

어떤 경우에도 히데요시의 행위에 거짓은 없었다. 어머니를 설득할 때도 강적을 대할 때도 늘 어린아이처럼 부딪쳐갔고 거북해하는 일이 전혀 없었다.

히데요시는 일단 결심을 하고 행동하기 시작하면 상대가 자기 뜻대로 될 때까지 오직 돌진만 했다. 그런 의미에서는 일종의 기묘한 변질

자變質者라고도 할 수 있었다.

"납득이 되셨습니까, 어머님? 이 일은 어머님이 아니고는 하실 수 없습니다. 어느 누구도 대신할 수 없습니다. 일단 오만도코로인 어머님이 가시면, 다음에는 어머님이 아사히를 만나고 싶어 병환이 나셨다……고만 하면 아사히를 불러들일 수 있습니다. 저쪽에서도 큰 빚을 지게 되는 것이니까요. 불러들여 아사히의 말을 들어보고, 분명히 이에야스에게 잘못이 있다면, 그때는 제가 칸파쿠의 이름으로 이에야스를 쿄토로 소환하여 어떻게든 처벌을 할 것입니다."

"칸파쿠."

"아직 미심쩍은 점이 있습니까?"

"알 것 같구나…… 나도 칸파쿠의 어미니까."

"바로 그렇습니다. 그런 이치도 모르시는 어머니에게서 이 칸파쿠가 태어났을 리가 없지요."

"하지만……"

"하지만, 무엇입니까?"

"그런데 말이야, 칸파쿠. 내가 오카자키에 도착한 후의 일은 틀림없겠는지……"

"알았습니다! 알았어요! 틀림이 있으라고 해도 있을 수 없습니다. 따지고 보면 이 모든 것은 어머님도 아사히도 다 같이 즐겁게 살기 위해 한 일. 쿄토의 우치노에 새로 지은 저택에 쥬라쿠라는 이름을 붙인 것도 그 때문입니다."

"쥬라쿠……?"

"예. 쥬라쿠란 즐거움을 모은다는 뜻의 한자입니다. 아, 이제야 결정된 것 같군요."

히데요시는 새삼스럽게 히데나가를 돌아보았다.

"재상, 어떤가? 과연 우리 어머님이셔. 좋아, 우라쿠 등이 잡은 일정을 어머님께 말씀 드리도록."

틱으로 지시했다.

오만도코로는 크게 한숨을 쉬고 네네를 바라보았다. 그 눈이 빨갛게
젖어 있었다.

"얘야……"

"예."

"칸파쿠의 말을 들었겠지, 정말 틀림없을까?"

"저도 더욱 완벽을 기하시라고 말씀 드리겠습니다."

"좋아, 그러면 가기로 하겠어. 아사히를 맞이하기 위한 여행……이
라는 것을 알았으니까."

"어머님, 저도 그 말씀을 듣고 과연 칸파쿠 님은 다르다고 감탄했습
니다."

"정말 그 지혜는 놀랍다. 그야말로 큰 불전이나 쥬라쿠 저택보다 훨
씬 더 장해. 일본에서 첫째가는 인물이야."

이렇게 말하는 어머니 앞에 히데나가가 공손하게 한 장의 종이를 펼
쳐놓았다.

"여행 일정을 설명하겠습니다."

"그래, 어디 들어보자."

"이 성에서의 출발은 십삼일입니다."

"십삼일……이라고 하면 앞으로 닷새 남았구나."

"수행원은 여자들 외에 수십 명의 무사가 도보로 따라갈 것입니다.
그러나 곳곳마다 다이묘들이 생명을 걸고 은밀히 경호할 것이니 전혀
걱정하실 일은 없습니다."

"그럼, 오카자키에는 언제 도착하게 될까?"

"십팔일에 도착할 예정입니다."

"십팔일에 오카자키에…… 그것 참 빠르구나. 그럼, 아사히가 기다

리고 있겠지?"

오만도코로는 이미 완전히 불안이 가신 듯 히데요시와 시선이 마주치자 소녀처럼 수줍어했다.

7

히데요시는 히데나가에게 눈짓하여 예정표를 적은 두루마리를 말게 하고 다시 대불전의 자랑을 늘어놓기 시작했다.

"재상, 오늘 저녁에는 오랜만에 어머니를 모시고 같이 식사를 하도록 하자. 네네, 그대도 함께."

일단 승낙한 어머니가 다시 불안에 휩싸일 것이 두려워 히데요시는 2각(4시간) 남짓이나 모두를 상대로 이야기를 늘어놓았다.

대불전이 완공될 때까지면 동쪽과 서쪽도 모두 히데요시에게 복종하여 일본은 극락세계로 변한다. 그러면 네네와 어머니도 쥬라쿠 저택으로 옮기고, 이에야스와 아사히를 초대하면 비로소 우리 가문에도 봄이 찾아오게 된다.

"그럴 때는 우리만 즐기고 있을 수 없으니 맨 먼저 쥬라쿠에 천황을 오시게 하고, 그 다음에 백성들을 위해 거국적인 축제를 개최하려고 하네. 어떤가, 소에키?"

이런 몽상을 의기양양하게 펼쳐나갈 때의 히데요시는 책략과는 거리가 먼 순진 그 자체인 망상가로 보였다.

네네도 맞장구를 쳤다. 네네는 히데요시의 불안이 어디에 숨겨져 있는지를 너무나 잘 알고 있었으므로 때로는 시어머니 편이 되고 때로는 남편을 감싸주기도 했다.

그런 만큼——식사가 끝나고 히데요시가 행정관들이 기다리고 있는 본성 거실로 돌아갈 무렵에는 오만도코로도 이미 하마마츠의 아사히만을 생각하는 순진한 어린아이로 돌아가 있었다.

"그래, 그래…… 아사히도 깜짝 놀랄 거야. 내가 저를 데리러 가는 줄 알면."

"그래요…… 지금까지 두 분이 심려하셨던 일도 이제는 옛날이야기가 될 거예요."

"그런데 말이지……"

"예, 어머님."

"사위에게는 어떤 선물을 가져가는 것이 좋을까? 아사히한테는 그 애가 좋아하는 물엿을 가져갈까 생각하고 있는데."

"선물은 어머님이 걱정하시지 않아도 칸파쿠 전하가 모두 알아서 하실 거예요."

"칸파쿠의 선물만으로는 내 마음이 전해지지 않아. 이것도 다 딸을 사랑하는 마음에서 나오는 정이야."

"그러시면…… 소에키 님에게 부탁하여 사카이에서 적포도주를 구하여 가져가십시오. 그 술이라면 혹시 이에야스 님이 드시지 않더라도 아사히 님의 약이 될 것입니다."

"오, 그 빨간 약주 말이지. 그게 좋겠어."

결국 오만도코로의 출발은 10월 13일로 확정되고, 그날까지 네네도 눈코 뜰 새 없이 바빴다.

히데요시는——만일 이에야스가 상경한다면 나도 하나밖에 없는 어머니를 기마무사 한 사람도 딸리지 않고 미카와로 보내겠다……는 뜻을 전했었다. 그래서 이번 행렬에는 대장은 한 사람도 딸리지 않고 네네가 선발한 여자들 20여 명 외에는 짐을 지고 갈 일꾼들과 걸어서 가는 하급무사 50여 명뿐이었다.

네네는 그 쓸쓸한 행렬을 성밖 선착장까지 배웅하면서 여간 가슴이 아프지 않았다. 처음에는 그토록 불안해하던 오만도코로가 아리마有馬의 온천에 가는 것보다도 훨씬 더 가벼운 행장으로 떠나면서도 기대에 들떠 있었다.

'이런 모습이 지금 세상을 주름잡고 있는 칸파쿠의 어머니가 떠나는 행렬이라니……'

히데요시는 전송하러 나오지 않고, 아사노 나가마사만이 네네 곁에 서 있었다.

그날은 두번째 서리가 내린 싸늘하고, 손에 물이라도 들 것 같은 활짝 갠 날씨였다.

8

"그럼, 부디 몸조심하십시오."

네네는 가마에 탄 채 배에 오르는 오만도코로에게 인사하는 순간 갑자기 현기증이 났다.

오만도코로는 자신의 신분을 모르고 있었다. 이 행렬이 좀더 초라했다고 해도 아무 의심도 하지 않았을 것이다. 그런 의미에서 오만도코로는 여전히 오와리 나카무라의 농부였던 때의 마음을 그대로 간직하고 있었다…… 네네는 그것이 여간 가엾지 않았다.

하늘이 떠 있는 싸늘하고 맑은 수면 위에서 배는 북쪽을 향해 움직이기 시작했다. 앞뒤로 50석을 싣는 배 두 척이 따랐다.

후시미에서 육로로 접어들면 오만도코로의 손자인 오미의 세타勢田 성주 미요시 히데츠구가 오와리까지 경호하기로 되어 있다. 오와리에 들어가면 오다 노부오가 있으므로 도중에 위험이 있을 리는 없었다. 그래도 기마무사 하나도 따르지 않은 행렬은 이 거대한 성과는 너무 어울리지 않았다.

네네는 잠시 선착장 돌층계 위에 서서 물새 떼를 가르며 멀어져가는 배를 바라보고 있었다.

히데요시도 네네처럼 애처로운 생각에 빠져들기가 괴로워 일부러 모습을 나타내지 않은 것이 아닐까?

"정말 칸파쿠는 고집이 세군요……"

행렬 중에 대장 격인 사람은 하나도 없다는 것을 알았을 때 네네는 히데요시를 심하게 나무랐다. 그러나 히데요시는 여전히 웃어넘기고 문제시하지 않았다.

"이에야스가 두말없이 상경을 승낙했는데 이 히데요시가 약속을 어길 것 같나. 그야말로 천하의 웃음거리가 될 뿐이지."

이 일에 대해서는 히데요시의 동생 히데나가와 아사노, 이시다石田, 마시타增田 등의 부교도 모두 반대했으나 네네의 경우같이 한마디로 일축당한 모양이었다.

'어쨌든 다행이야…… 오만도코로 님이 이 일로는 별로 언짢게 생각하시지 않는 것 같으니까……'

배가 요도가와淀川의 물을 끌어들인 바깥쪽 해자에서 왼쪽 본줄기로 사라질 때까지 지켜보고 나서 네네는 갑자기 한기를 깨닫고 발걸음을 돌렸다. 바로 이때였다. 선착장에서 지시를 내리고 있던 이시다 미츠나리의 다급한 목소리가 들려왔다.

"아, 아사노 님 잠깐!"

미츠나리는 네네를 뒤따라 본성으로 돌아가려는 나가마사를 불러 세웠다.

"무슨 일이오, 이렇게 갑자기?"

"큰일입니다…… 이상한 말을 들었습니다."

"이상한 말이라니?"

네네까지도 멈춰서서 돌아보지 않을 수 없을 정도로 긴박감을 지닌 속삭임이었다.

"지부治部 님, 설마 오만도코로 님 신상에 관련된 일은 아니겠죠?"

네네는 돌아서서 나가마사보다 먼저 미츠나리에게 물었다.

순간 미츠나리는 작은 몸집을 경직시키며 주저하는 것 같았다.

"무슨 일입니까? 마음에 걸리니 어서 말해보세요."

"예……"

미츠나리는 고개를 끄덕였다.

"실은 혼간 사本願寺 주지의 사자로 오미에서 미카와로 가게 되어 있던 코쇼 사興正寺 사쵸佐超 스님이 여행은 위험하다고 하면서 배를 되돌렸다고 합니다."

"어째서 위험하다는 말인가요?"

"우리 가문과 도쿠가와 가문 사이에 전쟁이 벌어질 것이라고…… 한 선원이 전해왔다고 합니다."

미츠나리의 말을 듣고 그가 가리키는 곳을 바라보니 배를 매는 돌기둥 옆에 선원 하나가 한쪽 무릎을 꿇고 대령해 있었다.

"뭐, 전쟁이?"

네네의 얼굴에서 갑자기 핏기가 가셨다.

9

네네만이 아니었다. 아사노 나가마사도 무언가 마음에 걸리는 것이 있었던 듯.

"어떤 근거로 전쟁이 벌어질 것이라고 말하고 있소……? 사실 여부를 확인했소?"

주위를 둘러보면서 꾸짖듯이 물었다.

"미노의 신도들이 밀고해서 알게 되었다고 합니다. 이에야스는 현재 토토우미와 동미카와에서 삼만 가까운 군대를 몰고 서쪽으로 이동하고 있다…… 심상치 않으므로 스님의 여행은 중지하는 것이 좋겠다고……"

"그게 사실이오, 지부 님?"

"사실 여부는 고사하고라도……"

미츠나리 역시 격앙된 어조였다.

"코쇼 사의 스님이 혼간 사 주지로부터 이에야스에게 선물하려던 칼과 검은 말을 가지고 그대로 후시미에서 되돌아와 하류로 향한 것은 사실입니다."

때가 때인 만큼 네네는 더 이상 가만히 있을 수 없었다. 여자 칸파쿠란 별명을 가졌을 정도인 네네, 이런 경우에는 전혀 망설이지 않는 성격이었다.

"지부! 그 자를 이리 부르시오."

"예."

"어서! 오만도코로 님은 나의 시어머니, 마음에 걸립니다. 어서 부르시오."

"그럼……"

미츠나리는 절을 하고 선원에게 다가가 무언가 빠른 말로 이야기하고는 끌어오듯 데려왔다.

아사노 나가마사는 네네의 기질을 잘 알고 있었으므로 한발 물러나 뚫어지게 선원을 노려보고 있었다.

"직접 대답해도 괜찮다. 전쟁이 일어날 것이라고 말했다는데, 그대는 이 성에 속한 선원인가?"

"예…… 오니시 야쥬로大西彌十郎 님 밑에 있는 선원으로 야마토마루大和丸란 배를 부리고 있는 고헤에五兵衛라는 자입니다."

"아까 그 이야기를 누구에게 들었나?"

"후시미 선착장에서 사카이의 선원인 분조文藏라는 옛 친구한테 들었습니다."

"분조는 코쇼 사 스님이 탄 배를 부리고 있었나?"

"그러합니다."

"그러면 스님이 여행을 중지하고 강을 내려가는 것을 그대도 보았다는 말이군?"

"예. 스님은 앞으로 두 달쯤 여행하신다……는 이야기를 들었는데 갑자기 돌아가신다고 했습니다. 이상한 생각이 들어 분조에게 물었더니, 같은 신도인 분조가 저에게 말해주었습니다. 그리고 나서 스님의 배와 야마토마루는 거의 동시에 강을 내려갔습니다."

"지부 님! 들었겠지요?"

"예."

"선원들까지도 이렇게 말하는데 부교인 그대가 모르고 있었다니, 그래서야 어떻게 제대로 일한다고 할 수 있겠어요."

네네는 엄하게 미츠나리를 꾸짖고 나가마사를 돌아보았다.

"나가마사 님, 얼른 전하에게 보고하세요. 지부 님은 다시 한 번 사실 여부를 확인하기 바라겠어요. 오만도코로 님이 타신 배는 지금도 강을 거슬러 올라가고 있을 터이니 서둘러주세요."

젊은 미츠나리의 얼굴에는 여자인 주제에 —— 라는 반감의 빛이 떠올랐으나 네네는 당당하기만 했다.

"이 선원에 대한 상은 내가 내리겠으니 두 분은 빨리 서두르세요."

다시 한 번 꾸짖고 나서 선원 앞으로 갔다.

"고헤에, 잘 알려주었어. 자, 이것을 받도록."

네네는 지니고 있던 단검을 비단주머니째 고헤에에게 건네고 얼른 몸을 돌렸다.

10

오사카 본성에는 눈에 보이지 않는 살기가 감돌고 있었다. 아사노 나가마사가 사색이 되어 대기실로 뛰어들어왔는가 싶더니 그대로 히데요시의 거실로 달려가 큰 소리로 근시近侍들을 꾸짖었다.

"전하가 어디 가셨는지도 모르다니, 가까이 모시면서 어떻게 그럴 수 있느냐? 어서 찾아보아라!"

나가마사의 신경질적인 고함소리에 이어 내전으로 달려가는 자, 정원을 살펴보는 자, 다실로 뛰어가는 자……

한편, 선착장에서는 이시다 미츠나리가 무서운 표정으로 이 배 저 배로 뛰어다니고 있었다. 히데요시가 어디 있는지 모른다는 보고를 받은 네네는 혀를 차면서 시녀들을 소실들의 거실로 보냈다. 그러나 어디에서도 히데요시의 모습은 찾을 수 없었다.

"참, 어쩌면 텐슈카쿠에 올라가셔서 멀리 떠나시는 오만도코로 님을 남몰래 전송하고 계시는지도 모른다. 빨리 가서 보고 오너라."

이렇게 명하고 자기도 계단 앞에 이른 나가마사에게 말벗인 소로리 신자에몬이 히데요시의 행선지를 알려왔다.

"전하께서는 바깥 성에 있는 오다 우라쿠 님 댁에 계십니다."

그때는 히데요시를 찾기 시작한 지 이미 4반각半刻(30분)이나 지나 있었다.

"알고 있으면서 왜 잠자코 있었나?"

"전하의 명령이었기 때문입니다."

"뭣이, 전하의 명령? 그렇다면 어째서 지금은 말했는가?"

"아사노 님, 사실대로 말씀 드리면……"

신자에몬은 두건 위로 머리를 긁적였다.

"신자에몬, 이건 비밀이다…… 하시고 나가셨을 뿐 저에게도 행선지에 대해서는 말씀이 없으셨습니다. 그것을 제가 정확히 알아맞힌다면 황송한 일이기 때문입니다."

"알겠어! 그대는 속히 내전에 가서 키타노만도코로 님께 전하게. 이 나가마사가 전하에게 갔다고."

"예. 아사노 님의 명령이시라면 마음이 가벼워집니다. 그건 그렇고, 대관절 무슨 일이 일어났습니까?"

"나중에 전하께 여쭤보게."

내뱉듯이 대답하고 나가마사는 오다 우라쿠의 집으로 향했다. 같은 성안이라고는 하나 우라쿠에게 하사한 바깥 성 저택까지는 8, 9정°이나 되는 거리였다.

서리 내린 길을 빠른 걸음으로 걸으면서 나가마사는 화가 치밀기도 하고 쓴웃음이 나오기도 했다.

"또 챠챠히메를 만나러 가셨구나."

좀더 빨리 깨닫지 못한 것은 어머니가 떠난 날에 설마……라고 생각했기 때문이었다.

히데요시의 아내…… 키타노만도코로의 여동생 말에 따르면 전하는 챠챠히메를 여간 눈에 거슬려하지 않는다는 것이었다. 그러고 보면 아사이淺井 가문의 딸 중에서 두 동생은 이미 출가했는데도 맏언니 챠챠히메만은 아직 우라쿠의 손에 맡겨져 있었다.

챠챠히메는 히데요시가 권하는 혼인 상대를 모두 완강하게 거부하고 있었다. 신랑감으로 거론된 사람은 무장 네 사람과 공경公卿 두 사람…… 그런데 히데요시가 걱정하면 할수록 더욱 재미있게 여기며 챠챠히메는 고집을 부린다는 소문이었다.

'그렇다고 해도 오늘 같은 날에는 설마 했는데……'

나가마사는 성큼성큼 우라쿠의 집 대문으로 들어서며 큰 소리로 안내를 청했다.

"오, 아사노 님도 아시고 오셨군요."

얼굴을 내민 것은 그보다 한발 앞서 찾아온 이시다 미츠나리였다.

11

"아니, 자네가 먼저 와 있었군."

나가마사는 약간 멋쩍은 생각이 들어 쓸쓸한 표정을 지었다.

"그런데, 전하께 말씀 드렸나?"

이시다 미츠나리는 상기된 얼굴로 고개를 저었다.

"지금 중요한 용건을 말하고 있는 중이니 기다리라고 하시더군요."

"뭐, 기다리라고…… 그래 자네는 기다리고 있는 중이란 말인가?"

"예. 우라쿠 님과 챠챠히메 님, 이렇게 세 분이 밀담 중이라고…… 우라쿠 님도 나오시지 않으니 말씀 드릴 수가 없었습니다."

아사노 나가마사는 혀를 차면서 복도로 올라가 성큼성큼 안을 향해 걸어갔다.

"자네도 같이 가세. 보통 때와는 달라."

집의 구조는 알고 있었다. 우라쿠의 가신이 깜짝 놀라 따라오는 것을 묵살하고, 아직도 나무 향내가 그대로 남아 있는 회랑을 지나 챠챠히메를 위해 새로 지은 별채의 전각으로 갔다.

"드릴 말씀이 있습니다."

"무슨 일인가?"

"아사노 나가마사와 이시다 미츠나리가 급히 드릴 말씀이 있어서 실례하겠습니다. 죄송합니다."

얼른 문을 열고 안으로 들어가니 히데요시도 우라쿠도, 히데요시 앞에 앉아 있던 챠챠히메도 일제히 두 사람에게 시선을 보냈다.

"무슨 일인가? 지금 챠챠히메에게 혼인을 권하고 있는 중인데."

히데요시는 거북스러운 듯이 말했다.

"참, 그대에게도 말해두는 편이 좋겠군. 실은 챠챠히메를 이에야스의 아들과 짝지어주려 하네. 아마 그대도 이의가 없을 것일세. 이에야스의 셋째아들 나가마츠마루와 말일세. 나가마츠마루는 아사히의 양자…… 이에야스는 나가마츠마루를 도쿠가와 가문의 후계자로 삼을 작정인 것 같아. 그렇다면 이보다 더 좋은 혼인이 없지 않겠나?"

"예……"

"나는 지금까지 챠챠히메가 이 사람도 싫다, 저 사람도 싫다고 한 것은 나가마츠마루의 아내가 되라는 신불의 계시였다고 말하고 있는 중일세. 챠챠히메는 나가마츠마루가 너무 어려서 싫다고 승낙하지 않고 있네마는, 나가마츠마루는 이제 곧 아홉 살이 돼. 앞으로 삼사 년만 지나면 말이지…… 그대도 짐작할 수 있겠지만 충분히 남자 구실을 할 수 있어. 하하하하……"

아사노 나가마사는 어이가 없다기보다 걱정이 앞섰다.

히데요시는 이미 이에야스가 상경하고, 오만도코로가 무사히 돌아오고 난 후의 일을 생각하고 있었다. 그러한 히데요시에 비해 얼마나 석연치 않은 이에야스의 태도란 말인가.

"황송합니다마는, 그 혼담 이전에 말씀 드려야 할 일이 있습니다."

"뭣이, 혼담 이전에…… 그렇다면 자네들 두 사람은 찬성하지 않는다는 말인가?"

"아닙니다…… 찬성하고 반대하는 문제가 아닙니다. 조금 전에 한 선원이 말하는데, 이에야스가 이번 상경에 삼만 군사를 거느리고 토토우미를 출발했다고 합니다. 그래서 혼간 사 주지의 사자인 사쵸 스님도 일단 여행을 중단하고 요도가와를 내려와 돌아갔다고 합니다."

"뭣이, 혼간 사의 사자가 여행을 중단했어?"

"예. 삼만 군사의 상경은 예사로운 일이 아니어서 도중에 전쟁이 벌어질지도 모른다는 우려에서인 것 같습니다."

나가마사의 설명을 듣고 히데요시의 표정도 갑자기 굳어졌다.

"그게 사실이냐?"

12

아무리 뱃심이 두둑한 히데요시였지만 혼간 사의 정보라면 간단히 웃어넘길 수만은 없었다.

진종眞宗의 말사末寺와 신도는 토토우미에도 미노에도 무수히 있었다. 현재는 미카와에도 염불 도량道場이 활발하게 재건되고 있고, 코쇼 사 승려 사쵸가 미카와에 가는 것도 이에 대한 인사였을 터. 그런데 도중에 돌아왔다……면 보통 일이 아니었다.

"삼만의 군사……라고 분명히 혼간 사 승려가 말했다는 것인가?"

"예. 자세한 사정을 알아보기 위해 아타카 사쿠자에몬安宅作左衛門을 급히 혼간 사로 보냈습니다마는, 코쇼 사의 승려가 돌아간 것만은 확실합니다."

이번에는 미츠나리가 대답했다.

오다 우라쿠는 고개를 갸웃거리며 히데요시를 빤히 바라보고 있었고, 아사노 나가마사는 한 손을 다다미에 짚은 채 숨을 죽이고 있었다. 다만 챠챠히메만은 그들의 긴장한 모습을 장난스런 표정으로 조롱하고 있는 느낌이었다.

"삼만……"

히데요시는 다시 한 번 중얼거렸다.

"나는 이 챠챠히메를 나가마츠마루에게 출가시킬 생각을 하고 있는 중인데……"

"전하, 지시를 내려주십시오."

나가마사는 히데요시가 웃지 않는 것이 불안하여 재촉했다.

"지금 이 순간에도 오만도코로 님은 한 걸음씩 적지 가까이 들어가고 계십니다."

"뭐, 적지……?"

"소문이 사실이라면."

"허튼소리 하지 마라."

"과연…… 허튼소리일까요? 전하, 그러시면…… 이대로 괜찮다는 말씀입니까?"

드디어 챠챠히메가 피식 웃음을 터뜨렸다.

"하하하……"

히데요시는 챠챠히메 쪽을 흘끗 바라보고 비로소 웃었다.

"코쇼 사는 사찰일세, 야베에. 불경에 대한 것은 어떤지 몰라도 무략武略에 대해서는 내가 더 잘 알고 있어. 이것은 코쇼 사가 나를 꺼리기 때문이라 생각지 않나?"

"무슨 말씀입니까? 사쵸 스님이 전하를 꺼린다는 말씀입니까?"

"그렇다. 가령 이에야스가 대군을 이끌고 상경한다……고 했을 때, 그런 이에야스를 찾아가면 나의 의심을 사게 될 게 뻔해…… 그러므로 전쟁이 두려워 되돌아간 게 아니라 내가 두려워 돌아간 것이야."

히데요시는 점차 평소의 호탕한 성격으로 돌아왔다.

"사키치佐吉, 그대는 바로 이시카와 카즈마사를 불러오도록 하게. 이럴 때를 위해 카즈마사를 길러왔어. 그렇지 않은가, 우라쿠?"

우라쿠는 대답하지 않고, 대신 나가마사가 다시 입을 열었다.

"아무튼 본성으로 돌아가십시오. 이시카와를 부르고 재상님과도 상의하십시오."

"야베에."

"예."

"이런 일을 가지고 왜 그리 성급하게 야단인가?"

"그렇지만……"

"이 자리에는 흉허물 없는 사람들만이 있어. 이것 보게, 챠챠히메가 웃고 있지 않느냐. 이런 일쯤으로 소란을 떤다면 챠챠히메만이 아니라 코쇼 사 중까지도 웃을 것이야. 그 중이 돌아갔다는 것은 나와 이에야스는 비교가 안 된다고 생각했기 때문이야. 이에야스에 대한 답례 따위는 아무래도 좋지만 나의 의심을 받으면 큰일이라 여기고 돌아간 것일세…… 하하하…… 좋아, 사키치, 카즈마사를 어서 불러오게."

말투는 평소의 히데요시로 돌아와 있었으나, 그 눈만은 결코 웃고 있지 않았다.

미츠나리는 고개를 끄덕이고 자리를 떴다.

13

"고작 삼만의 군세軍勢로 이 히데요시와 싸울 수 있다고 생각하다니 이에야스는 미친 사나이가 아닐까, 우라쿠?"

또다시 말을 거는 바람에 우라쿠는 할 수 없이 머리를 끄덕였다.

"아마 가신들에 대한 책략이 아닐까 생각합니다."

"그럴 것일세. 틀림없이 그럴 거야."

"그렇다고 하더라도 좌우간 이 자리에서 챠챠히메 님은……"

"아니, 괜찮아. 챠챠도 마침 이 자리에 있으니 들어두는 것이 좋아. 별로 대단한 일이 아니니까."

히데요시는 일부러 사방침에 두 손을 얹고 다시 웃었다.

"챠챠히메, 그런 것보다 네 혼사가 더 중요해. 아사히의 편지에도 있었지만 나가마츠마루는 성실하고 예의바른 소년이라고 하더군. 여자의 행복은 남자의 성실함에 있는 거야."

그러면서 히데요시는 스스로 자신을 꾸짖었다.

'어째서 나는 이 처녀에게 이렇게까지 구애받고 있는 것일까……?'

챠챠히메는 이상한 허무감에 빠져 권위와 위압을 냉소로 받아넘긴다…… 이에 대한 정복욕일까, 이렇게 생각했을 때 상대는 다시 도전하듯 말했다.

"저는 자리를 뜨겠어요, 전하."

"그럴 필요 없어. 별로 대단한 일이 아니라고 했지 않아?"

"그렇지만……"

"그렇지만, 어떻다는 말인가?"

"제가 있으면 전하가 신경을 쓰시게 됩니다."

"하하하…… 신경을 쓰지 않게 하려면 잠시 가만히 있도록 해. 카즈마사와 이야기할 동안만이라도. 그런 뒤 챠챠의 대답도 들어야겠어. 알겠지, 그때까지 확실하게 생각을 정리하도록."

그렇게 말하면서 히데요시는 더욱 자신이 저주스러워졌다.

"야베에."

챠챠히메를 무시하듯 아사노 나가마사 쪽으로 고개를 돌렸다.

"이런 일로 소란을 떨면 절대로 안 돼. 이에야스에게 삼만이나 오만의 군사를 이 히데요시가 데려오라고 은밀히 명령을 내렸다고 생각하면 되는 거야. 칸파쿠의 매제이므로 그에 어울리는 위용을 갖추고 상경하라고 말일세…… 이쪽에서 소란을 피우면 도리어 어머님이 걱정하시게 될 것이야."

"……"

"어머님을 걱정하시게 하는 것보다 더 큰 불효는 없어, 알겠나?"

계속 다짐하면서 흘끗 챠챠히메를 보았다. 챠챠는 싸늘한 표정으로 아직 정원에 피어 있는 노란 국화를 바라보고 있었다.

나가마사는 여전히 긴장을 풀지 않았고, 왜 그런지 오늘은 우라쿠도 입이 무겁기만 했다. 그렇다고 히데요시 혼자 떠들어대면 그 소리가 모두 자기에게 되돌아와 오히려 당황하는 모습만 드러내게 될 것 같아 속이 뒤집힐 듯했다.

'건방진 놈이야, 이에야스는……'

상경하는 군세가 설령 3만이건 5만이건 그 수는 두렵지 않았다. 하지만 그 이면에 숨어 있는, 어디까지나 히데요시와 어깨를 나란히 하려는 이에야스의 계산이 불쾌했다.

"참, 우라쿠, 차나 한잔 마시도록 해주게. 카즈마사가 올 때까지 자네의 차 솜씨를 맛보며 기다리겠네. 그게 좋겠지, 야베에?"

히데요시는 뇌리에 나란히 떠오르는 이에야스와 챠챠히메의 모습을 뿌리치려는 듯 머리를 흔들었다.

반항

1

이시카와 카즈마사가 도착한 것은 우라쿠가 끓여낸 차를 마시며 겨우 불쾌감을 잊기 시작했을 때였다.

카즈마사는 현재 성안에 저택이 주어져, 오토기슈로 종종 히데요시와 만나고 있었다. 그는 호출당한 이유를 미츠나리로부터 대강 들은 모양인지, 절을 하고 나서 스스로 먼저 입을 열었다.

"코쇼 사 스님이 여행하다 말고 돌아왔다고요?"

"바로 그 일일세."

히데요시는 다기의 물기를 닦고 있는 우라쿠 쪽으로 눈길을 돌리고 가볍게 명했다.

그리고는 카즈마사를 바라보며 말했다.

"카즈마사에게도 차를."

"이에야스의 생각은 자네가 가장 잘 알고 있을 테지. 야베에와 미츠나리가 안심할 수 있도록 잘 설명해주게."

"글쎄요, 저로서도 좀 석연치 않은 점이 있습니다마는……"

"석연치 않다니, 병력 수 말인가?"

"예. 지나치게 많지 않은가 하는 생각이 듭니다."

"카즈마사, 그렇다면 자네에게도 따로 연락이 없었나?"

"예?"

카즈마사는 일부러 크게 고개를 갸웃거리고 나서 빙긋이 웃었다.

"전하는 제가 아직도 이에야스의 첩자인 줄 알고 계시는군요."

"그렇지 않아!"

히데요시는 다시 신경질적인 목소리가 되었다.

"천하를 위해 양가의 화합을 바라는 사람으로 알고 있으니 하는 말일세. 쓸데없는 추측은 하지 말게."

말하고 나서 어조가 너무 강했다고 생각한 모양인지 아사노 나가마사를 돌아보았다.

"야베에, 카즈마사도 우리에게는 중요한 인물이라 여기고 있기 때문에 시나노信濃 부근에 좋은 성이 없을까 알아보고 있는 중이야. 그렇지 않은가?"

"그렇습니다."

나가마사는 짧게 대답했다.

"마츠모토松本 부근에 십만 석 정도……라는 것이 전하의 생각이십니다마는……"

카즈마사는 그 말을 가로막듯이 말했다.

"그런 말씀은 오만도코로 님이 성으로 돌아오실 때까지 입 밖에 내지 마십시오…… 다만 분명히 말씀 드릴 수 있는 것은 이에야스에게는 다른 마음이 없다는…… 점만은 확실합니다."

"그러면 가신들이 이 히데요시가 두려워 많은 군사를 동원하도록 했다는 말인가?"

"두려워서……라고 생각하시면 잘못입니다."

"아니…… 그렇다면 경계하고 있다는 말인가, 내가 이에야스의 목이라도 노리는 줄 알고?"

"그것도 약간……"

카즈마사는 조용히 말하고 나서 우라쿠가 건네는 차를 공손히 받아 마셨다.

"정확히 말씀 드린다면 이번 행위는 하나의 시위일 것입니다. 오만도코로 님까지 보내셨다. 그러므로 상경은 하지만 절대로 신하의 예는 드리지 않겠다는……"

카즈마사가 여기까지 말했을 때 킬킬거리는 웃음소리가 그 자리의 정적을 깨뜨렸다. 모든 시선이 일제히 그곳으로 쏠렸다.

챠챠히메였다. 그러나 얼른 시치미를 떼고 일부러 눈길을 정원의 나무와 돌 쪽으로 돌렸다.

히데요시의 이마에 신경질적인 힘줄이 불끈 솟았다.

"카즈마사!"

"예."

"그럼, 이에야스와는 아직 마음을 터놓을 수 없다는 말인가?"

"예. 마음을 터놓을 수 있을지 없을지는 상경 후 정해질 것입니다."

카즈마사는 조용히 대답하고 소리나지 않게 차를 마셨다.

2

히데요시는 나직이 신음했다.

"상경 후의 일은 내 태도 여하에 달려 있다는 말인가?"

"그렇습니다."

카즈마사는 차분한 태도로 찻잔에 그려진 그림에 시선을 떨구면서 말했다.

"그러나 오만도코로 님은 절대로 소홀히 대하지 않을 것입니다. 오카자키에는 혼다 사쿠자에몬이 있으니."

"그래? 그 말을 들으니 안심이 되는군. 자네는 사쿠자에몬과 무슨 연락이 있었나?"

"있었다……고는 말씀 드리지 않겠습니다. 그러나 없었다고도 할 수 없습니다."

"으음, 정말 묘한 대답이로군. 그렇지만 그 정도면 됐네. 어떤가, 야베에는?"

히데요시는 화를 참고 또다시 흘끗 챠챠히메를 바라보았다.

챠챠히메는 히데요시에게 뜻대로 되지 않는 것이 있으면 바로 그 사실만으로도 아주 즐거운 모양이었다.

'카즈마사도 무엄하다……'

히데요시는 생각했다. 아무리 솔직한 대답이라고는 하나, 이에야스가 히데요시에게 신하의 예로 대하는 것이 싫어 대군을 거느리고 온다는 말을 하다니.

아니, 그보다 더 불쾌한 것은 역시 오만도코로에게 기마무사 하나도 따르게 하지 않았는데, 여봐란듯이 대군을 이끌고 오는 이에야스의 무례함이었다.

"좋아, 그 정도로 알았으니 다음 일은 내가 처리하겠네. 카즈마사는 물러가도록 하게."

"예."

"야베에, 사키치."

"예."

"그대들은 즉시 이에야스가 상경하는 길목에 있는 다이묘들에게 병마兵馬의 향응을 명하게. 상대가 깜짝 놀라 눈이 휘둥그레질 정도로 대우하라고 말일세. 칸파쿠와 시골 다이묘의 차이가 어떤지를 확실하게 보여주도록 하게."

"그것만으로 괜찮겠습니까?"

"괜찮아! 소란을 떨면 수치라고 했지 않았나!"

점잖지 못하다는 것을 알면서도 거친 목소리로 말하고 홱 챠챠히메 쪽을 돌아보았다.

"자, 이번에는 챠챠에게 묻겠는데, 마음을 결정했나?"

챠챠히메는 당장에는 대답하지 않고 카즈마사, 미츠나리, 나가마사의 순으로 일어나 나가는 모습을 멍하니 바라보고 있었다.

이어 그 방에 남아 있는 것은 우라쿠와 챠챠히메, 그리고 히데요시 이렇게 세 사람뿐이었다.

"왜 잠자코 있나, 이제는 결심을 했을 테지?"

챠챠히메는 다시 피식 웃고 야유하듯 목을 움츠렸다.

"고집이 여간 아니군. 이번에도 싫다는 말인가?"

"대답해요, 전하가 묻고 계시는데."

참다못해 우라쿠가 옆에서 입을 열었다.

"이렇게까지 걱정해주시는데 고맙지도 않은가?"

"전하!"

챠챠히메는 비로소 히데요시를 똑바로 쳐다보았다.

"전하는 오만도코로 님만으로도 부족하여 이제는 저까지 도쿠가와 가문에 보내려 하십니다…… 이에야스라는 사람이 그렇게도 무서우십니까?"

"뭐…… 뭣이! 내가 이에야스가 무서워 챠챠까지도…… 그 아들에게 시집보내려 한다고?"

"예. 그렇지 않다면 이치에 맞지 않습니다. 저는 아이를 돌보기 위해 시집가지는 않겠습니다."

분명하게 말하고, 맑은 두 눈을 뜬 채 히데요시를 향해 또다시 피식 웃어 보이는 챠챠히메였다.

3

히데요시는 이번에도 예리한 칼로 가슴을 찔린 듯 당황했다.

가증스러웠다! 그러나 격분하자니 어른답지 못하고 달래자니 지나치게 건방진 이 계집아이는 뜻밖에도 날카롭게 히데요시의 급소를 찔러왔다.

오만도코로의 인질 문제만은 오사카 성에서 누구도 입 밖에 내어서는 안 될 금지된 말이었다. 우회적이기는 하나 카즈마사도 이에 대한 말을 하려 했기 때문에 히데요시의 안색이 변했던 것이다.

그런데도 이 처녀는 오만도코로뿐 아니라 자기까지 인질로 보낼 생각이냐고 당돌하게 말했다. 말을 듣고 보니 사실이 그런지도 몰랐다. 이에야스가 아직 히데요시에게 마음을 터놓지 않은 것을 알면서도 히데요시는 이에야스의 비위를 맞추려 한다는 해석도 내릴 수 있을 것 같았다.

이에야스 쪽에서는 경계하고 있는데도 히데요시 쪽에서는 진실 일변도의 성의로 그를 압도하고 싶다……고 생각하는 것은, 이에야스를 두려워한다는 확실한 증거……가 아니라고는 할 수 없었다.

히데요시가 핏발선 눈을 부릅뜨고 가만히 있자 챠챠히메는 더욱 방약무인하게 웃었다.

"호호호…… 전하의 얼굴이 참으로 무섭습니다."

"이것 봐, 챠챠히메!"

우라쿠가 말했다.

"아니, 괜찮아요. 사실을 말한다고 노하실 전하가 아닙니다. 전하는 지나친 아부에 신물이 나실 것입니다. 그렇지 않습니까, 전하?"

챠챠히메는 구렁이에게 덤비는 고양이처럼 장난스럽게 상체를 앞으로 내밀었다.

"그러나 전하의 생각에는 큰 잘못이 있습니다."

"뭐, 잘못이?"

"호호호…… 그것을 모르신다면 전하답지 않습니다."

"이것 봐, 챠챠히메."

히데요시의 얼굴에서 점점 더 혈색이 가시는 것을 보고 우라쿠가 다시 제지했다.

"우라쿠, 자네도 좀 자리를 피해주게. 나는 챠챠의 진심을 알아내야겠어."

"진심이라니요. 챠챠는 단지 전하에게 버릇없이 어리광을 부리고 있을 뿐입니다."

"자리를 피해달라고 했지 않나! 어서 물러가 있게."

마침내 히데요시의 분노가 폭발했다.

"예."

우라쿠는 대답하고 안타깝다는 듯 챠챠히메에게 혀를 찼다.

"내가 뭐라고 했어? 결국 전하를 화나게 만들다니."

그러면서 다시 한 번 히데요시에게 정중히 절하고 밖으로 나갔다.

챠챠히메는 혼자 남게 되었으나 조금도 반항의 기세를 늦추지 않았다. 히데요시는 현기증이 날 것 같은 격노가 가슴에 치밀어 오르는 것을 누르고 있었다.

"챠챠……"

"예. 이제 아셨습니까?"

"내 생각에 잘못이 있다니 무엇을 말하는 것이냐?"

"아직 모르시겠습니까, 전하는?"

"모르겠어, 말해보도록."

"호호호…… 전하가 저를 도쿠가와 가문 사람으로 만드시면 일부러 두 사람의 적을 한데 묶으시는 것이 되지 않을까요?"

"뭐, 두 사람의 적……?"

"호호호…… 전하가 가장 두려워하시는 사람, 이에야스 님과 이 챠챠가…… 만일에 하나가 된다면 전하는 잠시도 안심하시지 못할 것입니다. 호호호……"

히데요시는 저도 모르게 사방침에서 몸을 앞으로 내밀었다.

4

챠챠히메의 쏟아질 듯한 웃음이 갑작스럽게 멎었다.

한순간이기는 하나 거실이 조용해졌다. 방 한구석에서 끓고 있는 차솥의 소리마저도 묘하게 살기를 띠고 귓전에 육박해왔다.

"호호호……"

다시 챠챠히메가 웃었다.

"아셨습니까, 전하? 전하가 뜻대로 하지 못해 두렵기도 하고 가증스럽기도 한 것은 바로 이에야스와 이 챠챠일 것입니다. 그런 챠챠를 일부러 도쿠가와 가문으로 보내려 하셔서 저는 싫다고 했습니다."

"……"

"이 챠챠의 아버지 아사이 나가마사淺井長政는 전하에게 살해되었습니다…… 어머니도 의붓아버지 시바타 슈리柴田修理와 같이 전하의 손에 죽었습니다…… 전하에게 죽는 것은 두 번이면 족합니다. 또다시 도쿠가와 집안 사람이 되어 세 번씩이나 똑같은 일을 당할 만큼 이 챠챠는 어리석지 않습니다."

히데요시는 달려들듯이 챠챠히메를 노려보며 부들부들 온몸을 떨기 시작했다.

'아무도 보고 있는 사람은 없다……'

이런 생각만으로도, 히데요시 정도나 되는 인물이 챠챠히메 따위의 무분별한 젊은 여자에게 이끌려 똑같이 격앙된 감정을 드러내고 상대하게 될 것 같았다. 만일 손이 닿는다면 아마도 챠챠의 따귀를 갈겼을 것이고, 검은 머리채를 휘어잡고 방 안에서 끌고 다녔을 것이 분명했다. 그 정도로 지금 눈앞에 있는 챠챠히메는 건방지게 보였다.

챠챠히메는 의기양양하여 말을 계속했다.

"전하로서도 어떻게 할 수 없는 사람이 있었군요. 호호호…… 오만도코로 님을 인질로 보낼 뿐만 아니라 상경하게 되면 저를 아들에게 시집보내겠다…… 이런 말로 비위를 맞추어야 할 사람이 있었군요."

"……"

"챠챠는 살아 있는 사람이지 인형이 아닙니다. 그런 비참한, 전하의 선물은 되지 않겠어요. 아니, 전하의 말씀대로 하면 오래지 않아 전하는 멸망하게 됩니다."

"챠챠."

"아시겠지요, 이 챠챠의 마음을?"

"챠챠, 아버지와 어머니도 내 손에 죽었다…… 도쿠가와 가문에 출가하여 또다시 죽게 되는 것은 싫다고 말했지?"

"예, 그렇게 말씀 드렸습니다."

"좋아, 그 한마디로 내 마음의 화는 풀렸어."

"무슨 말씀입니까, 그 한마디라니……?"

"챠챠는 히데요시가 이에야스의 비위를 맞추려 한다고 하면서도, 마음속으로는 두 사람을 비교해 이 히데요시가 이긴다고 판단했어."

"어……어째서 그렇습니까?"

"좀전에 챠챠 스스로 고백했지 않아? 세 번이나 똑같은 일을 당한다는 것은 히데요시의 힘이 강하다는 의미야. 만일 이에야스의 힘이 더 강하다면 기꺼이 출가하여 이에야스와 더불어 나를 죽여서 부모의 원수를 갚으려 했을 것 아닌가. 그렇지 않나? 그런데 시집가지 않겠다니…… 이에야스가 이 히데요시에게는 맞설 수 없다는 사실을 챠챠 자신의 말로써 증명해 보인 것이야."

여기까지 말한 히데요시는 마디가 굵은 손가락을 사방침에 세우고 한 손을 내밀었다.

"좋아, 그렇게 하겠어. 그대의 원대로…… 도쿠가와에는 출가시키지 않겠어. 그 대신 지금 챠챠의 거취를 결정하겠어. 그대는 히데요시가 가장 두려워하는 사람이 이에야스와 챠챠라고 했어. 설마 그 말을 잊지는 않았을 테지."

"아!"

챠챠히메는 비명을 지르며 몸을 도사렸다. 히데요시의 눈에 일찍이 보지 못했던 광기가 불타고 있었다……

5

챠챠히메의 히데요시에 대한 반항은 강한 기질을 지닌 처녀에게는 흔히 있을 수 있는 일종의 유희였다. 상대가 노하지 않을 것이라 계산하고 어리광과 교태를 부리면서 점차 나이와 신분의 차이를 좁혀나갔다. 그리고 상대의 감정 속에 뛰어들어 마음껏 희롱해주겠다는 하나의 기학성嗜虐性의 발로이기도 하고 창녀적인 성격이기도 했다.

물론 이러한 성격 뒤에는 챠챠히메가 말한 것과 같은 과거의 불행이 적잖이 영향을 끼치고 있었다. 그렇기는 하지만 히데요시를 마음으로부터 부모의 원수로 여기고 증오하고 있는 것은 아니었다. 만일 마음으로부터 그처럼 증오하고 있었다면, 아마도 챠챠히메는 이 증오를 조심스럽게 마음속 깊이 간직하고 있어야만 했다.

그런데 오늘의 히데요시는 챠챠히메의 그러한 태도를 뿌리 깊은 '반항'으로 받아들였다. 챠챠히메의 말이 모두 생생하게 가슴을 찔러왔기 때문이다. 그런 의미에서 챠챠히메의 두뇌는 지나치게 영리했다.

히데요시가 챠챠히메를 이에야스의 아들 나가마츠마루(히데타다秀忠)에게 시집보내려고 생각한 이면 어딘가에는—

'이것으로 이에야스를 포로로 삼을 수 있다……'

이런 생각이 있었다.

제후들 앞에서 이에야스와 대면하고 챠챠히메를 양녀로 삼아 이에야스의 후계자에게 준다…… 오기마루는 히데요시의 양자가 되어 있기 때문에 이것으로 인연은 이중 삼중으로 얽힌다. 그렇게 되면 적어도 오만도코로를 미카와에 보냈다는 히데요시 자신의 큰 불명예와 체면을 해소시키는 데 도움이 될 것이다.

히데요시 자신이 확실하게 의식하고 계획한 것은 결코 아니었다. 그런데 이 무의식적인 계산까지도 챠챠히메는 정확히 폭로해 보였다.

'무서운 여자야……'

사랑스럽고 건방지며, 애를 태우면 태울수록 귀엽기도 했던 챠챠히메가 갑자기 방심할 수 없는 존재로 보였다. 사방침 너머로 오른손을 뻗쳐 챠챠히메의 손목을 억세게 잡은 히데요시의 얼굴 표정이 그러한 감정을 잘 나타내고 있었다.

순간 챠챠히메는 자신의 장난이 도가 지나쳤음을 깨달았다.

'히데요시를 분노하게 만들었다!'

사자의 갈기를 가지고 놀다 사자를 성나게 만든 토끼의 공포, 챠챠히메는 그 공포 속으로 몰렸다. 이 경우 공포를 나타내면 오히려 사자 히데요시에게 방심할 수 없는 상대……라는 생각을 굳히는 결과를 초래한다. 챠챠히메도 여기까지는 깨닫지 못했다.

"용서해주세요……"

손목을 잡힌 채 챠챠히메는 중얼거렸다. 웃으려고 했다. 아양을 떨면서 웃으면 평소의 히데요시처럼 기분이 풀릴 것이라는 생각이었다.

히데요시는 웃지 않았고, 챠챠히메의 웃는 얼굴이 일그러졌다.

"챠챠."

"예…… 예."

"내 선물이 되기는 싫다고 했지?"

"예……"

"이 세상에서 내가 두려워하는 것은 이에야스와 챠챠라고 했지?"

"용서해주십시오……"

"그런 것 같아. 확실히 그런 것 같아!"

히데요시는 예의 그 이중으로 빛나는 눈으로 노려보며 챠챠히메의 손을 홱 잡아당겼다. 그러자 뜻밖에도 챠챠히메의 몸이 가볍게 다다미 위로 미끄러졌다.

"용서해주십시오……"

그 목소리에 대담한 여자의 교태가 풍겼다.

6

히데요시의 머릿속에서 일그러진 이성理性의 톱니바퀴가 소리를 내며 돌아가기 시작했다.

'이 계집아이는 아마도 평생토록 이 히데요시에 대한 반항을 버리지

못할 것이다……'

이렇게 생각하고 바라보니 그 대답은 한층 더 일그러져갔다. 다른 사람을 대할 때 이런 일그러짐을 누구보다도 경멸하고 경계하는 히데요시가 도리어 깊이 빠져드는 것은 역시 노모를 인질로 보낼 수밖에 없었던 안타까움과 이에야스에 대한 어쩔 수 없는 거리낌 때문임이 틀림없었다.

어쨌든 오늘 히데요시는 시들어버린 참억새꽃을 거대한 유령으로 대하듯 챠챠히메를 대하고 있었다. 챠챠히메의 겁먹은 교태가 그것을 더욱 깊게 했다.

"챠챠, 또 웃었지?"

"예…… 아, 아닙니다……"

"아니, 분명히 웃었어. 내가 오만도코로를 미카와에 보낸 것이 그렇게도 재미있는 모양이지?"

챠챠히메는 서서히 히데요시에게 끌려가면서 마른 입술을 부들부들 떨었다.

히데요시의 몸에서 발산되는 살기가 챠챠히메의 재기才氣를 무겁게 봉쇄하여 안타까울 정도로 호흡이 흐트러졌다.

"챠챠는 지독한 여자야. 빈틈이 보이기만 하면 히데요시의 등뒤에서 찌르려 드는 여자야."

"전하……"

"내 목을 노리는 자가 나타나 그것이 성공할 것처럼 보이면 언제라도 그놈과 결합할 여자야."

"전하…… 그렇다면, 전하도 역시 마찬가지 아닙니까?"

"그렇지 않아! 내가 챠챠의 아버지를 공격한 것은 네 외삼촌인 우다이진 님의 명령 때문이었어."

"그런 것을 말씀 드리는 게 아닙니다."

"키타노쇼北の庄에서 생긴 일은 오다니小谷 부인이 슈리에게 억지로 같이 죽자고 했기 때문이었어."

"아니, 그렇지 않습니다. 어머니는 살아 있는 것이 부담스러웠기 때문입니다."

"그 이후 나는 너희 자매를 가엾게 여겨 가능한 한 행복하게 만들어 주려고 생각해왔어…… 그러나 그것도 오늘로 끝났어."

"……"

"챠챠는 함부로 시집보낼 수도 없는 완고한 여자……라는 것을 확실히 알았어."

그러면서도 히데요시는 아직 챠챠히메를 어떻게 하겠다는 결론에는 도달해 있지 않았다.

이런 어린 여자를 죽여버린다면 천하의 웃음거리가 될 것이고, 절로 보내도 상대는 반항심을 버리지 않을 터……

갑자기 히데요시는 잡았던 챠챠의 손목을 놓고 상대의 가슴을 건드렸다. 순간 손끝에 부드러운 유방의 감촉이 느껴졌다.

"앗……"

챠챠히메는 작지만 날카로운 소리를 지르고 사방침 너머로 몸을 젖혔다.

"챠챠."

"……"

"자, 너도 아사이 나가마사의 딸. 혼담을 취소하게 하고 이렇게까지 히데요시에게 거역한 이상 달리 각오가 있을 것이야. 어떻게 하겠나? 속마음을 털어놔봐."

챠챠히메는 흐트러진 옷자락을 본능적으로 눌러 잡으면서 벌떡 몸을 일으켰다.

다시 온몸이 반항 그 자체의 자세로 돌아오고 공포가 살기로 바뀌었다……고 생각되는 순간, 갑자기 챠챠히메는 사방침을 뛰어넘어 히데요시의 몸으로 덤벼들었다.

"아……"

이번에는 히데요시가 소리쳤다.

7

잠시 동안이기는 했으나 히데요시는 전신의 피가 한꺼번에 얼어붙었다. 방심도 이렇게 큰 방심은 없었다.

어쨌든 히데요시에게 이렇게까지 노골적으로 반항할 수 있는 여자였다. 그런 여자가 막다른 길에 몰려 자신을 찌를 것이라는 생각을 왜하지 못했던 것일까?

기습을 당하는 순간, 히데요시는 자기 가슴을 꿰뚫는 비수의 싸늘한 감촉을 느끼는 듯한 얼굴이었다. 그 정도로 상대의 동작은 기민하고 갑작스러웠다.

'이것으로 히데요시의 생애도 끝나는가……'

그런 감회마저 번개처럼 머리를 스쳐갔다.

그러나 다음 순간…… 뜻하지 않은 정경이 전개되고 있었다.

히데요시의 몸 어디에도 칼이 찔린 곳은 없고, 반사적으로 히데요시의 열린 가슴으로 뛰어든 챠챠히메는 미친 듯이 두 팔로 히데요시의 등을 껴안고 그대로 와락 소리내어 울기 시작하는 것이 아닌가……

히데요시는 당황해하며 주위를 둘러보았다. 비수 대신에 상대의 부드러운 육체가 마구 떨리면서 뼈가 앙상하게 드러난 그의 가슴에서 무릎으로 파고들고 있었다.

히데요시는 잠시 동안 망연한 채로 있었다.

찌르려고 덤벼든 게 아니었다. 그렇다면 도대체 무엇 때문에……?

공포인가? 응석인가?

사과인가? 교태인가?

——그 어느 것도 아닌 것 같았다.

등뒤로 돌려진 손에 힘을 가하여 손톱이 히데요시의 살에 파고들고, 돌풍과도 같은 울음소리가 점점 높아지고 있었다. 히데요시가 다시 한 번 슬며시 주위를 둘러본 것은 이 울음소리를 듣고 우라쿠가 달려오지 않을까 겁이 났기 때문이다.

필사적으로 매달린 채 울어대는 챠챠히메의 목소리는 그 정도로 진지하고 애처로웠다.

히데요시의 이성에서 비뚤어진 감정이 사라지기 시작한 것은 그 무렵부터였다.

'내가 생각했던 그런 것이 아니었구나……'

혹시 챠챠히메는 히데요시에게 의심받는 것을 가장 안타깝게 여기고 있는 게 아닐까……?

'기질이 거세어 이를 갑자기는 표현하지 못하고 온몸으로 덤벼들어 울고 있는 것이 아닐까……?'

이런 생각을 했을 때는 반사적으로 챠챠히메의 등을 껴안았던 히데요시의 팔에도 점점 힘이 가해지고 있었다.

'그렇다, 나는 나 자신의 그림자에 화를 내고 있었던 모양이다……'

이 정도로 냉정을 되찾게 되자 챠챠히메의 반항도 전혀 다른 각도로 생각할 수 있게 되었다.

챠챠히메는 역시 히데요시에게 응석을 부렸던 것이고, 히데요시만이 유일하게 자신의 방자함이 허용되는 놀이터라고 생각하고 있었던 것이 분명하다…… 그랬는데 뜻하지 않은 반발의 분화구를 만나 슬프게도 몸을 던졌던 듯.

어느 틈에 히데요시의 뺨에서 두 줄기 눈물이 주르르 흘러내렸다.

"챠챠, 용서해줘……"

챠챠히메도 겨우 울음을 그쳤다. 그러나 아직 끌어안고 있는 두 손의 힘은 조금도 늦추지 않고, 가슴에 꼭 밀어붙이고 있는 검은머리에 눈물 냄새가 섞여 있었다.

"챠챠, 내가 너무 심하게 꾸짖었어…… 응, 용서해다오."

8

챠챠히메가 또다시 조용히 울기 시작한 것은 히데요시가 그녀의 흐트러진 머리카락을 가만히 매만져주었을 때부터였다. 이번 울음소리는 더할 나위 없이 처량하고, 마음에 파고드는 가을비처럼 애처로웠다.

"챠챠는 역시 의지할 곳 없는 고아였어…… 그렇지, 챠챠……?"

챠챠히메는 이제 조금도 반항하지 않았다. 신뢰에 가득 찬 눈빛으로 의지해오는 어린아이처럼 순순히 고개를 끄덕이고 있었다.

"좋아, 좋아, 그만 울음을 그쳐."

히데요시는 무엇에 홀린 듯 검은 머리에 뺨을 비볐다.

'아직 입밖에 놀릴 줄 모르는 어린아이였어……'

자기 자신에게 말하다가 깜짝 놀랐다. 그의 품안에 있는 챠챠히메의 체중이 어린아이……라는 연상에 대해 날카롭게 저항했다.

'어린아이가 아니다…… 역시 어엿한 한 사람의 여자……'

히데요시는 또다시 주위를 둘러보고 당황하면서 헛기침을 했다. 어엿한 여자……라는 것을 의식하는 순간 주위에 가득 퍼져 있던 여자의 체취에 숨이 막혔다.

'그렇다, 어엿한 여자……'

그가 현재 총애하고 있는 카가 부인보다 훨씬 더 성숙하고 부드러운 여자의 팔다리가 필사적으로 자기에게 매달려오고 있었다……

하지만 그 부드러운 자태 속에 깃들인 챠챠히메의 기질은 어떠한 것일까……?

남달리 기질이 강한 여자. 자존심이 강하고 재기에 넘치며 고개를 숙이지 않는 여자. 히데요시의 눈에 든 어떤 신랑감도 코끝으로 냉소한 여자……

'그렇다면 이 여자의 상대는 어떤 사내여야 한단 말인가……?'

히데요시는 챠챠히메의 검은 머리에 손을 얹은 채 저도 모르게 숨을 죽였다.

챠챠히메와 히데요시 자신은 끊을 수 없는 숙명의 실로 얽혀 있는 것이 아닐까. 히데요시를 위해 태어난 여자……라고 생각하는 것이 잘못이라면, 챠챠히메를 위해 히데요시라는 칸파쿠가 태어났다고 생각해도 좋다……

'아마도 챠챠히메가 원하는 상대는……'

히데요시는 갑자기 얼굴을 붉혔다. 가슴의 고동이 빨라지고 이것이 그대로 챠챠히메의 고막으로 전해졌다……

아사이 나가마사의 딸.

오다 우다이진의 조카딸.

아니 그보다도 히데요시가 그토록 동경하며 가슴을 죄었던 그 오다니 부인 오이치ぉ市가 낳은 딸이라는 사실이 더욱 히데요시를 당황하게 했다.

하늘은 오와리의 나카무라 출신인 농부의 아들에게 칸파쿠 전하라는 놀라운 은총을 내렸다. 그렇다면 여기에 어울리는 주옥珠玉을 준비해두었다고 해도 전혀 이상할 것이 없었다.

'오다니 부인과는 맺어질 수 없었으나, 그녀와 똑같고 더 젊으며 더

재능이 있는 딸을……'

히데요시는 갑자기 부들부들 떨기 시작했다. 그리고 이 떨림이 그대로 챠챠히메에게 전해질 것이라 생각하니 어린아이처럼 혀가 굳어졌다.

"챠챠, 그대를…… 다시는…… 어디에도 보내지 않겠어. 그대를 어디에도…… 히데요시가…… 그래야만 챠챠의 행복…… 챠챠의 행복이……"

그리고 이 모두가 지나치게 이에야스를 의식한 나머지 빠져들게 된 사유思惟의 함정이라는 것에는 그 역시 생각이 미치지 못하고 있었다.

꽃에 침을 뱉다

1

오만도코로 일행이 오카자키에 도착한 것은 10월 18일 한낮이 지나서였다.

이날 마츠다이라 토노모노스케 이에타다는 치리유까지 나가 일행을 맞이하고 300여 기騎의 군사로 경호케 하면서 성으로 돌아왔다. 따라서 미카와에서의 행렬은 결코 초라한 것이 아니었다.

한편 오만도코로와 대면한 후 곧바로 상경하기 위해 14일 요시다 성, 15일에 오카자키 성에 도착하여 일행을 기다리고 있는 이에야스의 군세는 서미카와 일대에 널리 퍼져 있어 백성들의 간담을 서늘하게 만들기에 충분했다.

"드디어 성주님이 쿄토를 공격하시는 게 아닐까?"

"그렇지는 않을 거야. 칸파쿠의 어머니를 인질로 잡게 되었는데 뭐. 어머니를 보내는 것은 항복한다는 표시거든."

"아니, 나는 믿을 만한 소식통으로부터 들었는데, 칸파쿠의 어머니를 인질로 잡아놓고 나서 군세를 몰아 담판을 지으러 가신다는 거야."

"어떤 담판일까?"

"그야 뻔하지 않은가. 천하를 이쪽에 넘기라는 것이지."

"아니, 그렇지 않아. 칸파쿠 쪽에서 어머니를 인질로 보내 이쪽을 방심하게 만들고 성주님을 공격할 계략인지도 모르니까, 수상한 기색이 보이면 당장 쳐들어갈 생각이신 것 같아."

"그럼, 어머니를 인질로 보낸다는 것은 거짓말일까?"

"계략이야. 무엇 때문에 칸파쿠가 어머니를 인질로 보내겠나?"

이러한 백성들의 소문보다도 가신들의 소문은 더욱 심각했다. 그들은 오사카에서 올 오만도코로는 십중팔구 가짜일 것이라고 장담했다. 그 사실 여부를 확인하고 나서야 출병이냐 아니냐를 결정하게 된다, 이 때문에 대군이 집결된 것이라 믿고 있었다.

가짜일 경우에는 즉시 그녀를 죽인 뒤 출병하고, 진짜일 때는 인질을 잡아놓고 담판을 지으러 떠난다……

이렇게 믿도록 만든 것은 혼다 사쿠자에몬이었다. 호의적인 의견을 말하면 도리어 가신들을 격앙시킬 우려가 있었기 때문이다.

오만도코로는 이러한 험악한 분위기를 전혀 깨닫지 못하고 있었다. 무엇보다도 그녀를 기쁘게 한 것은 오와리를 지날 때 환송해준 백성들의 모습이었다.

일찍이 가난으로 고통받던 고향 땅, 그곳 백성들이 나와 길을 메우고 소리쳤다.

"일본에서 가장 행복한 분에게 꽃을 뿌리자!"

"꽃을 뿌리자, 꽃을 뿌리자!"

저마다 노란 국화꽃을 던지며 축복해주었다.

이 축복받은 여행이 끝나면 사랑하는 막내딸 아사히히메와의 대면이 기다리고 있었다.

가마가 오카자키 성 정면 현관에 도착하여 네네가 선발해준 로죠 카시와기柏木의 손을 잡고 섬돌 위에 내려섰을 때 —

"오오, 여기가 사위의 성이로구나."

오만도코로는 얼굴 가득히 웃음을 띠었다.

"그런데 별로 살림이 넉넉지 못한 것 같구나. 좋아, 내가 전하에게 말해서 유복하게 만들어주겠어."

좋은 기분으로 중얼거리면서 쑥스러운 표정으로 도열해 있는 중신들을 바라보았다.

"모두 수고 많군요. 아사히가 여러모로 폐를 끼치고 있을 거예요."

2

오만도코로의 접대를 맡은 이이 효부노쇼 나오마사가 얼른 앞으로 나와 안내했다.

사카이 타다츠구, 오쿠보 타다요, 사카키바라 야스마사, 혼다 타다카츠, 나가이 나오카츠 등이 일제히 고개를 들어 얼굴을 보인 것은 열여덟 명의 시녀를 거느린 오만도코로의 행렬이 아직 현관에 들어서기도 전이었다.

뜻밖에도 모두 웃음을 참고 있었다. 오만도코로는 그들이 의심했던 '가짜'라고 하기에는 너무나 흙냄새가 짙고 아무런 꾸밈도 없는 노파였다. 한눈에 과거의 고생이 어떠했는지를 알 수 있어서 과연 이 사람이 천하를 호령하는 '칸파쿠'의 어머니인가 하고 저도 모르게 실소할 정도로 소박함이 넘치고 있었다.

'가짜가 아니다……'

모두 대번에 깨닫고 무척 놀라고 있었다.

혼다 사쿠자에몬은 이러한 정경을 자세히 확인하고, 행렬이 안으로 들어간 뒤 일어서려는 사람들을 제지했다.

"여러분, 방심하면 안 됩니다."

"하하하……"

누군가가 참다못해 웃음을 터뜨렸다.

"웃지 마시오, 웃을 때가 아니오."

"사쿠자에몬 님, 가짜라고 하기에는 너무 연기가 훌륭합니다."

"그래서 방심하면 안 되는 것이오. 오늘 저녁 마님이 하마마츠에서 돌아오셔서 대면하실 때 진위 여부를 가려냅시다."

사쿠자에몬은 이렇게 말하고 걸음을 옮기면서 자기 자신이 싫어졌다. 오만도코로의 커다랗고 마디가 굵은 손가락을 보는 순간—

'이런 어머니까지 보내야만 했던 것일까……'

그만 눈물이 나올 것 같았다. 그러면서도 마음에도 없는 말을 해야 하는 자기가 더할 나위 없이 야비하다는 생각이었다. 전략의 도구로 이용되고 있는 것을 아는지 모르는지, 목적지에 도착하여 안도하는 오만도코로의 기쁨에서는 전혀 거짓을 느낄 수 없었다. 그런 소박한 노파를 자기는 도대체 어떻게 대우하려 하는 것일까.

오만도코로는 일단 본성 내전에 새로 지은 별채에 들어가 휴식을 취하다가 옷을 갈아입고 큰방에서 이에야스와 대면할 예정이었다. 그 자리에서 이에야스는 중요한 가신들을 소개하고 저녁 식사를 같이한다. 그동안에 아사히히메가 하마마츠에서 도착하게 되어 있었다.

원래는 당연히 이에야스가 나가 마중해야 했으나 만류한 것 역시 다름 아닌 사쿠자에몬이었다.

"전쟁에 이긴 쪽이 진 쪽에서 보내는 인질을 마중 나가는 것은 당치도 않은 일……"

모두가 듣도록 이렇게 말했을 때 중신들도 동감이라는 듯 만족스러운 표정을 지었다.

"옳은 말씀이오. 만일 가짜일 경우에는 후세까지 웃음거리가 될 것입니다."

그때 이에야스는 한마디도 자기 의견을 말하지 않고 모든 것을 가신들에게 맡겼다. 물론 이것이 사쿠자에몬의 고육책苦肉策이라는 것은 이에야스도 잘 알고 있었다. 가신들의 마음이 조금이라도 풀려 있었다면 아마도 그는 치리유까지 마중 나갔을지도 모른다.

사쿠자에몬은 오만도코로가 별채에서 여장을 푼 것을 확인한 뒤 이에야스의 거실로 향했다.

"오사카의 노마님이 무사히 도착하셨습니다."

"수고가 많았네. 그래, 진짜인 것 같던가?"

이에야스는 웃으면서 옆에 있는 혼다 마사노부를 돌아보았다.

"야하치로는 히데요시가 진짜를 보낼 리가 없다고 장담했는데."

혼다 마사노부는 이에야스 곁에 있었기 때문에 아직 오만도코로를 보지 못했다······

3

"야하치로 따위가 그런 것을 알 리가 없죠."

사쿠자에몬보다 한발 앞서 와 있던 오쿠보 타다요가 내뱉듯이 말했다. 오쿠보 타다요는 혼다 마사노부와 사이가 안 좋은 모양인지 무슨 말만 꺼내면 면박을 주려 했다. 마사노부는 그때마다 은근히 시선으로만 반발하는 것이 상례였다.

"그 소박함, 그 어수룩함······ 굳이 가짜를 보내려 했다면 좀더 빈틈없고 교활한 여자를 택했을 것일세."

"하지만 그것이 계략일지도 몰라요. 지나치게 나카무라의 농부 출신다운 냄새를 풍기는 것이."

"야하치로, 자네는 속이 검은 사람이로군. 하마마츠에서 마님이 오시면 알게 될 것, 내기를 할까?"

"말도 안 됩니다. 적어도 마님의 어머님을 자처하는 사람인데 내기를 하다니 당치도 않아요."

이에야스는 쓴웃음을 짓고 두 사람을 말렸다.

"그만 됐네. 사쿠자에몬, 큰방 쪽 준비는 다 됐나?"

"예, 차질 없이 준비되었습니다."

"그럼, 내가 별채로 가서 안내하겠네."

"그것은 안 됩니다."

"아니, 사쿠자에몬도 야하치로와 한통속인가?"

사쿠자에몬은 불쾌하다는 듯 고개를 흔들었다.

"진위 여부는 아무래도 좋습니다. 그러나 주군께서 가볍게 처신해서는 안 된다는 말씀입니다."

"허어, 상대가 칸파쿠의 자당慈堂인데도 그렇다는 말인가?"

"그렇습니다. 이번 일은 모두 칸파쿠의 사정에 의한 것, 이쪽에서 먼저 요구한 것이 아닙니다. 끝까지 이 점을 잊으시면 안 됩니다."

"으음, 너무 가혹한 것 같지 않은가?"

"주군! 이 일은 여기서 끝나지 않습니다. 상경하시더라도 절대로 주군이 먼저 움직이시면 안 됩니다. 상경했다고 연락만 하시고 그 뒤의 일은 얼굴을 모르는 한베에에게 맡기십시오."

"간섭이 지나치군. 대관절 내가 몇 살인 줄 알고 있나?"

"하하하…… 이미 분별을 모르실 연세는 아니겠지요."

"정말 못된 늙은이로군. 그럼, 마중 가지 않겠네. 자네가 다시 한 번 찾아가서 오만도코로의 준비가 끝나거든 알려주게."

"알겠습니다."

사쿠자에몬은 시무룩한 표정으로 일어나 나가면서 마음속으로는 열심히 가신들의 분위기를 저울질하고 있었다.

오만도코로를 직접 본 오쿠보 타다요는 진짜라고 믿는 모양이었으나, 아직 보지 못한 혼다 마사노부는 의심하고 있었다. 어쨌거나 이 얼마나 뿌리 깊은 가신들의 반감이고 불신인가.

두 가문의 반목. 히데요시가 그 재능을 믿고 기상천외의 수단을 강구할수록 우직 일변도인 미카와 사람들을 혼란에 빠뜨리고 있었다. 이미 이시카와 카즈마사가 그 희생자가 되었는데, 이마저도 미카와 사람들에게는 오히려 불신과 원한을 깊게 만들어버렸다.

'이 일은 신중하게 생각할 문제야……'

이러한 사쿠자에몬도 오만도코로를 큰방으로 안내하고, 적의에 찬 사람들의 눈앞에서 이에야스와 오만도코로의 기탄없는 대화를 듣게 되자 자기까지도 아름다운 꽃에 침을 뱉는 구원받지 못할 비인간인 듯한 생각이 들어 여간 안타깝지 않았다.

"허어!"

오만도코로는 큰방 정면에 앉아 있는 이에야스를 보자 눈이 휘둥그레져 안내해온 이이 나오마사에게 말했다.

"이 사람이 내 사위란 말인가…… 마치 복을 내리는 신 같은 인상이로군! 이 사람은 우리 전하보다도 더 부자가 될 것 같아."

안내하고 들어온 이이 나오마사는 난처한 듯 고개를 숙였다.

4

오만도코로는 더욱 기분이 좋았다.

아마도 체재하는 동안 곁에서 일을 돌보아주겠다고 한 이이 나오마사의 인품이 마음에 들어서였을 것이다.

이이 나오마사는 겉으로 보기에는 근엄하기 짝이 없었으나 목소리에서 동작에 이르기까지 거짓이 없는 성실성을 느끼게 했다. 이런 인상을 고려하여 사쿠자에몬과 이에야스가 상의한 끝에 그를 선발한 것인데, 더더구나 사쿠자에몬은 나오마사에게 이런 다짐까지 주었다.

"미움받을 자는 한 사람이면 충분하네. 내가 그 역할을 맡을 테니 자네는 후에 히데요시가 트집잡지 못하도록 노파를 잘 돌보도록 하게."

오만도코로가 만족해하는 것을 보고 이에야스와 사쿠자에몬은 안도했으나 도열해 앉은 가신들은 이맛살을 찌푸렸다.

"먼길에 고생이 많으셨습니다. 피곤하실 것으로 알고 일부러 인사는 생략했습니다."

이에야스의 말에 몇 번이나 고개를 끄덕이면서 오만도코로는 상좌에 나란히 앉았다.

"미안해할 것 없어요, 사위님."

오만도코로는 매우 기뻐하며 상기된 얼굴로 주위를 둘러보았다.

"앞으로 이보다 더 훌륭한 성에서 살게 될 거예요. 사위는 복상福相을 가졌으니까."

"그러시면, 이 성이 너무 초라해 보이십니까?"

"아니, 아니. 처음에는 누구나 좀 모자란 듯하게 사는 것이 좋아요. 그것이 마음의 격려가 될 테니."

"옳으신 말씀입니다."

"정말 폐를 끼치게 되어 미안해요. 나 때문에 일부러 새로 전각까지 세워주어서."

"마음에 드시는지요?"

"아, 그럼요. 마음에 들고말고요. 내가 있는 오사카 성 전각은 너무 화려해 도리어 따분해요. 여기 오니 마음이 편안해지는군요."

이에야스는 밝게 웃었다.

"그 말씀을 듣고 저도 안심했습니다. 저는 모레 아침 일찍 쿄토로 떠나게 되었습니다마는 따님과 편히 계시면서 말씀을 나누십시오."

"알겠어요, 그야 뭐…… 그런데 말이에요."

같이 따라온 로죠 카시와기가 너무 엇나가면 어쩌나 싶어 가만히 오만도코로의 소매를 잡아당겼으나 웃으면서 이를 뿌리쳤다.

"알고 있어."

나무란 다음—

"너무 큰 성의 전각에서 사는 것은 따분한 일이에요."

이렇게 말하며 이에야스 쪽을 보았다.

"나가하마長浜와 히메지姬路에서도 나는 며느리와 딸에게 부탁하여 성안에다 밭을 갈게 했어요. 그런데 오만도코로가 되었다면서 아예 밭일을 하지 못하게 하는 거예요. 정원에 빈 땅이 있는데도 그냥 놀리고 있으니 여간 아깝지가 않아요. 사위님, 야채는 자기가 직접 가꾼 것이 가장 맛있어요."

"오만도코로 님."

다시 카시와기가 소매를 잡아당겼다.

"선물을 피력하심이 좋을 듯싶습니다마는."

"그런 것은 나중에 해도 상관없어."

오만도코로는 다시 한 번 손을 내저었다.

"참, 사위님은 적포도주라고 하는 술을 마셔본 일이 없겠지요?"

"적포도주……?"

"그래요. 황금 솥에 차를 끓이는 소에키란 다인이 즐기는 술이라고 해요. 나는 떫은맛이 나서 싫지만 사위님은 한번 맛보는 것도 괜찮을 거예요."

혼다 사쿠자에몬은 이 대화가 주는 분위기를 읽으려고 가만히 일동의 기색을 지켜보고 있었다……

5

당연히 좌중에는 화기애애한 웃음이 감돌고 있어야 할 것인데도 모두 가라앉은 표정으로 정적에 싸여 있었다. 아마도 내장을 시원히 씻어주는 것 같은 동심童心으로 가득한 이 대화의 한마디 한마디도 가신들에게는 히데요시의 우월성과 이어진 방심할 수 없는 말로만 받아들여지는 모양이었다.

어쨌든 자기는 떫어서 싫다는 적포도주를 이에야스더러 마시라는 어처구니없는 말은 재미있다고 사쿠자에몬은 생각했다. 히데요시의 기상천외한 발상도 어쩌면 이 어머니로부터 이어받은 것인지 몰랐다.

야채 가꾸기가 유일한 취미인 노파가 황금 솥에 끓인 차 따위를 마시며 고대광실의 방에 갇혀 답답해하는 모습은 인간의 서글픈 일면을 보여주는 것 같아 몹시 안타까웠다…… 아니, 그보다 더 안타까운 것은 이런 흙냄새 나는 대화까지도 적의가 숨어 있다는 생각으로 살기를 띠고 들어야 하는 것이 지금의 미카와 무사인지도 몰랐다……

사쿠자에몬이 이렇게 생각하고 있을 때, 한껏 기분이 좋아진 오만도코로가 모두를 깜짝 놀라게 할 엉뚱한 말을 하고 말았다.

"사위님, 나는 미카와에 오면 살해당하지 않을까 걱정했어요."

"아니, 왜 그런 걱정을 하셨습니까?"

"아사히가 그런 편지를 보냈거든요. 아사히는 지극한 효녀이기는 하지만 지나치게 걱정을 많이 해서……"

"오만도코로 님!"

이번에는 카시와기의 안색이 변했다.

카시와기만이 아니었다. 깊은 물 속처럼 잔잔했던 좌중에 무언의 동요가 일기 시작했다.

"괜찮아."

오만도코로는 약간 당황해하면서도 말을 이었다.

"그러나 이제는 안심했어요. 아사히가 잘못 생각했다는 것을 알았으니까…… 이렇게 말할 수 있으니 괜찮지 않아요, 사위님?"

이에야스는 웃으면서 고개를 끄덕였으나 그 역시 상당히 놀란 모양이었다.

이렇게까지 터놓고 말하면 도리어 섬뜩해지는 것도 인간의 약점. 인간에게 음모는 따르게 마련이라 생각하는 혼다 마사노부 등은 분명히 경계심이 더 깊어진 듯 눈을 빛내고 있었다.

"사위님, 친척끼리는 모든 것을 솔직히 털어놓고 이야기해야만 더 가까워질 수 있는 거예요."

'이것으로 무르익어가던 화해의 분위기가 깨졌다……'

혼다 사쿠자에몬은, 이런 계산을 하면서 더 엇나가지 않기를 속으로 기원했다.

마침 이때 오쿠보 헤이스케大久保平助가 아사히히메의 도착을 알려왔다. 모두의 관심은 그쪽으로 옮겨졌다.

"지금 하마마츠에서 마님이 도착하셨습니다."

"그래? 어서 이리 안내하여라."

이에야스가 말하는 것과 오만도코로가 몸을 앞으로 내미는 것은 동시의 일이었다.

"아니, 아사히가 도착했나요? 원, 이런……"

아사히히메 쪽에서도 같은 생각을 하고 있었는지, 모두가 머리를 조아리는 자세였지만 사실은 의혹의 눈을 빛내고 있는 가운데 마치 무엇에 홀리기라도 한 듯한 모습으로 달려왔다.

"오오, 아사히……"

"어머님!"

이미 주위는 어두워져 있었으나 서로 외쳐대는 모녀의 눈에서 빛나는 이슬만은 누구의 눈에도 또렷하게 보였다.

6

이렇게까지 이성을 잃은 모습이 또 있을까? 느닷없이 중신들 앞으로 뛰어나와 노모에게 안기는 아사히와 그녀를 껴안고 뚝뚝 눈물을 떨구는 노모의 모습……

"아사히……"

"어머님!"

생각하기에 따라서는 이보다 더 애처롭고 이보다 더 가련한 진실도 없었다. 이에야스도 눈시울이 젖었고, 반쯤 눈을 감은 채 돌처럼 앉아 있는 사쿠자에몬의 입술도 일그러졌다. 좌중에도 얼굴을 돌리는 자가 많아, 이것으로 오만도코로가 가짜가 아니라는 사실만은 누가 보기에도 확실해졌다.

그러나 이것만으로는 결코 양가 사이의 벽이 완전히 허물어졌다고는 할 수 없었다.

이에야스는 모녀만의 자리를 마련해주기 위해 중신들의 소개를 간단히 끝내고 두 사람을 별채로 보냈다. 그 후 큰방에 남아 있는 사람들 사이에서는 여러 말이 교환되었다.

"가짜가 아니라는 것을 알았다고 해서 방심해서는 안 돼."

"그야 물론이지. ……야심을 위해서는 무슨 짓을 할지 모르는 히데요시니까."

"……하지만 이 모두가 계략이라고 한다면 히데요시는 전대미문의 가공할 사나이야."

"옳은 말이야. 친동생뿐만 아니라 자기 어머니까지 죽일 생각인지도 몰라."

"그렇지는 않겠지. 방심하면 안 된다고 내가 말한 것은 우리 가신 중에 제이의 이시카와 카즈마사가 있지 않나 해서 한 말일세."

"아니, 그게 무슨 말인가?"

"인간이란 어떤 경우에도 어머니까지 죽여서는 안 돼. 그런 어머니를 태연하게 보냈어…… 알겠나. 주군을 속여 쿄토로 유인하여 어디선가 시해하는 동시에 제이의 이시카와가 미카와에서 히데요시에게 호응한다, 그런 뒤 어머니를 구출한다는 계략이라면 어떻게 하겠나?"

"이거, 심상치 않은 말을 하는군. 누가 제이의 이시카와란 말인가?"

"말하자면 그렇다는 뜻이지…… 배신자가 있다는 것은 아닐세. 만일 히데요시에게 그런 계산이 있다면 태연히 어머니라도 보낼 수 있다는 말일세."

"으음, 그러니까 내통자가 있다면 구해낼 수 있다는 말이지?"

"물론일세. 우리가 없는 동안에 그 자가 우리 처자들을 모두 인질로 잡는다고 생각해보게."

"과연…… 과연 방심할 수 없어."

혼다 사쿠자에몬은 이러한 대화를 들으면서 얼마 동안 잠든 듯이 움직이지 않았다.

의표를 찌르는 히데요시의 대담한 수법이 미카와 무사들에게는 더욱 오해받는 원인을 만들고 있었다. 제2의 이시카와 카즈마사라니 이 얼마나 무시무시한 의혹의 올가미인가. 이런 의혹이 뿌리를 내리면 가문 중에서는 아무도 정론正論을 펴는 자가 없어지고, 결국에는 민심까지 위축될 것이다.

'그렇다면 역시 카즈마사는 해서는 안 될 일을 한 것일까……?'

카즈마사로부터 히데요시는 양가가 제휴하는 것밖에는 아무런 야심
도 품고 있지 않은 것 같다는 은밀한 연락이 있어 사쿠자에몬은 카즈마
사의 노고를 높이 평가하고 있었다. 그러나 경우에 따라서는 덮어놓고
믿을 일이 아닌지도 몰랐다……

사쿠자에몬은 모두가 성을 나간 뒤 천천히 성안을 돌아보았다.

출발을 이틀 앞둔 이에야스의 거실은 일찍부터 불이 꺼져 있었다. 오
만도코로와 마님이 있는 별채는 한밤중이 지나도 아직 환히 불이 밝혀
져 있었다.

7

이에야스는 예정대로 20일 이른 아침에 군사를 거느리고 상경 길에
올랐다.

혼다 사쿠자에몬은 그들을 성문 밖까지 나가 전송하고 본성으로 돌
아왔다. 몹시 나른한 피로가 전신으로 퍼져왔다.

이에야스 자신은 별로 불안한 기색도 없이 밝은 표정으로 출발했고,
가신들이 우려하는 음모 같은 것을 히데요시가 시도할 리 없다……고
앞날까지 계산하고 있으면서도 무언가 미처 생각이 미치지 못한 일이
있는 것만 같아 도무지 마음이 가라앉지 않았다.

그날 비는 내리지 않았다. 그러나 하늘에 낮게 구름이 깔리고, 거세
게 바람이 불었다. 늙은 소나무 가지가 윙윙 울고, 바람이 그치자 눈이
라도 내릴 듯이 기온이 떨어졌다.

'올해는 겨울이 일찍 닥칠 모양이군……'

거실에 돌아와 불안한 마음을 달래며 앉아 있을 때 이이 나오마사가

들어왔다.

"사쿠자에몬님, 피곤하시겠습니다."

"오, 자네로군. 두 분의 분위기는?"

"아마도 할 이야기가 많았던 모양입니다. 아직까지도 자지 않고 계속 이야기를 나누고 있습니다."

젊은 나오마사는 무릎을 가지런히 하고 앉아 사쿠자에몬에게 충분한 경의를 표했다.

"그런데, 쿄토나 오사카에서 혼다 타다카츠 님과 이시카와 카즈마사님이 만나지 않았으면 좋겠습니다마는."

"타다카츠가 무슨 말이라도 하던가?"

"만나기만 하면 단칼에 베겠다고 벼르고 있었습니다. 워낙 대쪽 같은 성격이라서."

"여보게."

사쿠자에몬은 비로소 자기가 불안해하는 이유를 알 것 같았다.

"자네는 카즈마사를 어떻게 생각하나? 카즈마사에게는 그나름의 고민이 있었던 모양인데."

"이시카와 님의 고민……?"

"가령 말일세, 카즈마사가 히데요시에게 전향한 것처럼 꾸미고 사실은 우리를 위해 그쪽에서 노력할 생각이었다면 어떻게 하겠나?"

"어르신답지 않은 말씀을 하시는군요. 그런 가정은 하지 마십시오."

"그럴까……?"

"만일 그렇다 해도 올바른 길이 아닙니다. 그런 것을 허용한다면 정도正道가 문란해집니다."

"으음."

"그런데, 혹시 그런 기색이라도 보였습니까?"

"아니, 자네 이야기를 듣고 문득 카즈마사의 얼굴을 떠올려보았을 뿐일세."

"바람이 점점 더 심해지는군요."

"그렇군."

"철저히 불조심을 해야겠습니다. 주군이 안 계실 때 화재라도 발생하면 큰일입니다."

사쿠자에몬은 대답하지 않았다.

'역시 카즈마사를 이해하는 사람은 아무도 없는 모양이다……'

이런 생각에 자기마저 몹시 처량한 마음이 되었다.

"오만도코로는 자기가 인질인 줄 모르는 모양이지?"

"처음에는 인질이라고 생각했던 것 같습니다. 그러나 의심하기 시작하면 한이 없는 법이라 마음을 고쳐먹었더니 마음이 넓어지는구나, 너도 공연한 생각은 하지 말라면서 마님을 달래고 있었어요. 물론 그 말을 액면 그대로 받아들일 것인지는 잘 모르겠습니다마는……"

"으음, 자네도 그렇게 생각하고 있군."

사쿠자에몬은 어깨를 떨구고 한숨을 쉬었다.

이이 나오마사까지도 이렇다. 오만도코로의 심경에도 멀리 미치지 못한대서야 어찌 카즈마사나 자신의 생각을 이해할 수 있겠는가.

"그렇군. 그 말을 액면 그대로 받아들일 수 없다는 말이군……"

8

"어르신, 제가 찾아온 것은 화로에 관한 일입니다마는……"

나오마사는 사쿠자에몬의 고독감을 깨닫지 못했다.

"오만도코로의 시녀들이 뜻밖에 추위가 심하다고, 모두에게 화로를 주었으면 합니다. 그래 일단 성주 대리님과 상의하려고 왔습니다."

"화로를……"

사쿠자에몬은 아무 생각 없이 중얼거렸다.

"아, 화로 말인가?"

다시 물었다.

"안 된다고 하게. 여자들에게 모두 화로를 주었다가 혹시 불이라도 나면 큰일, 이 사쿠자에몬이 허락하지 않더라고 말하게."

"알겠습니다. 그럼, 그렇게 말하겠습니다."

"아, 잠깐. 시녀들은 아직 어려 안 되지만 오만도코로는 나이가 많아. 위험해서 사쿠자에몬은 안 된다고 했으나 자네가 알아서 가져왔다…… 이렇게 말하면서 갖다주게."

나오마사는 무릎을 탁 치고 머리를 끄덕였다.

"과연 어르신답습니다! 그렇게 하는 것이 좋을 듯합니다."

"방 안이 훈훈해지도록 하나만이 아니라 둘이건 셋이건 갖다주어 정성을 보이도록 하게. 그리고…… 무슨 일이든 상대가 불만을 말하면 모두 사쿠자에몬 탓으로 돌리도록 하게."

"하하하…… 화로 세 개에 대해서는 알겠습니다마는 나쁜 일은 모두 어르신 탓이라고 해라…… 그런 비겁한 거짓말을 이 나오마사는 할 수 없습니다."

"그것이 조심성이라는 거야!"

사쿠자에몬은 답답하다는 듯 혀를 찼다.

"미움받을 자는 한 사람으로 충분하다고 했지 않아? 오사카 성에 돌아가면, 오카자키에서는 모두가 불친절했다는 말을 듣기보다는, 모두 친절했지만 사쿠자에몬 녀석이…… 하는 편이 주군을 위해 도움이 될 것일세. 나는 자네더러 비겁하게 아양떨라는 말은 하지 않았어. 가문을 위해 머리를 쓰라고 했네."

"그렇습니까, 그렇다면 알겠습니다."

"알았으면 얼른 화로를 준비하게."

엄한 목소리로 말하고 사쿠자에몬은 다시 침묵했다. 자신의 고독을 이해하지 못하는 상대의 젊음에 화가 나서 그만 거칠게 말한 것을 반성했다.

"그럼, 분부대로 하겠습니다."

나오마사는 머리 숙여 절하고 밖으로 나갔다.

사쿠자에몬이 갑자기 소리내어 웃은 것은, 그로부터 4반각(30분)쯤 얼굴을 찌푸리고 달마達磨처럼 꼼짝 않고 문을 바라보고 난 뒤의 일이었다.

"하하하…… 모른다고 해서 화를 내서야 어디 될 말인가."

혼자 큰 소리로 말하고 고개를 끄덕였다. 그러다가 느닷없이 주방을 책임지고 있는 오사와 겐에몬大澤元右衛門을 불러오게 했다.

"밥을 짓는 장작이 있겠지?"

사쿠자에몬은 겐에몬이 나타나자 마치 꾸짖기라도 하듯 큰 소리로 말했다.

"그 장작을 말일세, 이삼백 단 정도 오만도코로가 있는 전각 주위에 쌓아 올리도록 하게."

겐에몬은 깜짝 놀랐다.

"어째서 장작을 거기에?"

"그 노파가 춥다고 한다더군. 장작을 쌓으면 찬바람을 막을 수 있을 테니……"

"예, 그렇기는 합니다마는."

"그러나 표면적인 이유일 뿐…… 실은 상경하신 주군에게 히데요시 녀석이 조금이라도 수상한 기색을 보이거든 그 장작에 불을 질러 전각과 함께 여자들을 모두 태워 죽이려는 거야. 알겠나?"

겐에몬은 잠시 동안 눈도 깜박이지 못하고 멍하니 사쿠자에몬만 바라보고 있었다.

9

"겐에몬, 왜 그렇게 멍청한 얼굴을 하고 있는 게냐? 어서 장작을 쌓도록 해."

다시 한 번 꾸짖듯이 명하면서 사쿠자에몬은 자신을 반성했다.

'나는 카즈마사처럼 다른 사람들로부터 의심받는 것을 두려워하고 있는 게 아닐까……'

예삿일로는 가신들의 히데요시에 대한 반감은 가라앉지 않을 터. 그래서 사쿠자에몬 나름대로 한껏 극단적인 조치를 강구하여 빈정거려줄 생각이었다……

아마도 히데요시는 상경한 중신들을 융숭하게 대우할 것이다. 지난번 아사히히메의 혼례를 축하하러 갔던 사카키바라 야스마사를 잘 대우해준 것만 보아도 상상할 수 있는 일이었다.

그 중신들이 도리어 정말 놀랄 일을 하여 그들에게 면박과 수치심을 느끼게 한다……

'사쿠자에몬이 또 엄청난 일을 저질렀군……'

후한 대접을 받고 온 자기들의 처지와 비교해보고 ―

'정도가 지나쳤어, 난처하게 됐어……'

이런 마음이 들게 하려면 될 수 있는 대로 엉뚱한 일을 하지 않으면 의미가 없다…… 이렇게 생각하고 자신을 희생할 마음이었으나, 역시 사쿠자에몬은 외로웠다.

이런 일까지 굳이 감행하는 자신은 도대체 무엇이란 말인가……?

아마 이번 일에 대해서는 가신들보다도 먼저 이에야스가 분노할지도 몰랐다. 인간에게는 해서 좋은 일과 나쁜 일이 있다고 하면서……
아니, 이에야스보다 히데요시의 분노가 몇 배나 더 심할 터.

"오만도코로에 대한 무례는 곧 나에 대한 무례, 당장 할복케 하라."

이 정도라면 차라리 나은 편. 어쩌면 당장 목을 베어 바치라고 할지
도 모른다. 그 경우 물론 목을 내놓을 결심인 사쿠자에몬이었다. 그러
나 생각해보면 그 고집 자체도 너무 공허했다.

"흥."

사쿠자에몬은 웃으면서 다시 이시카와 카즈마사가 이 성을 떠날 때
의 심정을 상상해보았다.

'카즈마사, 나도 약속대로 하고 있네.'

"알겠나, 명령을 받았거든 어서 실행하게."

아직 자리를 뜨지 않고 있는 겐에몬에게 말했다.

"하지만, 성주 대리님……"

겐에몬도 심각한 표정이 되었다.

"어째서 그토록 장작을 쌓느냐……고 오만도코로 님이나 마님이 물
으시면……?"

"바람을 막기 위해서라고 말하게. 사실은 그 때문이 아니지만."

"만일에 그 사실……을 저쪽에서 알아차리고 칸파쿠에게 알린다면
도리어 여행 중이신 주군께 어려움이 닥칠지도……"

"뭐, 어째서 주군께 어려움이 닥친다는 말인가?"

"그렇게 대우하다니 무례하지 않느냐고 분개할 테니."

"주군께 무례한 짓을 하면 노파 모녀를 불태워 죽이겠다, 주군을 극
진히 대우하면 모녀도 무사할 것이라고 하면 되네."

"하지만, 주군의 변명이…… 그것으로는……"

"지나친 걱정은 하지 말게. 우리 주군은 몇 번이라도 고개를 숙이며
사과할 것이야. 어서 장작이나 쌓도록 해!"

겐에몬은 고개를 갸웃거리며 어이없다는 표정으로 일어났다.

"흥……"

사쿠자에몬은 다시 한 번 웃고 입을 다물었다. 이것으로 성안에는 순식간에 그 소문이 퍼질 터.

대관절 몇 사람이나 이 조치에 쾌재를 부르고, 몇 사람이 안색을 바꾸며 반대할 것인가.

다른 사람들이 쾌재를 부르면 참을 수 없을 정도로 화가 날 것이고, 안색을 바꾸며 반대한다면 참을 수 없을 정도로 쓸쓸할 것이다…… 이렇게 생각하고 있을 때, 아니나다를까 이이 나오마사가 달려왔다……

10

"어르신! 드디어 해내셨군요!"

나오마사는 젊은 혈기를 이기지 못하고 앉기도 전에 말했다.

"설마 주군이 이런 일까지 명하고 떠나신 줄은 몰랐습니다. 이 정도면 염려할 것 없습니다."

사쿠자에몬은 입을 다문 채 대답하지 않았다.

"추위를 막기 위해서라고 대답했습니다마는, 따라온 로죠의 안색이 금방 새파랗게 변하는 것이었습니다. 눈치로 보아 당장 서신을 보낼 모양입니다. 어르신, 그 서신은 도중에 빼앗는 것이 좋겠습니다."

"그럴 필요까지는 없네."

"그럼, 잠자코 보내겠다는 말씀입니까?"

"여보게."

"왜 그러십니까? 제 생각에는 좀더 시일이 지난 뒤에 도착하도록 하는 편이 좋겠다고 생각합니다마는."

"자네는 주군이 이 일을 명하고 떠나신 줄 알고 있군."

"그렇지 않다는 말씀입니까?"

"물론일세."

"그러면…… 어르신이 독단적으로 결정하신 일입니까?"

"그래."

"그렇다면 안 됩니다! 그런 무모한 일은……"

"여보게, 주군이 명한 일이라면 괜찮아도 이 사쿠자에몬의 지시라면 어째서 안 된다는 말인가?"

"어르신답지 않은 말씀을 하시는군요. 주군이 아시는 일이라면 칸파쿠가 무어라 항의해도 마음의 준비가 되어 있을 터. 그러나 갑작스럽게는 대답할 말이 없을 것입니다…… 오만도코로를 불태워 죽인다…… 전하의 불리함이 눈에 보이는 듯합니다."

"입을 다물게."

"입을 다물라니 지나친 말씀이십니다."

"지나치지 않아, 잠자코 있게."

사쿠자에몬은 똑같은 말을 되풀이했다.

"이 성을 지켜야 하는 것이 나의 임무일세."

"오만도코로의 접대는 이 나오마사의 임무입니다."

"당장 불지르라고는 하지 않았어. 히데요시에게 수상한 기색이 보이면 그렇게 할 것이야. 알겠나, 여행 도중 이상한 행동을 보이면 말일세. 당장 공격해오거나 성안에서 내응할 자가 나타날 우려가 있다, 미카와 무사의 조심성이라고 오만도코로에게 고하게. 미카와 무사는 언제나 한치의 빈틈도 없다, 그러나 상대가 다른 뜻이 없다면 단지 추위를 막기 위해서일 뿐, 전혀 걱정할 필요 없다고."

"사쿠자에몬 님."

"말해보게. 불만인가 보군."

"어르신은 지금 올바른 정신이 아닙니다."

"허어, 자네 눈에는 그렇게 보이나?"

"조심하는 일이라면 주군이 그 정도로 많은 군세를 거느리고 가셨으니 그것으로 충분합니다. 주군의 명이시라면 모르지만, 위풍을 보이는 가운데 조용히 담판하시려 하고 있을 때 이런 상식 밖의 난폭한 일로 히데요시에게 힐문의 구실을 준다면 주군께 누를 끼친다고 생각지 않습니까?"

"나는 그렇게 생각지 않아."

"뜻하지 않은 일로 낭패를 당해도 그것이 담판의 방해가 되지 않는다는 말입니까?"

"아직 어리군!"

"무엇이 어리다는 말입니까?"

"이이 나오마사의 생각이 어리다는 말이야."

"흥, 역시 올바른 정신이 아니군요."

"아니, 자네는 아직 어려!"

사쿠자에몬은 시선을 돌려 정원 너머로 잿빛 하늘을 쳐다보았다.

"저것 보게, 드디어 바람이 강해지기 시작했어."

노랗게 물든 나뭇잎이 처마 끝에서 맴돌며 떨어지고 있었다.

11

"여간 완고하시지 않군요. 알겠습니다, 뜻대로 하십시오. 그 대신 저는 곧 이 일을 주군께 보고하겠습니다."

나오마사가 서둘러 일어나려 했다.

"마음대로 하게."

사쿠자에몬은 빈정대는 투로 대꾸했다.

"미리 보고를 드리면 우리 주군, 뻔하지. 처음부터 굽실거리며 히데요시 앞에 나가실 거야."

"아니, 뭐라고 하셨습니까?"

"굽실거리게 하고 싶거든 보고하라고 했네."

"그러면…… 아무것도 모르고 계시다가 낭패를 당해도 좋다는 말입니까?"

"허허허…… 몰랐다고 해서 낭패를 당할 정도의 주군이라면 어차피 히데요시와 겨룰 수 있는 상대가 못 되지."

나오마사는 혀를 차고 자세를 바로했다.

"귀에 거슬리는 말만 골라서 하는 노인이시군요. 끝내 고집을 부리셔야만 하겠습니까?"

"지금 자네, 고집이라고 했나?"

"예, 유례를 찾아볼 수 없는 고집입니다."

"허허허, 고집이 센 것은 자네일세. 자네는 왜 진작 알리지 않았느냐고 주군께 꾸중들을 것이 두려운 모양이군. 주군의 기질을 생각하고 그 부족한 점을 보완해드리는 것이 우리가 할 일일세…… 혼자 잘난 체하려는 마음을 가지고 있다면 아직 어려."

"무엇이라고요!"

나오마사는 정색을 하고 무릎을 세웠다. 하지만 그 다음 말은 나오지 않았다. 원래 생각이 깊은 나오마사, 겨우 사쿠자에몬의 말에서 무언가 예사롭지 않은 것을 깨달은 모양이었다.

"……그러면 어르신은 이 문제로 생기는 모든 책임을 혼자 지시겠다는 말입니까?"

"글쎄……"

"으음, 그래서 전부터 미움받는 역할은 한 사람으로 족하다고 말씀하셨군요."

"만일에 이 사쿠자에몬이 장작더미에 불을 지른다면 자네가 업고 나오겠다……고 말해주면 오만도코로도 걱정하지 않을 것일세. 이것이 자네가 할 일이야."

"그러나 칸파쿠가 격분하여 혹시 할복을……"

말하다 말고 잠시 주저했다.

"……그때는 어떻게 하시겠습니까?"

"그야 주군의 생각에 달려 있지."

"주군이 히데요시의 요구를 거절할 수 없을 경우에는?"

"여보게."

"예……"

"늙은이란 말이지, 때로는 몹시 쓸쓸해질 때가 있는 법일세. 전쟁터가 아니라도 죽음은 있었구나…… 이렇게 다가오는 죽음을 깨닫게 될 경우에는."

"그것과 이것이 무슨 관계가 있습니까?"

"물론 이야기는 달라. 나오마사, 늙은이가 그 쓸쓸한 심경에서 발버둥쳐 빠져나오면 이번에는 누군가를 기쁘게 해주고 죽었으면 하는 생각을 하게 되지. 죽음에서는 벗어날 수 없으니까 말일세. 그런 의미에서 이 늙은이는 행복한 사람이야. 기쁘게 해주고 싶은 사람이 있으니까. 그 사람이 바로 주군일세. 이렇게 되면 할복도 질병도 두렵지 않네. 암살도 목이 떨어지는 것도 겁나지 않아…… 기쁘게 해주고 싶다는 염원만이, 인간은 모두 죽게 마련이라는 체념과 함께 남는 것일세. 아직 자네는 모를 것이니 동정할 생각은 말게."

"으음."

나오마사는 침묵했다.

이 침묵이 사쿠자에몬을 크게 만족시켜주었다.

전각 주위에 장작을 쌓아 올리면 오만도코로는 몹시 놀랄 터. 그리고 이 일로 해서 이에야스는 히데요시로부터 힐문을 당하고, 사쿠자에몬은 이에야스로부터 꾸중을 듣는다. 그러나 이것이 가신들의 눈을 뜨게 한다면, 오히려 이에야스를 위한 일이 되고 오만도코로의 노후를 뒷받침하게도 될 터였다.

'나오마사 녀석, 조금은 알게 된 모양이군……'

사쿠자에몬은 여전히 무뚝뚝한 얼굴로 마음속으로 계산했다.

두 영웅의 대면

1

이에야스 일행이 쿄토에 들어간 것은 24일 한낮이 지나서였다.

오는 도중의 접대는 그야말로 극진하기 짝이 없어서 잔뜩 긴장해 있던 미카와 무사들을 적지 않게 당황하게 했다. 그들은 조금이라도 히데요시의 무례함을 들추어내고 음험함을 찾아내기 위해 눈을 빛내고 있었다. 그러나 그런 기색은 전혀 찾지 못했다.

성에 있던 다이묘들은 모두 직접 나와 정중하게 맞이했고, 성에 없는 자는 성주 대리나 행정관 등 중신을 내보내 성의를 다했다.

워낙 엄청난 수의 일행이었다. 그들 일행이 숙박하는 곳에서는 밥을 지을 쌀만 해도 예삿일이 아니었다. 그리고 말에게 먹일 건초, 이에야스와 그 측근을 대접할 생선과 닭, 미처 인가에 들어가지 못하고 야영하는 군사들을 위한 장작 등에 이르기까지 놀라울 정도로 준비가 잘되어 있었다.

"적의는 없는 것 같아."

"그래. 히데요시가 철저히 엄명을 내린 모양이야."

"소중한 칸파쿠의 매제…… 모두 다 진심으로 이런 생각을 하고 있는 것처럼 보여."

"아니, 그렇다고 쉽게 마음을 놓아서는 안 돼. 상대는 히데요시라는 음험한 녀석이니까."

이런 대화를 나누며 일행이 오츠 가도를 지나 아와타粟田 어귀를 통해 쿄토에 들어갔을 때였다. 그들 일행은 길 양쪽에 모여들어 환영하는 군중의 표정을 보았을 때 무언가 속은 것 같은 기분이 들었다.

어느 얼굴에서나 경계의 빛은 전혀 찾아볼 수 없었다. 문자 그대로 안심하고 있는 구경꾼들의 표정, 저마다 이에야스의 행렬이 훌륭하다고 칭찬하고 있었다.

군중 가운데는 몰래 나와 있는 공경公卿들도 섞여 있어서 그들도 혹시 미카와의 무사처럼 어떤 종류의 경계심을 가지고 구경하고 있었는지는 알 수 없었다. 그러나 그들 역시 얼마 지나지 않아 깊이 안도하는 모양이었다.

노부나가 시대에는 생각조차 할 수 없었던 분위기. 이렇게 많은 군사가 수도에 들어왔는데도 사람들이 조금도 공포의 빛을 보이지 않는 것은 일찍이 찾아볼 수 없는 놀라운 모습이었다……

이에야스의 눈에 비친 수도의 거리는 활기에 넘쳐 있었다.

쥬라쿠 저택과 큰 불전 등 2대 공사와 더불어 여기저기서 도시계획이 진행되고 있었다.

노부나가가 혼노 사本能寺에서 쓰러진 텐쇼 10년(1582) 5월의 수도에 비한다면 사람도 대지도 거리도 하늘도 크게 달라진 듯이 보였다. 이에야스는 예정대로 포목상 챠야 시로지로의 집에 들어가 3,000의 군사로 주위를 경비케 하고, 나머지는 히데요시를 대신해서 마중 나온 재상 히데나가의 지시로 각각 사원에 분산되어 숙소를 정했다.

그 수가 쿄토 사람들의 눈에는 실제보다 더 많아 보였는지, 『타몬인 일기多聞院日記』°에는——

"이에야스가 육만여 기騎로 쿄토에 머물다."

이렇게 기록되어 있다.

이에야스는 챠야의 집에 들어가 새로 지은 옷을 들고 들어온 시로지로에게 부드럽게 말했다.

"여러모로 수고가 많았네."

그러나 그 표정은 결코 밝지 않았다.

"무사히 상경하신 것을 진심으로 경하해 마지않습니다. 지금 쿄토에 있는 공경들과, 사원 등으로부터 오늘 밤에 숙식하실 재상 댁에 축하의 예물을 가져오는 자가 줄을 잇고 있습니다."

그 말을 듣고 이에야스는 찌푸린 표정으로 새로 지은 시로지로의 저택을 둘러보면서 쓸쓸히 웃었다.

"자네답지 않은 말을 하는군. 그것은 모두 히데요시를 존경하기 때문이 아니겠나."

2

챠야 시로지로는 짐짓 이에야스의 말을 못 들은 체했다.

"쿄토 사람들이 이렇듯 성주님을 환영하고 있으니…… 정말 감개가 무량합니다."

"키요노부, 이 집을 짓는 데 얼마나 들었나?"

"예? 예, 황금 열 덩어리 정도입니다."

"으음. 코슈나 신슈의 성주 저택보다 훨씬 더 화려하군."

"황송합니다. 성주님이 오시게 되었다고 해서."

"키요노부."

"예."

"천하에 관한 일은 이제 결정이 난 것 같아."

"그렇게 보십니까?"

"내가 이렇게 많은 인원을 데리고 왔는데도 사람들이 두려워하지 않는 세상이 됐으니."

"옳으신 말씀……이라고 생각합니다."

"그리고 나의 상경을 축하하는 예물이 줄지어 숙소에 도착하고 있다니 칸파쿠는 역시 보통 인물이 아니야."

이에야스는 이렇게 말하며 조용히 한숨을 쉬고 희미하게 웃었다.

"이것이 소원이었어, 우다이진 님 이후 우리의."

"그 말씀을…… 신불이 어떤 마음으로 들으실까요."

"쥬라쿠 저택은 어떤가, 언제쯤이면 완성될까?"

"아마 내년 여름이 지나야 완성되지 않을까 합니다."

"내년 여름이라…… 나도 생각해두지 않으면 안 되겠군."

"무슨 말씀인지요?"

"아사히가 불쌍해. 쥬라쿠 저택이 완성되면 어머니…… 아니, 오만도코로와 같이 살도록 해야겠어."

챠야 시로지로는 이에야스를 똑바로 바라보았으나 곧 무릎에 시선을 떨구고 아무 말도 하지 않았다. 이에야스의 심경이 정확하게 가슴에 전해져 대답할 말이 없었다……

'이것이 소원이었다……'

이렇게 말한 천하의 평정은 그대로 이에야스가 자신을 훈계하는 말이기도 했다.

천하는 평정되었다. 그러나 이에야스의 손으로 이루어진 것은 아니었다. 앞으로 이에야스에게는 히데요시라는 숙적에 대한 인종忍從의 나날이 비원悲願의 달성과 병행하여 실현되려 하고 있었다……

아사히히메와 그 어머니를 같이 살게 하겠다……고 술회한 그 말 가운데는 이 인종을 견뎌내려고 하는…… 아니, 견뎌내지 않으면 안 된다는 각오와 자신에 대한 훈계가 숨겨져 있었다.

"마침내 자네들의 앞길에도 빛이 비치게 되었네. 사카이 사람들도 기뻐하고 있을 거야."

"예. 여기저기서 부지런히 배를 만들고 있습니다."

"자네도 뒤떨어지지 말게. 알겠나, 자네도 칸파쿠 가문과 도쿠가와 가문이 처남 매부 사이라는 것을 마음에 새겨두게. 지금까지 있던 마음의 장벽을 깨끗이 허물어버리고 칸파쿠를 대하도록 하게."

"예…… 예."

"그럼, 곧 옷을 갈아입고 숙소로 가겠네."

"그전에 저의 차 솜씨를 보여드리고 싶습니다마는……"

"음, 차를 대접하겠다는 말이군. 좋아, 마시고 가야지. 다실茶室도 지었나?"

이에야스는 겨우 홀가분한 기분이 되어 자리에서 일어났다.

3

시로지로도 안도하면서 이에야스를 갓 지은 다실로 안내했다.

히데요시가 총애하는 소에키의 권유로 지은 다다미 네 장 반이 깔리는 소박한 것이었다. 아마 오사카에서도 차를 접대하게 될 것이므로, 시로지로로서는 미리 이에야스가 다도를 익히도록 하기 위한 배려였다.

다실로 건너온 이에야스는 아주 명랑했다.

뚱뚱한 몸을 거북스럽게 구부리는 모습은 자못 흉해 보였으나, 그런 만큼 도리어 소박하고 꾸밈없는 또 다른 품격이 엿보여 저절로 호감을 갖게 했다.

'역시 보통 분이 아니다……'

시로지로는 처음의 침울했던 기분을 완전히 떨쳐버린 이에야스를 새삼스럽게 우러러보았다.

"맛이 그만이군!"

이에야스는 이렇게 말하면서 찻잔을 놓았다.

기물이나 도구에는 아무 관심도 나타내지 않았으나 차 맛은 음미할 수 있다는 느낌이 전신을 감싸고 있었다.

두 사람이 다실에서 나와 새로 지은 코소데小袖°와 스오素袍°로 갈아 입었을 때 하인 하나가 시로지로를 부르러 왔다.

이에야스는 별로 신경을 쓰지 않고 그대로 방에서 나오려 했다.

급하게 되돌아온 시로지로—

"성주님, 잠시 드릴 말씀이 있습니다."

작은 소리로 말하고 사람들을 물리쳐달라는 눈짓을 했다.

"좋아, 모두 출발 준비를 하여라. 신타로만 남고."

칼을 든 토리이 신타로만 남게 했다.

"무슨 일인가, 미카와에서 무슨 소식이라도 왔나?"

그 역시 목소리를 낮추었다.

"아닙니다. 칸파쿠 님의 오토기슈로 저도 잘 아는 소로리라는 사람으로부터입니다."

"칸파쿠의 오토기슈로부터……?"

"예. 오카자키에서 오만도코로의 시중을 드는 로죠가 키타노만도코로 님에게 서신을 보내왔다고 합니다."

"허어…… 오만도코로는 만족해하고 있을 텐데."

"그런데……"

시로지로는 잠시 망설이다가 말했다.

"이이 나오마사 님은 매우 친절하게 대해주시지만 혼다 사쿠자에몬이란 녀석은…… 예, 제가 들은 그대로 말씀 드리겠습니다. 혼다 사쿠자에몬이란 녀석은 악마와도 같은 자여서, 만일 상경하신 주군의 신상에 나쁜 일이라도 생긴다면 즉시 오만도코로 님을 비롯하여 여자들을 모두 불태워 죽이겠다고 전각 주위에 장작을 쌓게 했다…… 그러므로 모두 떨고 있다, 사쿠자에몬이란 자를 속히 불러들여 처벌하시라는 서신이라고 합니다."

순간 이에야스는 잠시 양미간을 찌푸렸다. 그러나 곧 고개를 끄덕였을 뿐 아무 말도 하지 않았다.

"당연히 이 서신에 대해서는 칸파쿠 전하도 아시고 계실 터…… 그러므로 마음의 준비를 하시도록 사람을 보내 알린다고 합니다."

"알겠네."

"아시겠습니까?"

"알았네. 그 노인으로서는 그럴 수 있는 일이야."

"그리고…… 칸파쿠 전하는 몹시 진노하고 계시다는 것입니다."

이에야스는 다시 고개를 끄덕였을 뿐 이번에도 어두운 빛을 보이지 않았다.

"수고했네. 그럼, 이만 떠나겠어."

신타로를 재촉하여 문으로 향했다.

4

'사쿠자에몬, 드디어 해냈구나……'

이에야스는 챠야의 집을 나와 우치노의 공사장과 가까운 하시바 히데나가의 집에 들어가기까지 몇 번이나 웃음이 터져나오려는 것을 가까스로 참아냈다.

히데요시의 오토기슈는 이런 일로 양가의 감정이 대립되면 안 된다는 사카이 사람다운 타산으로 은밀하게 알려준 것일까? 그러나 이 호의를 뒤집어보면, 그렇기 때문에 이에야스에게 이 일을 명심하고 고개를 숙이라는 뜻일 터.

'어쩌면 소로리란 자도 히데요시의 은밀한 지시를 받고 알려온 것인지도 모른다.'

히데요시가 진노하고 있다면 동생 히데나가 역시 당연히 감정이 상했을 것이다. 오만도코로는 히데나가에게도 소중한 어머니⋯⋯

히데나가의 저택에 도착했을 때였다. 히데나가는 자기 휘하의 부교인 마시타 나가모리增田長盛와 같이 나와 이에야스를 맞이했다. 아니나 다를까, 히데나가의 얼굴에는 전혀 웃음기가 없었다. 반드시 자기를 접대하러 나올 것으로 생각했던 오다 노부오와 우라쿠의 모습도 찾아볼 수 없었다.

'우라쿠가 나왔더라면 자세한 내막을 물어볼 수 있을 텐데⋯⋯'

히데나가의 저택 또한 정원수와 정원석이 새로 배치된 것이었고, 군데군데 서리가 그대로 남아 있었다.

사카이 타다츠구 등의 중신들은 각각 부하들과 함께 여러 곳에 분산되어 있어, 이에야스를 따르는 자는 혼다 마사노부, 아베 마사카츠, 마키노 야스나리, 토리이 신타로 등 네 사람뿐. 긴 복도를 지나 전각의 한 방에 안내되었을 때 히데나가보다 먼저 젊은 마시타 나가모리가 딱딱하게 인사했다.

"먼길에 수고가 많으셨습니다. 칸파쿠 전하와는 이십칠일 오사카에서 대면하시게 되었습니다. 그동안 여행의 피로를 푸시고 편히 쉬시기를 바랍니다."

"고맙소."

상대가 싸늘하게 대하고 있으므로 이에야스도 무뚝뚝하게 대답하고 여러 곳에서 보내온 선물로 시선을 보냈다.

히데나가가 무거운 어조로 그 품목의 소개를 끝낼 무렵.

'역시 분개하고 있구나……'

이에야스도 확실히 그것을 알 수 있었다. 틀림없이 히데나가도 나가모리도 사쿠자에몬이 한 일을 알고 있다. 그러나 저쪽에서 말을 꺼내지 않는 한 이쪽에서 먼저 말할 필요는 없었다.

"내일은 신관神官과 사루가쿠 무리를 불러다 여행의 노고를 위로해드릴까 합니다……"

재상 히데나가는 히데요시와는 달리 성품이 고지식한지 마음에 응어리가 있다는 것이 노골적으로 말투에 나타났다.

"그런데 오사카에는 어느 정도의 인원으로 가실 예정입니까?"

"글쎄요, 확실히 정하지는 않았소."

"배로 가시려면 그에 대한 준비를 따로 해야 하므로 미리 여쭙는 것입니다."

"배로……?"

"육로로 가시는 편이 좋겠습니까?"

"배로 가면 수고가 더 많으실 텐데……"

이에야스가 이렇게 말했을 때 혼다 마사노부가 무릎걸음으로 한 걸음 나왔다.

"배에는 모두 탈 수 없습니다."

이에야스는 흘끗 그쪽을 보고 눈으로 주의를 주었다.

"인원은 삼천 정도. 말도 있고 하니 육로를 택하는 편이 더 좋을 것 같군요."

"알겠습니다. 그렇게 알고 준비하겠습니다."

히데나가의 대응이 너무 무뚝뚝한지라 이에야스도 약간 거북스러운 기분이 들었다.

'이곳의 분위기가 이 모양이니…… 히데요시도 상당히 분노하고 있겠구나.'

5

분노하는 것도 무리가 아니다…… 이렇게 생각하면서도 이에야스는 사쿠자에몬을 나무랄 생각이 없었다.

"지금까지와는 상당히 태도가 달라졌어."

아무것도 모르는 혼다 마사노부가 아베 마사카츠에게 이렇게 말한 것은 히데나가와 나가모리가 음식을 준비시키기 위해 자리를 떴을 때였다.

"글쎄 말이야. 무언가 꺼리고 있는 것 같아."

"무슨 일이 있지 않았을까?"

"그렇다면 삼천 명만으로 오사카에 간다는 것은 재고할 문제인지도 몰라."

이에야스는 잠자코 정원의 연못만 바라보고 있었다. 저녁이 되어 기온이 내려간 탓인지 맑은 연못 바닥의 모래에 잉어가 착 달라붙어 있고, 수면에 산다화山茶花 한 송이가 떠 있었다. 이미 겨울이 닥친 듯한 광경이었다.

'움직여서는 안 된다……'

앞으로 얼마 동안은 저 잉어처럼 가만히 있어야 한다.

"주군은 깨닫지 못하셨습니까?"

"무엇 말인가?"

"재상의 눈치……가 좀 이상하지 않습니까?"

"야하치로, 자네는 이상하다고 생각하나?"

"비위에 거슬립니다. 호의로 하는 말일 텐데도…… 아주 싸늘하고 무뚝뚝합니다."

"괜찮아. 지나친 생각은 하지 말게."

"혹시 무언가 꿍꿍이가……?"

"쓸데없는 소리. 만일 그렇다면 우리가 쿄토에 들어오기 전에 했을 거야. 쿄토에 들여놓고 소란을 일으키면 우치노도 대불전도 허사가 되지 않겠느냐?"

"그렇기는 합니다마는 마음을 놓을 수 없습니다."

바로 이때였다. 복도에서 부산스런 발소리가 들리는 바람에 모두 깜짝 놀라 입을 다물었다.

"여봐라, 이미 어두워지지 않았느냐. 무엇들 하느냐? 등불을 가져오너라, 어서 등불을."

큰 소리로 외치면서 그대로 방에 들어온 사람이 있었다.

"앗……"

모두 숨을 죽이고 저도 모르게 단도에 손을 가져갔다.

"이 무슨 짓들이냐, 아직 화로도 내놓지 않았다니! 이봐, 나가모리, 나가모리."

"예…… 예."

부리나케 뛰어들어와 머리를 조아린 것은 아까 일행을 이곳으로 안내해온 부교임을 알 수 있었다. 그러나 떡 버티고 서서 큰 소리로 부교를 꾸짖는 사람이 히데요시라는 것을 알 때까지는 잠시 시간이 걸렸다.

"왜 이렇게 정신이 나갔느냐. 쿄토의 기온이 하마마츠보다 훨씬 낮다는 것도 모르고 있었느냐?"

"옛."

"어서 화로와 등불을, 그리고 음식상도 빨리 내오너라."

"알겠습니다."

"오만도코로가 저쪽에서 이런 대접을 받으면 어떻게 하겠느냐? 성의가 부족해. 정성이 부족하다는 말이다. 그리고, 재상을 불러라."

"예."

마시타 나가모리가 황급히 뛰어나가고 곧바로 히데나가가 들어왔다.

"재상! 나는 느긋하게 기다릴 수 없었어. 알겠나, 이것은 미행微行이야. 전하의 미행이라구. 우리는 처남 매부 사이니 단둘이 술을 마시겠어. 오사카에서의 정식 대면과는 성격이 달라. 가신들은 별실로 안내하고 여기에는 상을 둘만 차리도록."

마치 돌풍이 몰아치듯 설치고 나서 비로소 이에야스를 돌아보고 싱긋 웃었다.

"도쿠가와 님, 용서하시오. 모두 너무들 기쁜 나머지 정신이 나간 모양입니다."

6

이에야스는 상대의 웃는 낯에 빨려들 것만 같은 매력을 느끼면서, 그러나 당장에는 미소를 되돌릴 수 없었다. 기습……이라고는 하나 이런 기습도 없었다. 히데요시가 쿄토에 있다는 말은 챠야도 말하지 않았고 히데나가도 말하지 않았다. 오사카에 있다는 것을 확인하지는 않았지만 쿄토에 있을 줄은 꿈에도 생각지 않고 있었다.

27일에 오사카 성에서 대면……이란 일정을 들은 뒤부터 이에야스는 쿄토에서 히데요시를 만난다는 것은 염두에도 두고 있지 않았다. 그런 히데요시가 갑자기 눈앞에 나타나 돌풍과 소낙비처럼 주위 공기를 뒤흔들어, 당연히 사쿠자에몬의 일로 분개하고 있을 것으로 생각하고 있는 이에야스에게 환한 표정으로 웃음을 보내고 있었다……

"도쿠가와 님, 잘 오셨소!"

히데요시가 느닷없이 이에야스 곁으로 와서 토코노마床の間°를 뒤로 하고 털썩 앉았을 때 주위가 술렁거리기 시작했다.

히데요시가 갑자기 이곳에 왔다는 것을 알고 황급히 달려온 코쇼들, 깔개를 받쳐들고 오는 자, 등불을 가져오는 자, 이에야스의 가신들을 안내하려고 나타난 자, 들어오고 나가는 자……

그동안에 이에야스는 별실로 물러가야 할지 어떨지 망설이며 자신의 얼굴을 바라보는 혼다 마사노부의 시선에 ──

'염려할 것 없어. 시키는 대로 해.'

눈으로 대답했을 뿐 그 다음은 히데요시가 일으키는 파문에 가만히 자신을 내맡기고 있었다.

"오, 그대도 별실에서 쉬어도 좋아……"

히데요시는 유일하게 이에야스 뒤에서 칼을 받쳐들고 남아 있는 토리이 신타로를 보았다.

"와하하하…… 그렇군, 그래. 그대는 도쿠가와 님의 그림자로군. 그림자는 떨어지지 않는 법이지. 그대로 있어도 좋아."

크게 웃으며 손을 흔들었을 때 방 안에는 히데요시와 이에야스, 토리이 신타로와 히데나가 등 네 사람만이 남아 있었다.

"재상, 그대도 같이…… 이렇게 말하고 싶지만 나는 도쿠가와 님과 단둘이 이야기하고 싶어. 음식상은 두 사람 몫으로 하고…… 아니, 술 따를 사람은 필요치 않아. 내가 직접 따를 테니까. 그렇게 하라고 곧 지시하도록."

쫓아내듯이 히데나가에게 말하고 다시 이에야스 쪽을 보았다.

"자, 이제 겨우 우리끼리 있게 되었군요, 사쿄노다이부左京大夫 님."

이에야스는 망연히 히데요시의 동작을 지켜보고 있다가 그 말에 비로소 정신이 번쩍 들었다. 사쿄노다이부는 당시 이에야스에게 주어졌던 관직명으로 칸파쿠라는 직위와는 비교도 되지 않는 종4품의 위계에 지나지 않았다.

히데요시는 일부러 말했을 것이 분명하다…… 그렇다면 이 갑작스런 방문도, 그 웃음과 질풍 같은 태도도 모두 미리 계산에 넣었던 연극이었을까……?

이런 생각을 했을 때 다시 히데요시가 웃었다.

"이거 괜한 말을 했구려. 우리 사이에 무슨 사쿄노다이부와 칸파쿠가 있겠소. 오늘 우리는 아무 차이도 없는 형제, 단지 사나이와 사나이일 뿐이오. 정말 잘 오셨소! 우리가 이렇게 만나지 않으면 중상모략을 하는 이런저런 유언비어가 천하에 나돌게 되어 여간 난처해지지 않아요."

이에야스는 아직 마음의 준비도 되지 않은 채 히데요시에게 정중히 고개를 숙였다. 이 경우 무슨 말을 하면 오히려 속이 들여다보일 것 같아 당장에는 입이 열리지 않았다.

7

히데요시의 출현으로 촛대에서 술상에 이르기까지 순식간에 갖추어졌다.

직접 잔을 건네며 이에야스에게 술을 따라주는 히데요시의 얼굴에는 분노의 그림자는커녕 너무 기뻐서 어쩌지 못하는 어린아이 같은 경솔한 면까지 드러나 보였다.

"아무도 몰라요."

히데요시가 말했다.

"우리 두 사람의 진심을 말이오. 그러므로 내가 오만도코로를 보내면 인질인 줄 알고, 그쪽에서 행렬을 정돈하면 싸우는 것이 아닌가 의심한답니다…… 와하하, 어서 한 잔 더."

술병을 든 채 온몸을 흔드는 바람에 그만 술을 쏟을 뻔하기도 했다.

"나는 내일 아침 일찍 오사카로 돌아갈 생각이오……"

그런가 하면 목소리를 낮추고 속삭이기도 했다.

"오사카에서는 역시 재상의 집에 숙소를 정해야겠지만 혼간 사도 방문해야 할 것이오. 코몬興門, 신몬新門 등이 기다리고 있소. 그들은 여행하다 말고 도중에 돌아왔소. 도쿠가와 님이 나와 일전을 벌이고자 대군을 거느리고 온다…… 이런 헛소문에 겁을 먹고 말이오. 와하하하. 오사카의 재상 집에서는 무대를 마련하고 기다리고 있을 것이오. 노가쿠能樂°를 공연하기 위해서. 콘파루 타유金春大夫가 「타카사고高砂」°, 「타무라田村」°, 「킨사츠金札」° 세 가지를 꼭 선보이겠다고 한다더군…… 다시 쿄토로 돌아올 날이 십일월 일일. 나는 그날까지 쥬라쿠 저택 안에 도쿠가와 님의 거처를 완성시키라고 명령해놓았소. 토도 요에몬藤堂與右衛門(타카토라高虎)에게 명하여 정문과 주방은 이미 재상이 완성했소. 그 새로운 거처에 머물며 칠일에 있을 주상의 양위식讓位式을 기다리는 것입니다. 그날은 영예로운 서위敍位와 서훈敍勳이 있을 것인데……"

히데요시의 말은 아무리 회전이 빠른 두뇌라도 따라갈 수 없을 정도로 비약이 심해 좌충우돌, 앞으로 갔다 뒤로 돌아왔다가 했다.

이에야스는 무의식중에 말려들지 않으려는 자신을 깨닫고 얼굴을 붉혔다. 두 사람 사이에 어느 정도의 거리를 두려는 생각은 자신의 좁은 소견을 말해주는 외에 아무것도 아니었다.

"칸파쿠 전하, 우선 이 잔을 받으시지요."

이에야스는 잔을 건네고 히데요시의 손에서 술병을 받아들었다.

"제대로 따르지 못하더라도 용서하십시오. 익숙지 못하니."

"하하하…… 익숙할 리가 없지요. 나보다 출신이 좋으니까."

"출신이 좋다는 것은 자랑할 일이 못 됩니다. 헛된 야망 때문에 잇따라 쓰러져간 사람은 모두 그런 부류였어요…… 그런데 전하, 전하의 말씀은 너무 빨라 이 이에야스는 따라갈 수가 없습니다. 아아, 이런 말씀인가보다…… 생각할 때는 벌써 저 멀리 말씀이 달려가 있습니다. 시즈가타케 전투 때 철수하신 것처럼 재빠르게 말입니다."

"하하하…… 이거 한 방 맞았군요! 아무래도 나는 너무 성급한 모양이오. 그러나 천하는 말이오, 이제 곧 일본을 평정한다 해도 이르다고는 할 수 없소."

"자, 한 잔 더 드시지요."

"술이란 정말 좋은 것이오. 마음의 벽을 허물어주니까. 오사카에서 정식으로 대면할 때는 이렇게는 할 수 없을 터. 오늘 저녁에는 도쿠가와 님도 이 히데요시에게 하고 싶은 말을 모두 털어놓고 서로 마음을 깨끗이 씻어버립시다."

역시 히데요시의 비약에는 어엿한 귀착지가 있었다.

8

오만도코로나 아사히히메에 대한 말은 한마디도 하지 않고 점점 화제를 핵심으로 접근시키는 히데요시의 자유분방한 화술은 경탄할 만한 것이었다.

"무엇보다도 중요한 것은 천하평정! 이것이 돌아가신 우다이진 님 때부터 우리의 소원이었소. 그렇지 않소? 이것을 떠나서는 도쿠가와 님도 없고 나도 없어요. 칸파쿠 따위가 뭐란 말이오. 그렇지 않소?"

"그렇습니다……"

"자, 이번에는 내가 잔을 돌리겠소. 쭉 드시오…… 그리고 이 히데요시에게 불평이나 주문도 있을 것이니 사양하지 말고 말해주시오. 우리 두 사람뿐인 허물없는 자리, 오늘 밤엔 무슨 말을 해도 좋아요."

"황송한 말씀입니다. 제게 무슨 불평 같은 것이……"

이에야스도 차차 여유를 되찾았다.

'오늘 밤엔 히데요시가 하는 대로 그냥 맡겨두어야지……'

이렇게 결심하자 한결 마음이 가벼워졌다.

"그러나 굳이 말하라고 하시면 한 가지 소원이 있습니다."

"뭐, 소원……이라고 했소?"

"예. 전하가 지금 입고 계신 비단 진바오리陣羽織°, 그것을 이 이에야스에게 주셨으면 합니다."

"아니…… 이 진바오리를?"

히데요시는 이에야스의 마음을 알지 못하겠다는 듯 고개를 갸웃했다.

"하지만 좀 곤란하오. 나는 칸파쿠이기는 하지만 동시에 무장이니까 말이오."

"바로 그 점입니다."

"그 점이라니?"

"제가 이렇게 상경하여 흉금을 터놓고 가까이하는 이상 전하가 두 번 다시 진바오리를 착용하시게 하지 않겠습니다."

"무, 무, 무슨 말을 하는 거요, 도쿠가와 님! 그럼, 앞으로 전투는 도쿠가와 님이 도맡아 하겠다는 말이오?"

"전하를 번거롭게 할 것까지도 없습니다. 이 이에야스만으로도 충분합니다."

"놀랍소!"

히데요시는 손을 내밀어 이에야스의 어깨를 툭 쳤다.

"나도 말로는 누구에게 지지 않는다고 자부해왔으나 지금 그 말 같은 결정적인 문구는 생각지도 못하고 있었소. 와하하하…… 이에야스란 사나이는 대단한 사람이라니까."

"하하하…… 칸파쿠 전하도 대단한 분이십니다. 칭찬하는 요령을 잘 알고 계시니까요."

"이에야스 님."

"예."

"이 진바오리 말인데…… 오사카에서 주면 안 되겠소?"

히데요시가 장난스럽게 목소리를 낮추었다. 이에야스도 빙긋이 웃고 잔을 놓았다.

"제후들이 모인 자리가 더 좋을까요?"

"기막힌 묘안이오, 이것은…… 그렇다고 제후들 앞에서 나를 추켜세워달라는 사사로운 마음 때문은 아니오. 우리 두 사람 사이는 이 정도요만, 천하를 위해서는 어디까지나 나는 칸파쿠라야만 하오."

"그리고 이에야스는 사쿄노다이부입니다. 염려하실 것 없습니다."

"정말이오, 이에야스 님?"

"그럴 생각으로 왔습니다, 천하를 위해서."

"그렇소, 천하를 위해."

히데요시는 갑자기 이에야스의 어깨를 껴안았다. 칼을 받쳐들고 목상처럼 앉아 있던 신타로가 깜짝 놀랄 정도로 격렬한 포옹이었다.

9

히데요시는 이에야스의 어깨를 껴안은 채 뚝뚝 눈물을 떨구었다. 냉정한 제삼자가 보았다면 흥물스럽게 조작한 연극임을 간파했을 터. 그러나 히데요시는 조금도 멋쩍어하지 않았다. 그는 마음이 이끄는 대로 움직일 뿐 스스로 전혀 거짓이라고 자각하지 않았다.

히데요시의 이 어린아이 같은 순진한 행동은 그대로 이에야스의 가슴에도 전해졌다.

'이 상쾌한 기분은 대관절 어디서부터 오는 것일까?'

시바타 카츠토요柴田勝豊로 하여금 양아버지에게 반기를 들게 하고 마에다 토시이에前田利家와 삿사 나리마사佐佐成政를 아주 자연스럽게 심복하게 한 히데요시의 성격이 지닌 수수께끼…… 여기까지 생각한 이에야스는 다시 마음속으로 부끄러움을 느꼈다.

지금은 자기도 히데요시와 같은 정도의 무심無心으로 돌아가지 않으면 안 된다. 그 무심으로 닦인 거울만이 히데요시의 모습을 뚜렷이 비쳐줄 것이었다.

이 히데요시는, 오만하기 짝이 없는 호죠 우지마사에 비해 얼마나 큰 차이가 있는가.

'역시 이 사람은 보기 드문 인물이다……'

"이에야스 님! 나는 기쁩니다."

"전하! 저도 기쁩니다."

"이에야스 님, 나는 말이오, 지혜 있는 가신을 많이 거느리고 있소. 그러나 마음으로부터 천하를 걱정할 수 있을 정도로 기량을 갖춘 인물은 찾지 못했어요."

"과찬하시면 안 됩니다."

"아니, 그렇지 않아요. 천하를 훔치려는 자는 많지만 천하를 걱정하는 자는 없다…… 이것은 돌아가신 우다이진 님의 말씀이셨는데, 나는 도쿠가와 님에게서 바로 그것을 발견했소."

"자, 술이나 드시지요. 제가 따르겠습니다."

"암, 마셔야지요!"

히데요시는 어깨를 놓고 손등으로 눈물을 닦고 나서야 비로소 멋쩍은 듯이 웃었다.

"하하하…… 우리 이 기쁨을 우리끼리만 누리지 말고 모두에게 나누어줍시다, 이에야스 님."

"모두에게 나누어……주다니요?"

"이번에 대동하신 중신들에게 각각 서훈하시도록 주상께 청원하겠소. 사카이 타다츠구, 사카키바라 야스마사 등……"

"고마우신 말씀입니다. 그렇게 되면 그들도 조금은 눈을 크게 뜰 것입니다."

"그리고 또 한 가지. 그렇게 하면 그쪽 중신들도 이 히데요시에 대한 의혹을 풀게 될 것이오. 도쿠가와 님이 여럿 앞에서 진바오리를 달라고 하시오. 그러면 내가 드리리다. 하지만 도쿠가와 님을 큐슈에는 출전시킬 수 없어요."

"무슨 이유로?"

"일본 땅에서 아직 평정하지 못한 곳은 큐슈만이 아니오. 도쿠가와 님은 히데요시가 없는 동안 동쪽을 제압해주시오…… 이렇게 말하면 가장 먼저 안도하고 의혹을 풀 사람은 그쪽 중신들일 것이오. 그런 정도의 것도 모를 히데요시가 아니오. 어떻소, 이에야스 님. 내 말이 맞지 않소?"

"하지만, 그렇게 되면 이 이에야스의 마음이 편치 못합니다."

"아니, 그렇지 않아요. 한마음으로 천하의 일을 도모하려면 양가의 분위기를 융화시키는 것이 첫째…… 도쿠가와 님과 손을 잡으면 큐슈의 일 따위는 이 히데요시가 식은 죽 먹기로 처리할 수 있어요."

히데요시는 다시 즐거운 듯 웃었다.

"내가 지금까지 큐슈 정벌을 미룬 이유는 오직 한 사람, 도쿠가와 님이 두려웠기 때문이오. 이에 대해서는 도쿠가와 님이 누구보다도 잘 알고 있을 것 아니오? 하하하하……"

10

이에야스는 새삼스럽게 히데요시를 바라보았다.

히데요시가 두려워했던 것은 이에야스 한 사람뿐……이라니 얼마나 솔직한 고백인가. 어떤 의미에서는 인간이란 서로 두려워하는 사람끼리의 대립이고, 승리자란 대개 그 두려움을 상대에게 보이지 않는 사람을 가리키는 것이었다. 그러기 위해 '인내' 도 하고 '협박' 도 하며, '태연' 을 가장하는가 하면 '거짓말' 도 되풀이한다.

히데요시는 이런 것을 모두 무시하고 아무 거리낌 없이 '두려움' 을 말하고 거침없이 '협박' 할 수 있는 경지에 도달했다는 말인가……?

이에야스는 웃으면서 대답했다.

"무섭습니다, 쐐기를 박는 전하의 그 말씀이."

"아니, 쐐기를 박는 말이라고……?"

"예. 아까는 이 이에야스의 말이 두렵다고 하셨는데, 저 같은 사람은 발밑에도 미치지 못합니다."

"허어, 이상한 말을 하는 매부로군. 나는 솔직하게 내가 두려워하는 사람을 말한 것뿐인데……"

"사실이 아닙니다! 두려워하실 리가 없지요. 두려워하시지 않는다는 증거가 바로 두렵다, 두렵다고 하시는 그 말씀입니다."

"와하하하……"

히데요시는 자기 이마를 때리며 웃고는 다시 손을 뻗쳐 이에야스의 어깨에 얹었다.

점점 취기가 돌고 있었다. 술 냄새와 체취가 나무 향내에 섞여 시큼

한 생활의 냄새로 바뀌어가고 있었다.

"으음."

히데요시가 입을 열었다.

"이 방에서는 삼나무 잎에 오줌을 뿌린 냄새가 나는군."

"그럴 것입니다. 나이깨나 먹은 두 늙은이가 땀이 난 몸을 마주 대고 술에 취해 있으니까요."

"하하하…… 그렇소. 바로 이것이 천하의 냄새일 거요."

"그럼, 천하를 위해 다시 한 잔."

히데요시는 순순히 잔을 받고 목소리를 낮추었다.

"그런데, 여자는 어떻소?"

"아주 좋아합니다."

"그렇다면 내가 큰 실수를 했군. 재상은 전혀 융통성이 없어서 탈이오. 내가 지시해두었어야 하는 것인데."

"그러나 오늘은 사양하겠습니다."

"왜요? 사양할 것 없어요."

"아니, 워낙 좋아하다 보니 좀 지나친 감이 있습니다. 하다못해 객지에서나마 혼자 편히 있고 싶습니다."

"와하하…… 그래요? 이거 또 한 번 당했군. 그건 그렇고…… 실은 말이오."

히데요시는 더욱 얼굴을 가까이 가져왔다.

"도쿠가와 님의 상대까지는 미처 생각지 못했지만, 이번에 그쪽 상속자에게 선물하려는 여자가 있었소. 그런데 이 여자가 순순히 내 말을 듣지 않는 거요. 그래서 화가 나서 그만 꺾어버리려고……"

여기까지 말하고 슬쩍 주위를 둘러보았다.

"하하하…… 이루지 못한 이야기는 그만둡시다. 이루어질 수 있는 이야기를 해야지. 암, 이루어질 수 있는 이야기를……"

중얼거리면서 히데요시는 이에야스 뒤에 떡 버티고 있는 신타로에게 시선을 돌렸다.

"이 젊은이는 누구 아들이오?"

"예…… 우리 가문의 토리이 모토타다의 아들이고, 타다요시의 손자입니다."

"음, 그렇군. 아주 훌륭해! 이 젊은이는 장래가 촉망됩니다! 그 무거운 칼을 받쳐들고 이 각(4시간)이나 꼼짝도 않고 있다니. 기력이 왕성하고 한치의 빈틈도 없어. 젊었을 때의 내 모습을 보는 것 같소. 참, 이렇게 하는 것이 좋겠군. 이봐, 재상, 재상은 없느냐! 네가 아끼는 딸을 데려오너라. 중신을 서겠다, 중신을."

큰 소리로 불렀다.

11

그야말로 방약무인이라고 할까 자유분방하다고 할까, 생각하기에 따라서는 일종의 미치광이라고도 할 수 있는 히데요시의 비약이었다. 원래 성격이 그런데다 '칸파쿠'라는 두려울 것 없는 지위와 실력이 그를 떠받치고 있었다.

손뼉을 쳐서 동생 히데나가를 불러 지시했다. 지시를 받고 히데나가가 열두세 살로 보이는 푸른 매실 같은 소녀를 데리고 들어왔을 때는 이에야스도 그만 아연실색했다.

"이봐 재상, 도쿠가와 가문에 토리이 이가노카미 타다요시鳥居伊賀忠吉라는 큰 충신이 있었다는 것을 알고 있나?"

히데요시가 말했다.

"모를 테지. 알 리가 없어. 나는 이 토리이 이가노카미 타다요시라는 이름을 젊었을 때 돌아가신 우다이진 님에게서 자주 들었지. 이에야스를 그토록 조심성이 많은 대장으로 키운 것이 이가노카미 노인이라고. 어때, 알고 있나?"

"모릅니다마는."

"그럴 것이야. 모르는 것이 너무 많은 자니까. 그 노인의 아들이 이번에 같이 상경한 코후의 성주 대리인 토리이 히코에몬 모토타다鳥居彦右衛門元忠야…… 그렇지 않소, 매부?"

"바로 그렇습니다."

"그 모토타다의 아들이 지금 여기서 칼을 들고 있는 젊은이야. 재상, 이 젊은이를 사위로 삼도록 하게. 이 히데요시가 중신을 서겠어. 그러면 그대 집안도 튼튼해질 것이야. 어떤가, 훌륭한 사윗감 아닌가?"

히데나가는 별로 놀라는 기색도 없이 신타로에게 시선을 보냈다. 딸은 아직 수줍어하거나 얼굴을 붉힐 나이가 아니었다.

이에야스는 신타로가 얼마나 당황할 것인지 싶어 뒤돌아보지 않을 수 없었다.

"하하하…… 어떤가, 재상? 이 젊은이가 태연히 우리를 노려보는군. 미동도 하지 않고 눈도 깜박이지 않고. 바로 이거야. 이런 젊은이를 사위로 삼지 않는다면 달리 사윗감이 없어. 좋아, 자세한 상의는 오사카에서 할 것이니 딸을 데리고 물러가게."

히데나가가 물러가자 히데요시는 천연덕스럽게 다시 여자 이야기로 화제를 옮겼다.

"어떻소, 이에야스 님. 여자는 부드러운 것을 좋아하오, 아니면 억센 편을 좋아하오?"

"저는 그 중간을 좋아하는데, 전하는 어떻습니까?"

"나는 부드러운 편이 좋지만, 이것만은 뜻대로 되지 않는다니까."

"모두 억센 여자들뿐인가요?"

"사나운 말들뿐이오. 한결같이 내 머리 위에 올라앉으려고 하거든. 칸파쿠 전하도 여자 엉덩이에 깔리게 마련이오."

"그것 참 딱하게 되셨군요."

"세상이 편안해지면 여자들이 더욱 기승을 부리게 될 것이오. 그러나 이것도 태평한 세상이 오는 증거라 생각하면 참을 수 있겠지. 오카자키에 가 있는 오만도코로나 아사히도 모두 그런 부류지만 눈을 꼭 감고 참아주시오."

'앗!'

이에야스는 마음속으로 외쳤다. 이런 데서 이야기가 오만도코로의 신상으로 비약할 줄은 생각지도 못하고 있었다. 이런 식으로 사쿠자에몬의 행위를 힐문하면 어쩌나…… 하는 걱정으로 몸이 굳어졌다. 그러나 히데요시의 화제는 곧바로 '다도' 이야기로 옮겨갔다.

분방하기 짝이 없는 것처럼 보이지만, 사실은 전혀 빈틈이 없는 신경이 놀랄 만큼 예리하게 한 줄로 통해 있었다.

이야기를 나누는 동안 이에야스는 히데요시의 손바닥 안에서 이리저리 놀림을 당하고 있는 자신을 깨달았다. 그러나 이상하게도 그런 느낌이 안정감과 하나가 되어 조금도 불쾌하지 않았다.

―15권에서 계속

《 에도 성과 성읍 》

◆ ──「에도 도 병풍江戶圖屛風」 내곽 부분

≪ 주요 성 소재지 ≫

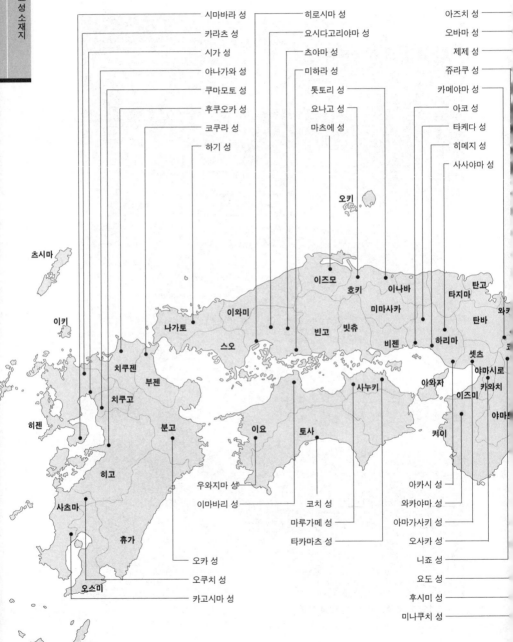

시마바라 성
카라츠 성
시가 성
야나가와 성
쿠마모토 성
후쿠오카 성
코쿠라 성
하기 성

히로시마 성
요시다고리야마 성
츠야마 성
미하라 성
톳토리 성
요나고 성
마츠에 성

아즈치 성
오바마 성
제제 성
쥬라쿠 성
카메야마 성
아코 성
타케다 성
히메지 성
사사야마 성

오키

츠시마

이키

히젠

이즈모

호키

이나바

탄고

타지마

와키

이와미

미마사카

탄바

나가토

스오

빈고

빗츄

비젠

하리마

셋츠

야마시로

카와치

이즈미

야마토

치쿠젠

부젠

치쿠고

분고

이요

토사

사누키

아와지

커이

히고

우와지마 성
이마바리 성

코치 성
마루가메 성
타카마츠 성

아카시 성
와카야마 성
아마가사키 성
오사카 성
니죠 성
요도 성
후시미 성
미나쿠치 성

사츠마

휴가

오카 성
오쿠치 성
카고시마 성

오스미

328

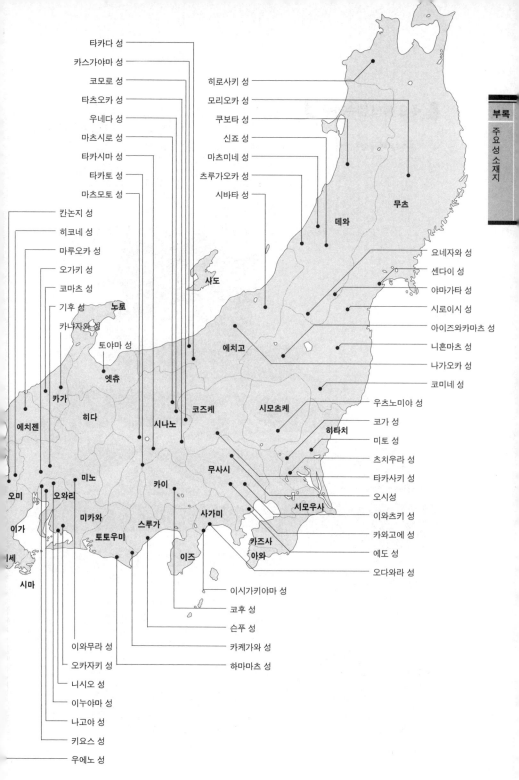

타카다 성
카스가야마 성
코모로 성
타츠오카 성
우네다 성
마츠시로 성
타카시마 성
타카토 성
마츠모토 성
칸논지 성
히코네 성
마루오카 성
오가키 성
코마츠 성
기후 성
카나자와 성
토야마 성
엣츄
카가
에치젠
히다
오미
오와리
미노
미카와
이가
토토우미
이세
시마

히로사키 성
모리오카 성
쿠보타 성
신죠 성
마츠미네 성
츠루가오카 성
시바타 성
무츠
데와
사도
노토
에치고
시나노
코즈케
시모츠케
히타치
무사시
카이
스루가
이즈
사가미
카즈사
아와
시모우사

요네자와 성
센다이 성
야마가타 성
시로이시 성
아이즈와카마츠 성
니혼마츠 성
나가오카 성
코미네 성
우츠노미야 성
코가 성
미토 성
츠치우라 성
타카사키 성
오시성
이와츠키 성
카와고에 성
에도 성
오다와라 성

이와무라 성
오카자키 성
니시오 성
이누야마 성
나고야 성
키요스 성
우에노 성

이시가키야마 성
코후 성
슨푸 성
카케가와 성
하마마츠 성

《 주요 성의 텐슈카쿠 》

◈ ── **텐슈카쿠**天守閣 │ 성의 중심부 아성牙城에 3층 또는 5층으로 높게 쌓은 망루.

◈ **오사카 성**

◈ 오다와라 성

◈ 후시미 성

◈ 키요스 성

◈ 토야마 성

◈ 마츠야마 성

◈ 히코네 성

332

◈ 마루오카 성

◈ 히메지 성

◈ 우와지마 성

◈ 코치 성

◈ 마츠모토 성

《 주요 등장 인물 》

나야 쇼안納屋蕉庵
사카이의 호상으로 정세 판단이 정확하고, 그 판단에 근거하여 미래를 예측할 수 있는 능력을 지녔다. 아사히히메와의 혼사를 앞둔 이에야스를 보고, 여러 정황을 들며 이에야스가 의도하고 있는 것이 무엇인지 정확히 예측하기도 한다.

도쿠가와 이에야스德川家康
이시카와 카즈마사의 배신. 그러나 어렴풋이 카즈마사의 진심을 알고 있는 이에야스는 크게 동요하지 않는다. 한편 1년 여에 걸친 아사히히메와의 결혼 문제를 매듭지은 이에야스는 늙은 신부를 맞이하며 굴욕을 감수하지만, 또다시 히데요시로부터 상경을 강요받는다. 어떤 위험이 도사리고 있을지 모른다며 이에야스의 상경을 강력히 반대하는 가신들. 그러나 이에야스는 2만의 대군을 이끌고 상경을 강행한다.

도요토미 히데요시豊臣秀吉
텐쇼 13년(1585) 칸파쿠에 취임한 히데요시는 쵸소카베 모토치카를 격파하고 시코쿠를 평정한다. 천하통일을 이루기 위한 정략으로 동생 아사히히메를 이에야스에게 시집보낸 히데요시는 이에야스의 상경을 요구하며 어머니인 오만도코로를 또다시 이에야스에게 인질로 보낸다.

사카이 타다츠구酒井忠次
관직명 사에몬노죠. 이에야스가 슨푸에 인질로 가 있는 동안 함께 생활한 이에야스 가신단의 필두. 이에야스와 아사히히메의 혼인 문제를 해결하기 위해 히데요시의 사자로 온 세 사람을 맞이하고 당황한다.

아사히히메朝日姫
도요토미 히데요시의 여동생. 히데요시의 정략에 의해 전남편과 이혼하고, 오랫동안 공석이던 이에야스의 정실이 된다. 텐쇼 14년(1586) 이에야스 마흔다섯 살, 아사히히메는 마흔네 살로, 당시의 감각으로는 상당한 노인들의 결혼식이 성대하게 거행된다. 이에야스의 정실이라는 것은 이름뿐, 실제로는 인질이었다. 후에 오만도코로가 일시적인 인질로 이에야스에게 오자 아사히히메는 오만도코로와 부둥켜안고 울었는데, 그 모습을 보고 이에야스의 가신들은 오만도코로가 가짜가 아니라고 확신하게 된다.

오만도코로大政所

도요토미 히데요시의 어머니로, 정략에 의해 이에야스와 결혼한 자신의 딸 아사히히메를 만나기 위해 이에야스에게 간다. 그러나 오만도코로가 아사히히메에게 간 것도 이에야스를 쿄토로 불러들이기 위한 히데요시의 책략이었다.

오다 우라쿠사이織田有樂齋

오다 나가마스가 본명이고, 우라쿠사이는 통칭. 오다 노부나가의 동생 이다. 한때 노부오를 지지하지만 결국 히데요시의 수하가 된다. 아사히 히메와 이에야스의 혼인 문제를 결정짓기 위해 히데요시의 사자로 이에 야스를 방문한다.

이시카와 카즈마사石川數正

관직명은 호키노카미. 도쿠가와 가문의 존속을 위해 배신의 길을 택하지만, 그의 배신으로 도쿠가와 가문의 결속은 더욱 굳게 다져진다. 배신이라는 길을 택하며 애초에 카즈마사가 의도했던 대로 된 것. 자신의 신분 보장에 대한 히데요시의 제안을 일본의 평화를 위해 어 느 쪽에도 속하고 싶지 않다는 말로 정중하게 거부한다.

챠챠히메茶茶姬

아사이 나가마사의 장녀로, 어머니는 오다 노부나가의 여동생인 오이치. 부모의 죽음으로 히데요시에게 의탁한 챠챠히메는 자신의 부모를 죽게 한 것은 히데요시라며 노골적으로 적 대감을 나타낸다. 히데요시의 중매도 매번 거부하고, 또다시 이에야스의 아들 나가마츠마 루와의 혼담을 들고 나온 히데요시에게 격렬히 저항한다.

혼다 시게츠구本多重次

통칭 사쿠자에몬. 이시카와 카즈마사의 배신이 도쿠가와 가를 위한 결정이었음을 감지하지 만, 표면적으로는 카즈마사의 행동을 강력하게 비난한다. 이에야스의 쿄토 상경에 대한 인 질로 아사히히메를 만나러 하마마츠로 온 히데요시의 어머니 오만도코로의 숙소에 장작을 쌓아 쿄토 상경시 이에야스에게 문제가 생기면 즉시 불을 지르겠다고 한다.

히지카타 카츠히사土方雄久

아사히히메와 이에야스의 혼인 문제를 결정짓기 위해 타키가와 카츠토시, 오다 우라쿠사이 등과 함께 히데요시의 사자로 이에야스에게 간다. 원래는 오다 노부오의 가신이다.

≪ 아즈치 · 모모야마 용어 사전 ≫

나가에고시長柄輿 | 채가 긴 가마.

나시지 마키에梨子地蒔繪 | 옷칠을 한 바탕 위에 금이나 은가루 등을 뿌려 무늬를 그리는 일본의 대표적인 칠공예.

나이시도코로內侍所 | 초대 천황이 지녔다는 거울의 모조품을 봉안하여 제사지내는 곳.

노能 | 일본의 대표적인 가면 음악극.=노가쿠.

노가쿠能樂 | 일본 고전 예능의 한 가지. 노能와 교겐狂言의 총칭. 좁은 의미로 노를 가리킨다.

다다미疊 | 일본식 주택의 방바닥에 까는 것으로, 짚으로 만든 판에 왕골이나 부들로 만든 돗자리를 붙인 것. 일반적으로 크기는 180×90cm이며, 일본에서는 지금도 방의 크기를 다다미의 장수로 나타내는 경우가 많다.

다이묘大名 | 넓은 영지와 많은 부하를 둔 무사의 우두머리.

다죠다이진太政大臣 | 정치를 통괄하는 다이죠칸의 최고 벼슬.

렌가連歌 | 일본 고전 시가의 한 양식. 보통 두 사람 이상이 단가의 윗구에 해당하는 5·7·5의 장구와 아랫구에 해당하는 7·7의 단구를 번갈아 읊어 나가는 형식. 대개 백구百句를 단위로 함.

로죠老女 | 쇼군이나 영주의 부인을 섬기는 시녀의 우두머리.

백낙천白樂天 | 772~846. 당唐의 시인. 본명은 거이居易. 자字가 낙천이며 호는 향산거사香山居士.

부교奉行 | 행정, 재판, 사무 등을 담당하는 무사의 직명.

사루가쿠猿樂 | 일본 중세 시대에 행해진 민중 예능. 익살스런 동작과 곡예를 주로 하였다. 차츰 연극화되어 노와 교겐으로 갈라졌다.

산쥬산겐도三十三間堂 | 1164년에 창건된 천태종天台宗의 사찰.

스미요시住吉 축제 | 오사카 남부의 스미요시 신사에서 행하는 대규모 축제.

스오素袍 | 아래위 같은 색의 삼베에 가문家紋을 넣은 옷.

시지라縮羅 | 타월처럼 표면에 보풀이 있는 직물의 일종.

아시가루足輕 | 평시에는 막일에 종사하고, 전시에는 병졸이 되는 최하급 무사.

오토기슈御伽衆 | 다이묘나 귀인의 말상대가 되는 사람이나 그 관직.

와카和歌 | 일본의 고유 형식인 5음, 7음을 바탕으로 하여 만들어진 정형시. 5·7·5·7·7의 5구 31음으로 된 시.

와키자시脇差 | 일본도의 일종으로 큰 칼에 곁들여 허리에 차는 작은 칼.

우다이진右大臣 | 다이죠칸의 장관. 사다이진 다음의 직위. 여기서는 오다 노부나가를 가리킨다.

이가모노伊賀者 | 이가의 향사鄕士 출신으로 둔갑술에 뛰어난 하급 무사.

이마요今樣 | 주로 7·5조調, 4구句의 노래에 맞추어 무희들이 추는 춤.

죠신上信 | 죠에츠上越(코즈케上野, 에치고越後), 시나노信濃 지방 이름에서 합성한 것.

진바오리陣羽織 | 전쟁터에서 갑옷 위에 걸쳐 입는 소매 없는 겉옷.

츠리고시釣輿 | 채를 메도록 되어 있는 가마.

칸파쿠關白 | 천황을 보좌하여 정무를 담당하는 최고위의 대신.

코소데小袖 | 옛날 넓은 소매의 겉옷에 받쳐 입던 속옷. 현재 일본옷의 원형.

코쇼小姓 | 주군을 측근에서 모시며 잡무를 맡아보는 무사.

쿠세마이曲舞い | 부채를 들고 노래하면서 허리에 찬 북을 두드리며 추는 춤.

킨사츠金札 | 노의 하나. 후시미에 신사를 조영하자 하늘에서 금으로 된 패를 내려 세상을 지키는 신탁을 알렸다는 전설에서 유래한 것.

타몬인 일기多聞院日記 | 1478년에서 1618년까지 쓰어진 일기. 46책으로 이루어져 있으며, 무로마치 후기에서 아즈치·모모야마, 에도 초기의 중요 사료史料이다.

타무라田村 | 노의 하나. 사카노우에 타무라마로坂上田村麻呂가 관음의 도움으로 동이東夷를 평정한 것을 각색한 것.

타카사고高砂 | 혼례 등 경사스러운 자리에서 흔히 불리는 요쿄쿠謠曲의 곡명.

태자빈객太子賓客 | 태자에 관계된 일을 맡아보는 관청의 벼슬아치.

텐슈카쿠天守閣 | 성의 중심부 아성牙城에 3층 또는 5층으로 높게 쌓은 망루.

토코노마床の間 | 객실인 다다미방의 정면 상좌에 바닥을 한 층 높여 만든 곳. 벽에는 족자를 걸고, 한 층 높여 만든 바닥에는 도자기, 꽃병 등으로 장식한다.

하카마袴 | 일본옷의 겉에 입는 아래옷. 허리에서 발목까지 덮으며 넉넉하게 주름이 잡혀 있고, 바지처럼 가랑이진 것이 보통이나 스커트 모양의 것도 있다.

하타모토旗本 | (진중에서) 대장이 있는 본영. 또는 그곳을 지키는 무사.

《 주요 무장의 진바오리 》

◆──**진바오리**陣羽織 | 전쟁터에서 갑옷 위에 걸쳐 입는 소매 없는 겉옷.

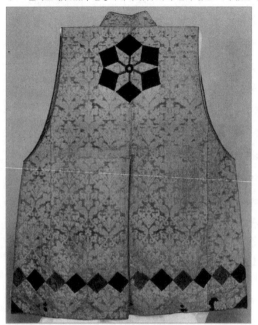

◆──도쿠가와 이에야스

◆──도요토미 히데요시

◆──오다 노부나가

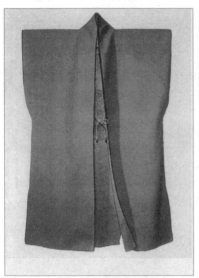

◈ — 우에스기 켄신

◈ — 다테 마사무네

◈ — 야마노우치 카즈토요

◈ — 코바야카와 히데아키

《 주요 무장의 군바이軍配와 군센軍扇 》

◆──**군바이 · 군센** | 장수가 전쟁터에서 군대를 지휘하기 위하여 사용한, 쇠로 만든 부채와 쥘부채.

◆──**사나다 노부유키**

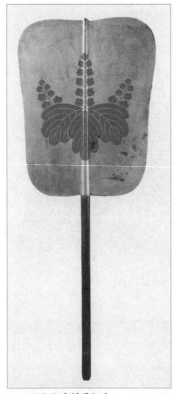

◆──**도요토미 히데요시**

◆──**호죠 우지야스**

◆──**오타 도칸**

◆──**모리 모토나리**(군센)

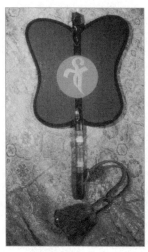

◈—타케다 신겐

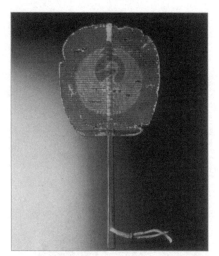

◈—모리 란마루

군바이 —

◈—이케다 츠네오키

≪ 복식 ≫

◈ **소쿠타이**束帶 | 정무와 의식에 입는 정장.

◎ **문관** 그림은 3품 이상 관리의 조복.

(앞)

관冠

홀笏

카자리타치

히라오

우에노하카마

카노쿠츠靴

우에노하카마表袴 | 소쿠타이에 입는 흰색 하카마.

카자리타치飾大刀 | 의장용 큰 칼.

쿄裾(**시타가사네**下襲) | 속옷 밑에 받쳐 입는 옷으로, 직위에 따라 뒷자락의 길이가 달라진다.

호에키노호縫腋袍 | 양 겨드랑이 밑을 꿰맨 문관용 도포.

히라오平緒 | 허리끈.

(뒤)

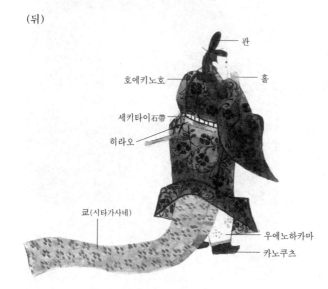

관

호에키노호

홀

세키타이石帶

히라오

쿄(시타가사네)

우에노하카마

카노쿠츠

◎ **무관** 그림은 헤이안平安 시대 중기 이후 5품 관리의 여름 정장.

(앞)

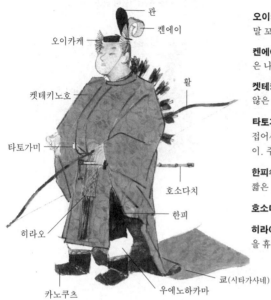

오이카케老懸 | 무관의 관 좌우에 단 장식. 말 꼬리를 사용하며, 부채 모양으로 펼친다.

켄에이巻纓 | 갓끈을 말아서 검은 칠을 한 좁은 나무를 붙인 것.

켓테키노호闕腋 | 양 겨드랑이 밑을 꿰매지 않은 무관용 도포.

타토가미帖紙 | 가로로 두 번, 세로로 네 번 접어서 몇 장을 겹쳐 품속에 넣고 다니는 종이. 주로 시가詩歌 등을 쓸 때 사용한다.

한피半臂 | 소쿠타이의 겉옷 바로 밑에 입는 짧은 옷.

호소다치細大刀 | 가늘고 긴 의장용 큰 칼.

히라야나구이平胡簶 | 평평하게 만들어, 화살을 휴대하고 다닐 때 사용한다.

(뒤)

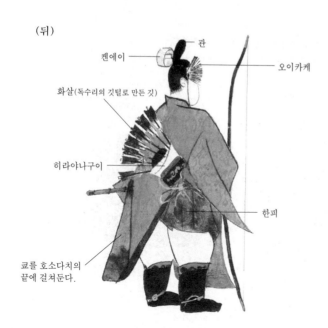

343

부록
복식

◈ **노시直衣** │ 공경公卿의 평상복. 천황의 허락을 받은 경우에는 조정에 출사할 때도 입는다. 그럴 때는 관을 착용한다.

◎ **에보시노시烏帽子直衣**(여름에 입는 노시)　　　◎ **카무리노시冠直衣**(겨울에 입는 노시)

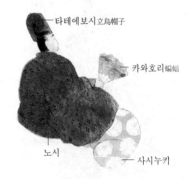

사시누키指貫 │ 발목을 졸라매는 바지.

스이에이垂纓 │ 갓끈을 그대로 뒤로 늘어뜨린 것.

에보시烏帽子 │ 공경이나 무사가 쓰는 건巾의 일종. 처음에는 검은 사紗로 만들었으나, 뒤에는 종이로 만들어 옻을 칠해 굳혔다.

◈ **호코布袴** │ 소쿠타이의 우에노하카마를 사시누키로 바꿔 입는 약식 예복. 소쿠타이 다음의 정장.

◆ **이칸衣冠** │ 호코 다음의 정장. 호코의 세키타이와 쿄 등을 생략한 약식 예복.

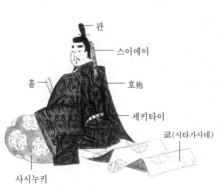

◆ **카리기누狩衣** | 귀인의 간편한 평상복. 본래는 사냥복.

◆ **스이칸水干** | 평상복. 소년의 나들이옷. 카리기누의 하나.

타테에보시

카리기누

우치기누

사시누키

아사구츠

사시누키

◆ **다이몬大紋** | 커다란 가문家紋을 물들인 베로 지은 히타타레.

◆ **히타타레直垂** | 예복의 일종. 문장紋章이 없으며 옷자락은 하카마 속에 넣어 입는다.

오리에보시折烏帽子

가문

하카마의 허리 부분이 희다.

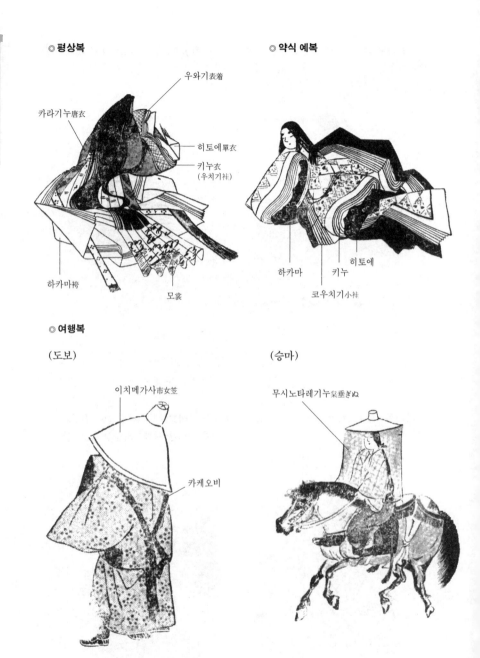

◎ 평상복

카라기누唐衣

우와기表着

히토에單衣

키누衣
(우치기袿)

하카마袴

모裳

◎ 약식 예복

하카마

키누

히토에

코우치기小袿

◎ 여행복

(도보)

이치메가사市女笠

카케오비

(승마)

무시노타레기누袋垂ぎぬ

카케오비掛帯 | 절이나 신사에 참배할 때 사용한다.

《 도쿠가와 이에야스 관련 연보(1585~1586) 》

◆ ─ 서력의 나이는 도쿠가와 이에야스의 나이

일본 연호		서력	주요 사건
텐쇼 天正	13	1585 44세	10월 28일, 이에야스는 히데요시에게 인질을 보내는 것에 대해 가신들과 회의를 한다. 11월 13일, 이에야스의 가신인 이시카와 카즈마사가 쿄토로 도망간다. 11월 28일, 히데요시가 오다 나가마스(우라쿠)를 보내 이에야스의 상경을 요구한다. 이에야스는 이를 거부한다. 12월 10일, 히데요시의 양자인 하시바 히데카츠가 18세의 나이로 사망한다.
	14	1586 45세	정월 27일, 오다 노부오가 히데요시와 이에야스의 화해를 위해 오카자키에서 이에야스와 회견한다. 3월 9일, 이에야스는 호죠 우지마사와 이즈 미시마에서 회견한다. 4월 22일, 히데요시는 대불전을 야마시로 히가시야마에 창건하기 위해 그 재료를 여러 지방에 분담시킨다. 4월 23일, 이에야스는 히데요시의 여동생인 아사히히메와의 혼인을 청하기 위해 혼다 타다카츠를 오사카 성으로 파견한다. 5월 14일, 이에야스는 히데요시의 여동생인 아사히히메와 결혼한다. 9월 26일, 히데요시는 오만도코로를 인질로 보내기로 약속하고 이에야스의 상경을 요구한다. 이에야스가 이에 따른다. 10월 18일, 히데요시의 생모인 오만도코로가 인질로 미카와 오카자키에 도착한다. 10월 20일, 이에야스가 상경 길에 올라, 24일에 도착한다.

일본 연호	서력	주요 사건
텐쇼 天正		10월 27일, 이에야스가 오사카 성에서 히데요시를 알현한다. 11월 5일, 이에야스가 정3품이 된다. 11월 11일, 이에야스가 오카자키 성으로 돌아온다. 11월 12일, 이에야스가 이이 나오마사에게 히데요시의 생모 오만도코로를 호위토록 하여 오사카로 보낸다. 11월 25일, 고요제이 천황 즉위. 12월 4일, 이에야스가 하마마츠에서 슨푸 성으로 이전한다. 12월 19일, 히데요시가 다죠다이진이 되어, 도요토미라는 성을 하사받는다.

옮긴이 **이길진**李吉鎭

1934년 황해도 출생. 1958년 서울대학교 사회학과를 졸업하였다.
일본 문학 작품 및 일본 문화에 관련된 많은 책들을 유려한 우리말로 옮겼다.
주요 역서로는 가와바타 야스나리의『설국』, 이마이 마사아키의『카이젠』,
오에 겐자부로의『사육』, 기쿠치 히데유키의『요마록』,
야마오카 소하치의『오다 노부나가』,『사카모토 료마』등이 있다.

| 부록의 자료 제공 및 감수는 고려대학교 일어일문학과 최관 교수님께서 해주셨습니다.

도쿠가와 이에야스 제14권

1판 1쇄 발행 2001년 2월 24일
2판 3쇄 발행 2023년 5월 1일

지은이 야마오카 소하치
옮긴이 이길진
펴낸이 임양묵
펴낸곳 솔출판사

주소 서울시 마포구 와우산로29가길 80(서교동)
전화 02-332-1526
팩스 02-332-1529
이메일 solbook@solbook.co.kr
홈페이지 www.solbook.co.kr
출판 등록 1990년 9월 15일 제10-420호

ISBN 979-11-86634-39-4 04830
ISBN 979-11-86634-22-6 (세트)

• 잘못된 책은 구입한 곳에서 바꿔드립니다.
• 책값은 뒤표지에 표시되어 있습니다.

코마키·나가쿠테小牧長久手 **전투(1584) 병풍도 뒷부분.**
오다 노부오·도쿠가와 이에야스 연합군과
도요토미 히데요시 군의 전투 장면.